आओ करें UPSC *Crack*

भारत की सर्वाधिक कठिन परीक्षा में
सफल होने की विजयी रणनीति

आओ करें UPSC *Crack*

भारत की सर्वाधिक कठिन परीक्षा में
सफल होने की विजयी रणनीति

श्वेता • जितिन यादव (IAS)

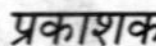
प्रकाशक

प्रभात प्रकाशन प्रा. लि.

4/19 आसफ अली रोड, नई दिल्ली–110002

फोन: 23289555 • 23289666 • 23289777 • हेल्पलाइन/ 7827007777

इ–मेल: prabhatbooks@gmail.com

वेब ठिकाना: www.prabhatbooks.com

संस्करण

प्रथम, 2024

मूल्य

तीन सौ पचास रुपए

अ.मा.पु.स. 978-93-5562-971-5

मुद्रक

सीता फाइन आर्ट, दिल्ली

AAO KAREIN UPSC CRACK

by Shweta, Jitin Yadav, IAS

ISBN 978-93-5562-971-5

₹350.00

परीक्षा की तैयारी कर रहे सभी
अभ्यर्थियों के लिए

भूमिका

शुरुआत मैं अपने परिचय के साथ करना चाहता हूँ। मेरा जन्म और पालन-पोषण गुरुग्राम में हुआ, फिर दिल्ली विश्वविद्यालय के सेंट स्टीफन कॉलेज से मैंने फिजिक्स ऑनर्स में स्नातक की डिग्री ली। कॉलेज की पढ़ाई के दौरान ही मुझे गुरुग्राम की एक फर्म में नौकरी करने का अवसर मिल गया, उसके पश्चात् मुझे लगा जैसा मेरा जीवन पटरी पर आ गया है। तीन साल तक कॉरपोरेट सेक्टर में काम करने के बाद मैंने तय किया कि मैं यू.पी.एस.सी. की परीक्षा दूँगा।

तैयारी की शुरुआत मैंने अक्टूबर 2012 में की और परीक्षा देने का पहला प्रयास सन् 2013 में किया। चूँकि कॉलेज की पढ़ाई के बाद मेरा पढ़ाई से नाता पूरी तरह से टूट चुका था, अतः अब मेरे लिए **घंटों बैठकर पढ़ाई करना** बहुत कठिन काम था। लेकिन कहते हैं न जहाँ चाह वहाँ राह। जहाँ तक बात समाचार-पत्र पढ़ने, नोट्स बनाने और बहुत से अन्य पहलुओं की करें तो धीरे-धीरे सतत प्रयत्न एवं दृढ़ निश्चय के कारण मुझमें पढ़ने की आदत विकसित होने लगी, जो परीक्षा में सफलता की अनिवार्य शर्त थी।

जब मैंने परीक्षा की तैयारी शुरू की थी तब मेरे पास उसका कोई साधन मौजूद नहीं था। फिर भी मैंने हार नहीं मानी, मैं परीक्षा के बारे में **ऑनलाइन जो कुछ उपलब्ध था,** विशेषतः परीक्षा में चयनित अभ्यर्थियों द्वारा साझा की गई रणनीतियों के बारे में पढ़ता रहता था। मैंने अपने कुछ करीबी मित्रों व अन्य अभ्यर्थियों से भी इस बारे

में बात की। इसके अतिरिक्त कुछ चयनित उम्मीदवारों से फेसबुक या अन्य सोशल मीडिया प्लेटफॉर्म के माध्यम से संपर्क करने की भी कोशिश की, लेकिन मुझे कभी कोई जवाब नहीं मिला। इसलिए, मैं कहूँगा कि परीक्षा के लिए मैंने जो कुछ भी सीखा और समझा वह सब मेरी अपनी समझ-बूझ के आधार पर था।

सौभाग्य से, मैंने अपने पहले प्रयास में ही यू.पी.एस.सी. की परीक्षा में सफलता प्राप्त कर ली और मुझे रेलवे सुरक्षा बल (आरक्षित सीट) में स्थान मिल गया। मैंने अपना दूसरा प्रयास सन् 2014 में किया, लेकिन इस बार मैं प्रारंभिक परीक्षा भी क्वालीफाई नहीं कर पाया। यह मेरे लिए बहुत बड़ा झटका था। लेकिन परीक्षा में मनचाही सफलता पाने की भूख मुझमें अब भी मौजूद थी। मेरी नौकरी के बावजूद मैंने परीक्षा की तैयारी करना जारी रखा और तब तक जारी रखा, जब तक मुझे वह नहीं मिल गया जिसका मैंने सपना देखा था। आखिरकार सन् 2015 में मेरा आई.ए.एस. परीक्षा में चयन हुआ और सन् 2016 में मेरी सेवा बहाली हुई।

यह परीक्षा केवल पढ़ने और अच्छा प्रदर्शन कर अंक प्राप्त करने भर की नहीं है इसमें ढेर सारे मुद्दे शामिल हैं; जिसमें इस परीक्षा का पाठ्यक्रम व जटिलताएँ, जोकि इस परीक्षा का अहम भाग होती हैं, पर ध्यान देना भी शामिल है। इस परीक्षा की तैयारी करते समय परीक्षार्थियों द्वारा जिन चुनौतियों का सामना किया जाता है, उनमें से कुछ इस प्रकार हैं—

- **तैयारी कैसे शुरू करें ?**
- **समय-प्रबंधन कैसे करें ?**
- **सीखने व याद करने की शैली को कैसे पहचानें ?**
- **संसाधनों व पाठ्य-सामग्री का चयन कैसे करें ?**
- **वैकल्पिक विषय का चुनाव कैसे करें ?**
- **तैयारी के दौरान अपने आपको प्रेरित कैसे बनाए रखें ?**
- **नोट्स कैसे बनाएँ ?**
- **परीक्षा के दौरान घबराहट से कैसे निपटें ?**
- **असफलता से कैसे निपटें ?**

यह केवल कुछ पहलू हैं, जो परीक्षा का अभिन्न अंग हैं। परीक्षा की तैयारी करते समय मैंने स्वयं भी इन पहलुओं का सामना किया और चयनित होने के बाद

संपर्क में आने वाले अन्य अभ्यर्थियों को भी इन सभी प्रश्नों का सामना करते हुए देखा। हाल के दिनों में सोशल मीडिया के बढ़ते प्रसार के कारण अभ्यर्थियों के साथ मेरी बातचीत काफी बढ़ गई है और मैंने समझा है कि अधिकांश अभ्यर्थी ऐसी ही समस्याओं से जूझ रहे हैं।

इसलिए, मैंने यू.पी.एस.सी. की परीक्षा दे रहे अभ्यर्थियों द्वारा जिन भी समस्याओं का सामना किया जाता है, उन सभी पर विस्तृत चर्चा कर अध्यायों के रूप में पाठकों के समक्ष प्रस्तुत करने का निर्णय लिया। यदि आप भी इस परीक्षा में बैठने वाले हैं तो संभव है कि आप इनमें से कुछ का अभी, तो कुछ का आने वाले समय में सामना करें, लेकिन सभी के बारे में पहले से जान लेना हमेशा बेहतर होता है।

इस पुस्तक का मुख्य उद्देश्य उन परीक्षार्थियों की उलझनों को सुलझाना है, जो यू.पी.एस.सी. की परीक्षा की तैयारी कर रहे हैं। मुझे पूरा विश्वास है कि पुस्तक को पढ़कर अभ्यर्थियों को **परीक्षा से संबंधित अपने सारे सवालों का जवाब** मिल जाएगा और वे अपने लक्ष्य को प्राप्त करने की ओर पहले से अधिक दृढ़ता से बढ़ेंगे तथा परीक्षा के पाठ्यक्रम को समझने व जानने की जी-जान से कोशिश करेंगे ताकि परीक्षा के समय उनको जिस अप्रत्याशित दबाव का सामना करना है उसकी तीव्रता को सहने में सक्षम हो जाएँ।

इस पुस्तक में यू.पी.एस.सी. की परीक्षा की तैयारी के दौरान हुए मेरे व पिछले छह वर्षों में परीक्षा दे रहे विभिन्न अभ्यर्थियों से बातचीत के दौरान प्राप्त अनुभव निहित हैं। यह पुस्तक **मेरे उन सभी अनुभवों का समेकित संगठित रूप है**, जो मुझे चयनित व परीक्षा की तैयारी करने वालों से प्राप्त हुआ है।

- एक बुरा अभ्यर्थी गलतियाँ करता है और उनमें सुधार नहीं करता।
- एक अच्छा अभ्यर्थी गलतियाँ करता है और जल्दी ही उनमें सुधार करना सीख लेता है।
- जबकि एक स्मार्ट अभ्यर्थी न केवल अपनी गलतियों में सुधार करता/करती है, बल्कि दूसरों की गलतियों से भी सीख लेता/लेती है और फिर उन्हें कभी नहीं दोहराता/दोहराती।

इस पुस्तक में अभ्यर्थियों द्वारा की जाने वाली उन सभी गलतियों पर चर्चा की गई है, जो आमतौर पर अधिकांश अभ्यर्थी करते हैं। अतः इस पुस्तक को पढ़ने के

बाद आपको यह सुनिश्चित करना है कि आप उनको न दोहराएँ। जैसाकि कहावत है— **दूसरों की गलतियों से सीखना** गलती करके सीखने से बेहतर होता है।

इस पुस्तक को लिखने के पीछे मेरा उद्देश्य **अभ्यर्थियों को सशक्त बनाना** है, अतः पुस्तक में परीक्षा के लिए आवश्यक सभी तकनीकी और व्यक्तिगत कुशलताओं पर चर्चा की गई है। यह पुस्तक आपको सिखाएगी कि आप कैसे एक स्मार्ट अभ्यर्थी बनें।

परीक्षा की तैयारी और आगे के जीवन के लिए आप सभी को मेरी शुभकामनाएँ। अपने आप पर विश्वास रखें, सब कुछ ठीक होगा।

विषय-सूची

अध्याय

1

यू.पी.एस.सी. परीक्षा का संक्षिप्त विवरण

यू.पी.एस.सी. की परीक्षा प्रतिवर्ष आयोजित की जाती है तथा तीन चरणों में होती है। अध्याय में उन पर एक-एक कर चर्चा की गई है—

पहला चरण-प्रारंभिक परीक्षा

यह परीक्षा का पहला चरण होता है। इसमें दो प्रश्न-पत्र शामिल होते हैं। **सामान्य-अध्ययन** और **सी-सैट (Civil Service Aptitude Test)**

प्रश्न-पत्र 1 सामान्य-अध्ययन में 2-2 अंकों के **100 बहुविकल्पीय प्रश्न** होते हैं। पाठ्यक्रम में मुख्य विषय प्राचीन, मध्यकालीन और आधुनिक इतिहास, कला एवं संस्कृति, भूगोल, अर्थशास्त्र, पर्यावरण, राजव्यवस्था, विज्ञान एवं प्रौद्योगिकी, सामान्य विज्ञान, समसामयिकी (Current Affairs) आदि शामिल होते हैं।

प्रश्न-पत्र 2 **सी-सैट (CSAT)** होता है, जिसमें **80 बहुविकल्पीय प्रश्न** शामिल होते हैं। मूलतः यह अंग्रेजी और गणित के योग्यता परीक्षण के लिए होता है। अंग्रेजी वाले भाग में छोटे और बड़े अवधारणात्मक प्रश्न होते हैं, जबकि गणित वाले भाग में सामान्य संख्यात्मक एवं तार्किक योग्यता वाले प्रश्न होते हैं जो समय, चाल व दूरी, अनुपात-समानुपात, घन, आँकड़ों का निर्वचन आदि पर आधारित होते हैं।

दोनों प्रश्न-पत्र **200-200 अंक** के होते हैं, लेकिन प्रश्न-पत्र 2 यानी सी-सैट (CSAT) में केवल **अर्हता** प्राप्त करनी होती है। इसका अर्थ है कि उत्तीर्ण होने के लिए **33%** अंक प्राप्त करने होते हैं, क्योंकि कटऑफ प्रश्न-पत्र 1 के आधार पर तय होता है। हालाँकि मुख्य परीक्षा में बैठने के लिए आपको सी-सैट यानी प्रश्न-पत्र 2 में 33% यानी कम-से-कम 66 अंक तथा प्रश्न-पत्र 1 में निर्धारित कटऑफ जितने नंबर लाने होंगे, तभी आप परीक्षा के अगले चरण तक पहुँच पाएँगे।

प्रश्न-पत्र	प्रकार	प्रश्नों की संख्या	निर्धारित अंक	अवधि	ऋणात्मक अंकन
सामान्य अध्ययन-1	वस्तुनिष्ठ	100	200	2 घंटे	हाँ (एक प्रश्न पर एक-तिहाई)
सामान्य अध्ययन-2 (सी-सैट)	वस्तुनिष्ठ	80	200	2 घंटे	हाँ (एक प्रश्न पर एक-तिहाई)

दूसरा चरण-मुख्य परीक्षा

एक बार यदि आप पहले चरण को क्वालीफाई कर लेते हैं, तो फिर आप मुख्य परीक्षा में बैठने के योग्य हो जाते हैं। मुख्य परीक्षा बहुविकल्पीय प्रकार की नहीं होती। इसमें आपको कुल नौ प्रश्न-पत्र लिखने होते हैं, जिसमें **सात अनिवार्य और दो आपकी योग्यता परीक्षण के लिए होते हैं।**

क्रम संख्या	प्रश्न-पत्र	विषय	अवधि	निर्धारित अंक	अनिवार्य/ योग्यता परीक्षण
1.	प्रश्न-पत्र ए	अनिवार्य भारतीय भाषा	3 घंटे	300	योग्यता परीक्षण
2.	प्रश्न-पत्र बी	अंग्रेजी	3 घंटे	300	योग्यता परीक्षण
3.	प्रश्न-पत्र 1	निबंध	3 घंटे	250	अनिवार्य
4.	प्रश्न-पत्र 2	सामान्य अध्ययन 1	3 घंटे	250	अनिवार्य
5.	प्रश्न-पत्र 3	सामान्य अध्ययन 2	3 घंटे	250	अनिवार्य
6.	प्रश्न-पत्र 4	सामान्य अध्ययन 3	3 घंटे	250	अनिवार्य
7.	प्रश्न-पत्र 5	सामान्य अध्ययन 4	3 घंटे	250	अनिवार्य

8.	प्रश्न-पत्र 6	वैकल्पिक विषय-1	3 घंटे	250	अनिवार्य
9.	प्रश्न-पत्र 7	वैकल्पिक विषय-2	3 घंटे	250	अनिवार्य

मुख्य परीक्षा में कुल अंक **1750** होते हैं (योग्यता परीक्षण के दो प्रश्न-पत्रों के अंकों को आपकी मुख्य परीक्षा के स्कोर में नहीं गिना जाएगा, लेकिन इनमें कम-से-कम 33 प्रतिशत अंक लाना अनिवार्य होता है।)।

प्रश्न-पत्र 'ए' और 'बी' योग्यता परीक्षण प्रश्न-पत्र हैं और उनमें उत्तीर्ण होने के लिए आपका 25 प्रतिशत अंक लाना जरूरी है। अन्य सभी सात प्रश्न-पत्र अनिवार्य हैं और उन सभी के अंक आपके फाइनल स्कोर में गिने जाते हैं। यही अंक निर्धारित करते हैं कि आप इस चरण के बाद अगले चरण अर्थात् साक्षात्कार में बैठने योग्य हैं अथवा नहीं। उम्मीदवार के प्रश्न-पत्र 1-7 तक प्राप्त किए गए अंकों से ही मेरिट रैंकिंग की जाती है, हालाँकि इन सभी या इनमें से किसी में भी पास होने के अंकों को निर्धारित करने का अधिकार आयोग के पास सुरक्षित होता है।

अरुणाचल प्रदेश, मणिपुर, मेघालय, मिजोरम, नागालैंड और सिक्किम राज्यों के उम्मीदवारों के साथ-साथ वे जिनमें श्रवण दोष है, के लिए **प्रश्न-पत्र 'ए' अनिवार्य नहीं** होता। वे आयोग के समक्ष यह सिद्ध कर सकते हैं कि उनके संबंधित बोर्ड या विश्वविद्यालय द्वारा उनको दूसरी या तीसरी भाषा की अनिवार्यता से छूट दी गई है। भारतीय भाषा के प्रश्न-पत्र में भारत के संविधान की आठवीं सूची में जो भी भाषाएँ सम्मिलित हैं, उन सभी को शामिल किया गया है।

दूसरे चरण को सफलतापूर्वक पार करने के लिए आपको सभी अनिवार्य प्रश्न-पत्रों के लिए निर्धारित कट-ऑफ के अनुसार और क्वालीफाइंग प्रश्न-पत्र में उत्तीर्ण होने के लिए निर्धारित अंकों से अधिक अंक प्राप्त करने होंगे। तभी आप साक्षात्कार के चरण तक पहुँच सकते हैं, अन्यथा आप साक्षात्कार के योग्य नहीं माने जाएँगे।

प्राय: देखा गया है कि **अभ्यर्थी योग्यता आधारित प्रश्न-पत्र में 33% अंक प्राप्त नहीं कर पाते** और इस तरह से उनके पूरे साल की मेहनत बेकार हो जाती है। इस प्रश्न पत्र के अंतर्गत एक अंग्रेजी और दूसरा क्षेत्रीय भाषा का प्रश्न-पत्र है, जिसमें आप अपनी स्थानीय भाषा का चुनाव कर सकते हैं। उदाहरण के लिए, मैं हरियाणा से हूँ इसलिए मैंने हिंदी भाषा का चुनाव किया; अगर कोई पश्चिम बंगाल से है तो वह क्षेत्रीय भाषा के तौर पर बंगाली का चुनाव कर सकता है।

इसलिए मेरी सलाह है कि **योग्यता परीक्षण के प्रश्न-पत्र को हल्के में न लें।** इन सभी प्रश्न-पत्रों के बारे में पुस्तक के अगले अध्यायों में विस्तार से चर्चा की गई है।

तीसरा चरण-साक्षात्कार/व्यक्तित्व परीक्षण

दूसरा चरण सफलतापूर्वक पार करने के बाद आप साक्षात्कार के चरण तक पहुँच जाते हैं। आपका साक्षात्कार तय समय और तिथि, जिसका निर्धारण आयोग द्वारा किया जाएगा, पर

होगा। साक्षात्कार का औसत समय **25-30 मिनट** का होता है। साक्षात्कार यू.पी.एस.सी. द्वारा गठित विभिन्न बोर्ड्स द्वारा लिया जाता है। यह एक तरह का पैनल होता है जिसमें पाँच सदस्य होते हैं, बोर्ड के **अध्यक्ष** बोर्ड के प्रमुख के रूप में बीच में बैठे होते हैं।

यू.पी.एस.सी. बोर्ड द्वारा लिए जानेवाले साक्षात्कार का उद्देश्य लोक सेवक करियर व उससे संबंधित जिम्मेदारियों के लिए **अभ्यर्थी की उपयुक्तता का आकलन** करना होता है। साक्षात्कार बोर्ड में **सक्षम और निष्पक्ष आकलनकर्ता** शामिल होते हैं, जिनके पास उम्मीदवार के भरे गए आवेदन-पत्र के माध्यम से उसका सारा रिकॉर्ड मौजूद होता है। बोर्ड के सदस्य उम्मीदवार की **मानसिक और सामाजिक विलक्षणता का परीक्षण** सामान्य रुचि के प्रश्न करके करते हैं। वे कुछ विशेषताएँ जिनकी तलाश बोर्ड को होती है, इस प्रकार हैं—

- मानसिक सतर्कता
- आलोचनात्मक ग्रहण शक्ति
- स्पष्ट व तार्किक प्रतिपादन
- सही व संतुलित निर्णय लेने की शक्ति
- रुचि की विविधता व गहनता
- समाज को एकजुट करने की क्षमता
- नेतृत्व
- बौद्धिक व नैतिक ईमानदारी

बोर्ड द्वारा एक के बाद एक प्रश्न पूछे जाते हैं और फिर **275** में से फाइनल अंक दिए जाते हैं।

साक्षात्कार के बाद, मुख्य परीक्षा और साक्षात्कार के फाइनल अंकों की गणना **2025 (1750 + 275) अंकों में से** की जाती है। टॉप के 800-900 उम्मीदवारों की उस वर्ष उपलब्धरिक्तियों के आधार पर सेवा बहाली की जाती है।

फाइनल मेरिट में प्रारंभिक परीक्षा के अंकों को शामिल नहीं किया जाता। पूरी चयन प्रक्रिया मुख्य परीक्षा और साक्षात्कार में प्राप्त किए गए अंकों के समुचित स्कोर पर आधारित होती है।

- एक अच्छा अभ्यर्थी परीक्षा के लिए अच्छी तरह से पढ़ाई करता है।
- जबकि एक स्मार्ट अभ्यर्थी परीक्षा के लिए न केवल अच्छी तरह से पढ़ाई करता है, बल्कि सारे पाठ्यक्रम और पैटर्न को भी अपने दिमाग में रखता है।

परीक्षा की तैयारी और भविष्य के लिए आप सभी को मेरी ओर से शुभकामनाएँ। अपने आप पर भरोसा रखें, सब कुछ ठीक होगा।

★★★

अध्याय

2

सर्वोत्तम रणनीति

रणनीति को अगर सरल भाषा में परिभाषित किया जाए तो वह **'प्लान ऑफ एक्शन'** जिसे लंबी अवधि या सामान्यत: अपने लक्ष्य को प्राप्त करने के लिए आप अपनाते हैं। मूलत: रणनीति वह **कार्य-पद्धति** होती है जिसे आप परीक्षा में सफल होने के लिए अपनाते हैं। जब आप सिविल सेवा की परीक्षा के लिए तैयारी शुरू करते हैं तो आप एक **खाली कागज** की तरह होते हैं और अपनी मेहनत से उस पर अपनी **परीक्षा देने की यात्रा को लिखने** की कोशिश करते हैं।

यदि बात हार्ड व सॉफ्ट स्किल्स की करें तो **हार्ड स्किल्स** से तात्पर्य तकनीकी या कार्यात्मक क्षमता और **सॉफ्ट स्किल्स** यानी व्यक्तिगत गुणों से है। हार्ड स्किल्स और कुछ नहीं, बल्कि पढ़ने के लिए आपके द्वारा दिया जानेवाला समय है जबकि सॉफ्ट स्किल्स अपने आपको पढ़ने के लिए प्रेरित करना, समय प्रबंधन, अपने सीखने व याद करने की शैली के अनुसार पढ़ना, आदि है। इसलिए हार्ड और सॉफ्ट स्किल्स पर ध्यान देना इस परीक्षा की पूर्व निर्धारित शर्त है।

इस परीक्षा में सफलता हेतु बहुत से कारक महत्त्वपूर्ण भूमिका निभाते हैं और आप इन कारकों के बीच किस तरह से **संतुलन** बनाते हैं; यहाँ पर उसे ही रणनीति के तौर पर परिभाषित किया गया है। एक-एक करके यहाँ सभी कारकों पर चर्चा की गई है, जो इस प्रकार हैं-

- स्टडी मैटीरियल का चुनाव कैसे करें?
- सी-सैट के लिए रणनीति?
- वैकल्पिक विषय कैसे चुनें?

- विगत वर्षों के प्रश्नों का विश्लेषण किस प्रकार करें?
- कब और कितने मॉक टेस्ट दें?
- मुख्य परीक्षा में उत्तर-लेखन की रणनीति क्या होनी चाहिए?
- निबंध के प्रश्न-पत्र के लिए क्या योजना होनी चाहिए?

हालाँकि यहाँ पर केवल प्रमुख कारकों को ही सूचीबद्ध किया गया है, लेकिन पुस्तक में इस परीक्षा की तैयारी से जुड़े सभी संभावित कारकों व अभ्यर्थियों के पूछे गए प्रश्नों पर चर्चा की गई है। इन कारकों को सूचीबद्ध करने का कारण यह है कि कई परीक्षार्थियों को परीक्षा की सही रणनीति समझने में ही काफी समय लग जाता है। मूलतः इस पुस्तक को लिखने का **उद्देश्य अभ्यर्थियों के समय को बचाना** और उन्हें सही रणनीति की जानकारी देना है। साथ ही यह भी समझाना है कि परीक्षा की अपनी रणनीति को तैयार करने के लिए वे इनका उपयोग कैसे कर सकते हैं।

आपके द्वारा **प्रारंभिक तौर पर** किए गए प्रयास व अपनाए गए तरीके (शुरुआती निवेश) ही तय करते हैं कि आपको कितनी जल्दी व किस स्तर की सफलता प्राप्त होगी। बात चाहे मुख्य परीक्षा, वैकल्पिक विषय या सी-सैट के लिए तैयारी करने की हो या कुछ और; आपको बस यह पता लगाना है कि पढ़ाई का सही तरीका क्या है।

परीक्षा की तैयारी से लेकर चयन तक मुझे यह समझने में लगभग तीन साल का समय लगा कि यह कारक कितने जरूरी हैं और अगले छह साल तक मैंने बहुत सारे चयनित उम्मीदवारों के साथ बातचीत कर यह जानने की कोशिश की कि क्या उन्हें भी ऐसी ही समस्याएँ आईं और उन्होंने किस तरह से उनका समाधान किया। जरूरी नहीं है कि आप भी वही गलतियाँ करें, जो औरों ने कीं। इस पुस्तक का उद्देश्य विभिन्न चयनित एवं प्रयासरत अभ्यर्थियों की उन सभी सीखों और अनुभवों को शामिल करके अभ्यर्थियों को छोटी-से-छोटी गलती के प्रति सचेत करना है। गलतियों से सीखने का दृष्टिकोण ही आपको परीक्षा की तैयारी के पथ पर आगे बढ़ा सकता है।

रणनीति परीक्षा और अपने आप/स्वयं के बारे में **गहरी समझ** है। रणनीति आपकी वह करने में मदद करेगी जो परीक्षा में सफल होने के लिए आवश्यक है। आप उन सभी कारकों को अपने दिमाग में रखेंगे जो आवश्यक हैं और फिर संपूर्ण तरीके से तैयारी शुरू करेंगे।

हालाँकि, जब बात इस परीक्षा की तैयारी की आती है तो अधिकतर अभ्यर्थी अंततः **अपनी ही रणनीति** तैयार करते हैं, क्योंकि सभी की पृष्ठभूमि अलग होती है, सभी की अवधारणाओं को पढ़ने, सीखने व याद करने की शैली अलग होती है। अतः इस पुस्तक का **उद्देश्य** आपका अपनी रणनीति बनाने में मार्गदर्शन करना है, न कि **आपको अपनी रणनीति को यहाँ दी गई रणनीति से बदलने के लिए कहना है**। रणनीति की यह सूची पूर्ण नहीं है और आप बेहिचक इसमें वह जोड़ सकते हैं, जो आपको जरूरी लगता है।

इसलिए मेरा आप से अनुरोध है कि आप इस **पुस्तक को अपनी शक्तियों और कमजोरियों के साथ अपनी रणनीति बनाने के लिए पढ़ें**। लेकिन यह भी ध्यान रखें कि ऐसी कोई रणनीति नहीं है, जो सबसे बेहतर हो; बल्कि जो आपके लिए काम करे, वही सर्वोत्तम रणनीति है।

★★★

अध्याय

3

तैयारी आरंभ करने का सही समय

तैयारी शुरू करने का सबसे बेहतर समय आपके यू.पी.एस.सी. की परीक्षा देने (आई.ए.एस. आई.पी.एस. आई.एफ.एस. आई.आर.एस. या आप जो बनना चाहते हैं।) के निर्णय पर निर्भर है, लेकिन भविष्य के इस लक्ष्य को ध्यान में रखते हुए ऐसे विभिन्न स्तर हैं, जब एक अभ्यर्थी सचेत हो सकता है। जिन पर हम क्रमबद्ध चर्चा करेंगे—

अगर आप स्कूल में हैं

आई.ए.एस. की परीक्षा की तैयारी के लिए आपको अलग से विशेष समय निकालने की आवश्यकता नहीं है। जब अभ्यर्थी इस परीक्षा की तैयारी शुरू करते हैं तो वे अपनी शुरुआत उन्हीं **एन.सी.ई.आर.टी.** की पुस्तकों को पढ़ने के साथ करते हैं, जिन्हें उन्होंने स्कूल में पढ़ा होता है। इसलिए, स्कूल में आप जो कुछ भी पढ़ रहे हैं, उसे अच्छी तरह से सनझकर पढ़ें और साथ ही **प्रतिदिन समाचार-पत्र पढ़ने की आदत** भी डालें। अगर समाचार-पत्र पढ़ने की आदत को आप अपने **स्कूली-जीवन में ही अपना लेते हैं** तो यह आपके जीवन में निर्धारित किए गए लक्ष्य (चाहे कोई भी क्यों न हो) को प्राप्त करने के पथ में काफी सहायता कर सकती है।

इस तरह, आप स्कूल में जो कुछ भी पढ़ रहे हैं वह न केवल **स्कूली परीक्षा के लिए प्रासंगिक** है, अपितु आई.ए.एस. ऑफिसर बनने में भी आपके काम आ सकता है। आप जो भी जानकारियाँ स्कूली शिक्षा के दौरान ग्रहण करते हैं, वे आई.ए.एस.परीक्षा के साथ-साथ दूसरी प्रतियोगी परीक्षाओं में भी आपके लिए लाभकारी हैं। **समाचार-पत्र आपको दुनिया भर की समसामयिक जानकारियों से अप-टू-डेट रखता है** तथा विभिन्न विषयों को लेकर आपकी समझ को ज्यादा बेहतर बनाता है। इस तरह जब आप आगे चलकर आई.ए.एस. की तैयारी करते हैं तो आपकी विभिन्न विषयों के बारे में जानकारी बेहतर से बेहतरीन होती जाती है।

मेरा विद्यालयी शिक्षा प्राप्त कर रहे सभी छात्रों से अनुरोध है कि विद्यालयी स्तर के दौरान कभी भी आई.ए.एस. परीक्षा की तैयारी के लिए किसी **औपचारिक पुस्तक का चुनाव न करें**। इस समय में **स्कूल के पाठ्यक्रम को सबसे अधिक महत्त्व** दिया जाना चाहिए, क्योंकि सबसे ज्यादा जरूरी है कि शुरुआती स्तर पर विषयों की मूलभूत समझ को सही तरीके से विकसित किया जाए।

अगर आप कॉलेज में हैं

आप परीक्षा की तैयारी कॉलेज में भी शुरू कर सकते हैं, लेकिन आपको बहुत सावधान रहने की आवश्यकता है। मैंने बहुत से अभ्यर्थियों को देखा है जो अपनी **कॉलेज की पढ़ाई को केवल इस परीक्षा के लिए बरबाद कर** देते हैं जो उनके लिए बाद में बहुत महँगा सिद्ध होता है। इसलिए आपको यह समझना होगा कि कॉलेज की पढ़ाई कर रहे अभ्यर्थियों को **कितना और कैसे अपना समय** इन परीक्षाओं के लिए देना चाहिए, ताकि उनकी कॉलेज की पढ़ाई बाधित न हो।

जीवन में कॉलेज की पढ़ाई का समय वह होता है जब आपके **व्यक्तित्व** का विकास होता है। अतः इस समय आपके लिए न केवल अपने **पढ़ाई** पर ध्यान देना जरूरी है, बल्कि बहुत सारी **पाठ्येतर गतिविधियों** में भी भाग लेना जरूरी है। यही गतिविधियाँ आपके व्यक्तित्व के उस पहलू को उजागर करती हैं, जिनसे आप स्वयं अनजान रहते हैं। इसलिए, यह आवश्यक है कि कॉलेज की पढ़ाई के दौरान अपने आपको जितना संभव हो उतना **खँगालते रहें,** जिससे कि आपके **भीतर की छिपी हुई क्षमताओं** को बाहर निकलने का अवसर मिल सके और आप अपनी **पूरी क्षमता के साथ** सफलता के पथ पर आगे बढ़ सकें।

इस तरह, अगर आपके पास आपकी कॉलेज की गतिविधियों के बाद कुछ समय शेष बचता है, जिसका आप सदुपयोग करना चाहते हैं तो उसे इस परीक्षा की तैयारी में लगाएँ। **सुबह या शाम के समय कुछ घंटों के अलावा छुट्टियों के दिन का इस्तेमाल पढ़ाई के लिए करना आपके लिए अच्छा रहेगा**। शुरुआत **अखबार** और **एन.सी.ई.आर.टी.**

की पुस्तकों को नियमित तौर पर पढ़ने के साथ करें। फिर धीरे-धीरे इस परीक्षा की औपचारिक पुस्तकों की ओर बढ़ें।

कॉलेज की पढ़ाई के दौरान यू.पी.एस.सी. परीक्षा की तैयारी आरंभ करने की अच्छी बात यह होती है कि आपके पास **बहुत-सा समय** होता है और साथ ही इस परीक्षा को लेकर **कोई मानसिक दबाव भी नहीं** होता। आप **अपने हिसाब से** तैयारी शुरू कर सकते हैं और इससे आपको मुद्दों और विषय-वस्तु की गहरी समझ और बेहतर जानकारी हासिल करने में सहायता मिलती है। समय की यह आजादी आमतौर पर तब नहीं मिलती जब आप कॉलेज के बाद परीक्षा की तैयारी करते हैं, क्योंकि तब परीक्षाएँ आपके सामने होती हैं।

- एक बुरा अभ्यर्थी वह होता है, जो आई.ए.एस. ऑफिसर तो बनना चाहता है लेकिन कॉलेज की पढ़ाई के दौरान उसके लिए कुछ नहीं करता।
- एक गंभीर अभ्यर्थी कॉलेज में ही बेसिक तैयारी के साथ शुरुआत करता है।
- जबकि एक स्मार्ट अभ्यर्थी न केवल तैयारी शुरू करता है, बल्कि कॉलेज के दौरान समय-प्रबंधन का गुरु मंत्र भी सीख लेता है।

कॉलेज की पढ़ाई के दौरान तैयारी आरंभ करने के लाभ

1. **समय :** जब आप कॉलेज के बाद परीक्षा की तैयारी करते हैं तो परीक्षा के विस्तृत पाठ्यक्रम के कारण आपके पास समय का अभाव हमेशा रहता है, जबकि कॉलेज में पढ़ाई के दौरान आपके पास काफी खाली समय रहता है, अतः उन 3-4 सालों के दौरान समय का सदुपयोग परीक्षा की तैयारी के लिए किया जा सकता है।

2. **आधार :** कॉलेज की पढ़ाई के दौरान खाली समय का उपयोग आधार को मजबूत करने के लिए किया जा सकता है। इस दौरान X-XII की एन.सी.ई.आर.टी. पुस्तकें तथा 'योजना', 'कुरुक्षेत्र' व ऐसी अन्य पत्रिकाओं को नियमित तौर से पढ़ें। साथ ही, समसामयिकी की अच्छी समझ के लिए प्रतिदिन समाचार-पत्र पढ़ें।

3. **पढ़ने की आदत :** चूँकि तैयारी के लिए सीमित समय में बहुत-सी पुस्तकें पढ़नी होती हैं, अतः इस समय के दौरान अपनी रुचि को ध्यान में रखते हुए अपने अंदर पढ़ने और ज्ञान अर्जित करने की आदत को विकसित करें। साथ ही अवधारणाओं को समझने और पढ़ने की आदत बनाएँ, जो आगे चलकर आपके लिए बहुत सहायक सिद्ध होगी।

4. **लिखने का अभ्यास :** आजकल मुख्य परीक्षा में सफलता शीघ्रता से अधिक-से-अधिक प्रश्नों का सटीक उत्तर लिखने पर निर्भर करती है। इसलिए, अगर आप इसमें कुशलता का अभ्यास करते हैं तो परीक्षा में अच्छा प्रदर्शन कर पाएँगे। चूँकि कॉलेज

के दिनों में आप पर समय की पाबंदी लागू नहीं होती है, इसलिए साधारण/विशेष विषय पर निबंध लिखने का अभ्यास करने की शुरुआत की जा सकती है।

5. **पढ़ना :** कॉलेज की पढ़ाई के दौरान आप यू.पी.एस.सी. की परीक्षाओं के लिए प्रकाशित पुस्तकों को पढ़ना आरंभ कर सकते हैं। पुस्तकें पढ़ने की यह आदत अपनी सुविधानुसार विकसित की जा सकती है। यह आपके लिए आगे चलकर लाभकारी सिद्ध होगी।
6. **ऑनलाइन स्रोत :** आज के समय में काफी ऑनलाइन स्रोत भी उपलब्ध हैं। ऐसे में आपके लिए बेहतर होगा कि समय का सदुपयोग करते हुए उनको खँगालना शुरू करें।
7. **गति :** कॉलेज की पढ़ाई के दौरान जो सबसे अच्छी बात होती है वह यह है कि आप अपने हिसाब से पढ़ाई कर सकते हैं। इससे आपको मूल अवधारणा को आराम से समझने का पूरा-पूरा समय मिलता है। हालाँकि शुरुआत में इसमें आपका काफी समय बरबाद होता है।

जैसा कि आप सभी को अच्छी तरह से पता है कि अन्य क्षेत्रों की तरह ही इस क्षेत्र में भी हर वर्ष प्रतियोगिता का स्तर बढ़ता जा रहा है। लेकिन, अगर आप अपने लक्ष्य को लेकर स्पष्ट सोच रखते हैं तो क्रमबद्ध तरीके से परीक्षा की तैयारी करने के लिए यह सबसे बेहतर समय है।

एक अच्छा अभ्यर्थी यू.पी.एस.सी. की परीक्षा की तैयारी कॉलेज के दिनों में शुरू कर देता है; जबकि स्मार्ट अभ्यर्थी न केवल तैयारी आरंभ करता है, बल्कि कॉलेज की पढ़ाई और परीक्षा की तैयारी दोनों के बीच अच्छी तरह से संतुलन भी बनाए रखता है।

अगर आप परीक्षा की तैयारी पढ़ाई के बाद या नौकरी के बाद करना चाहते हैं

यू.पी.एस.सी. की परीक्षा की तैयारी पूरी तन्मयता के साथ करने से बेहतर कुछ भी नहीं है। आपका सारा समय बस परीक्षा की तैयारी के लिए ही होना चाहिए। आप अपने आपको सौभाग्यशाली समझें, अगर इस परीक्षा की तैयारी के दौरान आपको किसी तरह की वित्तीय समस्या का सामना नहीं करना पड़ रहा। यदि आप बिना किसी बाधा के अपनी तैयारी कर रहे हैं तो यह आपके लिए एक **प्रेरक तत्त्व** की तरह हो सकता है, क्योंकि हमारे आस-पास ऐसे बहुत से लोग हैं, जो तैयारी करना चाहते हैं लेकिन कुछ व्यक्तिगत या आर्थिक बाधाओं के चलते तैयारी करने में असमर्थ हैं।

अतः **लगन के साथ** तैयारी करें और यह सुनिश्चित करें कि आप अपनी तैयारी के लिए **पूरी तरह से प्रेरित** हैं।

***

अध्याय 4

औसत विद्यार्थी

शुरुआत में, बहुत से अभ्यर्थी इस बात को लेकर संदेह में रहते हैं कि वे केवल औसत स्तर के विद्यार्थी हैं तथा यह तय नहीं कर पाते कि वे यू.पी.एस.सी. परीक्षा की तैयारी करने में सफल हो भी पाएँगे या नहीं।

इससे पहले कि इस प्रश्न का उत्तर दूँ, मैं आपको दो कहानियाँ सुनाना चाहता हूँ—

ऊपर जो तसवीरें दी गई हैं, वे **दो आई.ए.एस. अफसरों की** हैं। पहली तसवीर **अवनीश शरण, आई.ए.एस. 2009 बैच,** छत्तीसगढ़ कैडर व दूसरी तसवीर **नितिन सांगवान आई.ए.एस. 2016 बैच,** गुजरात कैडर की है। अवनीश शरण ने दसवीं की

बोर्ड परीक्षा में **44% अंक** प्राप्त किए थे और नीतिन सांगवान को बारहवीं की बोर्ड की परीक्षा में रसायन **शास्त्र** में **24 अंक** प्राप्त हुए थे।

ये दोनों कहानियाँ **सोशल मीडिया पर बहुत वायरल हुई** थीं, क्योंकि बोर्ड की परीक्षा में औसत से भी कम अंक प्राप्त करने के बावजूद ये दोनों आई.ए.एस. ऑफिसर बने।

जिस कारण से ये दोनों सोशल मीडिया पर वायरल हुए, वह यह था कि इनकी सफलता दिखाती है कि यह आवश्यक नहीं है कि अगर आप स्कूल की परीक्षाओं के दौरान अच्छा प्रदर्शन नहीं कर पाए तो आप बाद में की गई अपनी मेहनत से भी इस परीक्षा में सफल नहीं हो सकते। मैं पिछले छह वर्षों के दौरान ऐसे बहुत से चयनित अभ्यर्थियों से मिला हूँ जो औसत स्तर के ही विद्यार्थी थे फिर भी उन्होंने यू.पी.एस.सी. की परीक्षा में सफलता प्राप्त की।

इसके पीछे का कारण क्या है ?

मूलत: यह इस पर निर्भर करता है कि **आप अपने जीवन के बारे में गंभीरता से सोचना कब आरंभ करते हैं।** यह मैं आपके सामने एक और सत्य कहानी से सत्यापित करूँगा। मेरे कॉलेज का एक मित्र जिसने कॉलेज की पढ़ाई को कभी गंभीरता से नहीं लिया, यहाँ तक कि उसने कॉलेज की परीक्षा में भी केवल 45-50% अंक ही प्राप्त किए। हम सब उसको कहते थे कि तुम अपनी पढ़ाई को लेकर गंभीर क्यों नहीं हो ? और हमारे इस प्रश्न का उत्तर वह हमेशा यह देता कि उसे पढ़ाई के लिए कोई प्रेरणा नहीं मिलती। उसका सारा ध्यान बस किसी तरह से परीक्षा पास करने पर होता था।

कॉलेज की पढ़ाई समाप्त होने पर उसने यू.पी.एस.सी. की परीक्षा की तैयारी शुरू कर दी और **दो साल के लिए गायब हो गया।** उसने अपना फोन नंबर बदल दिया, यहाँ तक कि सबसे बातचीत करना भी बंद कर दिया। हम सभी को पता था कि वह यू.पी.एस.सी. की तैयारी कर रहा है। अंतत: जब उसने **परीक्षा में सफलता प्राप्त कर ली** तो हम सभी को पार्टी दी। पहले तो सभी उससे नाराज थे, लेकिन फिर अहसास हुआ कि उसने अपने आपको अच्छी तरह से पहचान लिया था और तय कर लिया था कि उसे परीक्षा में सफलता प्राप्त करने के लिए क्या करना है।

> कभी-कभी आपको बस गायब हो जाना होता है और सारा ध्यान अपने आप पर केंद्रित करना होता है, जैसे सोशल मीडिया से दूरी, मित्रों से संपर्कहीनता और किसी भी तरह के ध्यान भंग करनेवाले आकर्षण से दूरी बना लेना। इस तरह कुछ महीनों तक अपनी संपूर्ण आंतरिक शक्ति के साथ पूरा ध्यान सिर्फ और सिर्फ अपने लक्ष्य पर लगाने से आप अपने जीवन को महत्त्वपूर्ण तरीके से बदल सकते हैं।

उपर्युक्त उदाहरण से **यह शिक्षा मिलती है** कि सफलता इस पर निर्भर करती है कि आप अपने जीवन के लक्ष्य को लेकर गंभीर कब होते हैं। संभव है कि आप अपने

स्कूल और कॉलेज के दौरान पढ़ाई को लेकर गंभीर न रहे हों, लेकिन यू.पी.एस.सी. की परीक्षा के दौरान **आपकी लगन और कठिन परिश्रम के** परिणामस्वरूप आपको सफलता मिल सकती है। दूसरी ओर, मैंने स्कूल और कॉलेज में **टॉप करनेवाले** उन अभ्यर्थियों को भी देखा है, जो इस परीक्षा में सफल नहीं हो पाए, क्योंकि वे यह सोचकर **बेपरवाह** हो गए कि वे तो पढ़ाई में अच्छे हैं और किसी भी परीक्षा को आसानी से उत्तीर्ण कर सकते हैं।

इसलिए, संभव है कि आप अपने स्कूल या कॉलेज की पढ़ाई के दौरान औसत से कम, मात्र औसत अथवा उच्चतम स्तर के विद्यार्थी रहे हों किंतु इससे यह सुनिश्चित नहीं होता कि आप किसी भी परीक्षा में बहुत आसानी से सफल हो जाएँगे। यह केवल आपकी उस **परीक्षा के दौरान की गई मेहनत** ही सुनिश्चित करेगी कि आप में परीक्षा में सफल होने की काबिलियत है अथवा नहीं।

यह आप पर निर्भर करता है कि आप किस तरह से अपने **आत्म-विश्वास को बनाए रखते हैं।** अपने आप में कभी भी यह सोचकर आत्म-विश्वास की कमी न आने दें कि अपने बीते हुए समय के कारण आप आने वाली परीक्षा में भी सफलता प्राप्त नहीं कर सकते। **आज जो समय व अवसर आपके पास है, उस अवसर का लाभ उठाकर अपनी कड़ी मेहनत व लगन से अपने आपको सिद्ध करना होगा।** अगर आप अपना सबसे बेहतर प्रदर्शन करेंगे तो परीक्षा में अवश्य सफलता प्राप्त करेंगे।

- साधारण सोच रखने वाला अभ्यर्थी अपने पिछले प्रदर्शन के आधार पर अपने आगे किए जानेवाले प्रयास का आकलन करता है।
- एक गंभीर अभ्यर्थी अपने पिछले प्रदर्शन की परवाह न करते हुए तैयारी तो करता है, लेकिन उसमें आत्म-विश्वास की कमी बनी रहती है।
- जबकि एक स्मार्ट अभ्यर्थी अपने पिछले प्रदर्शन के बावजूद पूरे आत्म-विश्वास के साथ परीक्षा की तैयारी करता है।

★★★

हर व्यक्ति को दो में से एक दर्द का चुनाव करना होता है– अनुशासन का दर्द या अफसोस करने का दर्द।

अध्याय

5

अंग्रेजी ज्ञान का स्तर

तैयारी शुरू करने के दौरान बहुत से अभ्यर्थी इस बात को लेकर चिंतित रहते हैं—

- **क्या मेरा अंग्रेजी का ज्ञान यू.पी.एस.सी. की परीक्षा की तैयारी के लिए पर्याप्त है ?**
- **क्या मैं मुख्य परीक्षा में अधिक-से-अधिक प्रश्नों का उत्तर लिख पाऊँगा/पाऊँगी ?**

यदि यू.पी.एस.सी. परीक्षा की बात करें तो इसमें अंग्रेजी के केवल औसत ज्ञान की अपेक्षा की जाती है, मात्र उतना ही जितना आप स्कूल में लिखने के लिए उपयोग करते थे। इस परीक्षा में **मूलतः आपके विचार और अभिव्यक्ति महत्त्वपूर्ण है, जो परीक्षक तक संचारित होनी चाहिए।** यहाँ पर उत्कृष्ट स्तर के अंग्रेजी ज्ञान के प्रयोग की आवश्यकता कतई नहीं होती। आपको बस **सहज और सरल भाषा का प्रयोग** करना होता है, जिसे आपकी उत्तर-पुस्तिका की जाँच करनेवाला परीक्षक आसानी से समझ सके।

परीक्षा की तैयारी के लिए आप जिन पुस्तकों को पढ़ते हैं, उनमें से अधिकतर के लिए अंग्रेजी का बेसिक ज्ञान अपेक्षित होता है यानी कि अगर आप अंग्रेजी पढ़ और लिख सकते हैं तो आपको परेशान होने की आवश्यकता नहीं है। साथ ही, आपकी अंग्रेजी अपने आप ही **सुधरने** भी लगती है, क्योंकि आप परीक्षा की तैयारी के दौरान बहुत कुछ, जैसे समाचार-पत्र. एन.सी.ई.आर.टी. की पुस्तकें और स्टडी मैटीरियल आदि लगातार पढ़ते रहते हैं।

यदि आप **अंग्रेजी भाषा के ज्ञान के स्तर** के विषय में जानना चाहते हैं तो इसका सबसे बेहतर उदाहरण **एन.सी.ई.आर.टी.** की पुस्तकें हैं। इस परीक्षा में आपके उत्तर साधारण भाषा में हों तो उतना ही काफी है। बहुत से अभ्यर्थी करंट अफेयर्स की जानकारी के लिए अंग्रेजी के **'द हिंदू'** समाचार-पत्र को पढ़ते हैं और पाते हैं कि समाचार-पत्र की भाषा उच्चतम स्तर की है और उसे समझना कठिन है। आपको बता दें, यू.पी.एस.सी. की परीक्षा की तैयारी के लिए **'द हिंदू'** समाचार-पत्र को पढ़ना आवश्यक शर्त कतई नहीं है। आप कोई भी समाचार-पत्र जो आपको पसंद हो, या जो आपके आसपास आसानी से मिल जाए, नियमित तौर पर पढ़ सकते हैं।

इसलिए अगर आपको लगता है कि आपका अंग्रेजी का ज्ञान ठीक-ठाक है तो यह आपकी परीक्षा की तैयारी के लिए पर्याप्त है; इसके विपरीत यदि आपका अंग्रेजी का ज्ञान अच्छा नहीं है तो आपको तुरंत ही **उस पर काम करने की** आवश्यकता है। आप अपने अंग्रेजी भाषा के ज्ञान स्तर को उस **औसत स्तर तक** पहुँचाने की कोशिश करें जोकि दसवीं कक्षा की परीक्षा के लिए जरूरी होता है। उसके पश्चात् अपनी तैयारी में आगे बढ़ें।

अंग्रेजी का कम ज्ञान होना अभ्यर्थी के लिए एक ऐसा **धर्मसंकट** होता है, जो चिंता का विषय बनकर उसके आत्म-विश्वास की कमी का कारक बन जाता है। मैंने बहुत से अभ्यर्थियों से बात की है, जो बहुत अच्छी अंग्रेजी बोलते हैं और इसके बावजूद वे परेशान रहते हैं कि उनका अंग्रेजी का भाषा-ज्ञान अच्छा नहीं है।

इसलिए अपने **आत्म-विश्वास को डगमगाने न दें,** परीक्षा में सफल होने के लिए जिस कड़ी मेहनत की आवश्यकता है, जी-जान से उसमें लग जाएँ।

- **आवश्यकता से अधिक सोचना हमारा सबसे बड़ा शत्रु है।**
- अकसर देखा गया है कि बहुत अधिक सोचना आपकी कम मेहनत का परिणाम होता है और यह उन समस्याओं का कारण बन जाता है, जो वास्तव में नहीं होतीं।
- यह चिंता करना कि चीजें कैसे गलत हो सकती हैं, चीजों को ठीक करने में मददगार नहीं होता। इसलिए, ज्यादा सोचने की आदत से परहेज करें और वह करें, जो आपको करना चाहिए।

★★★

अध्याय

6

कॉलेज के विषय बनाम वैकल्पिक विषय

अधिकतर विद्यार्थी कॉलेज की पढ़ाई के दौरान विषयों का चयन **अपनी रुचि और बारहवीं तक के अपने प्रदर्शन के आधार पर** करते हैं। लेकिन हाल ही में यह चलन देखा गया है कि विद्यार्थी अपने कॉलेज के विषय का चयन आई.ए.एस. की परीक्षा के वैकल्पिक विषय के आधार पर करते हैं।

मेरी सलाह है कि आप अपने कॉलेज की पढ़ाई के विषयों का चयन **आई.ए.एस. की परीक्षा के आधार पर न करें**। कॉलेज में विषय का चयन आपको **अपनी रुचि और सीखने के रुझान के आधार पर** करना चाहिए, न कि भविष्य में दी जानेवाली परीक्षा हेतु वैकल्पिक विषय के आधार पर। अगर आप ऐसा करते हैं तो आप एक **संकीर्ण सोच** के शिकार हो जाते हैं।

सबसे बेहतर यह होता है जब आप कॉलेज में विषय का चयन अपनी रुचि के आधार पर करें और बाद वे विषय आपके वैकल्पिक विषय के लिए भी उपयुक्त बन जाएँ। लेकिन अधिकतर अभ्यर्थियों के साथ ऐसा नहीं होता। मैंने कॉलेज में फिजिक्स ऑनर्स पढ़ा था, जबकि यू.पी.एस.सी. की परीक्षा में मैंने वैकल्पिक विषय के तौर पर मनोविज्ञान को चुना था।

कॉलेज आपको प्रदर्शन करने व आपके क्षितिज में विस्तार का अवसर देता है। कई बार ऐसा होता है कि आपको ही अपनी क्षमताओं के बारे में पता नहीं होता।

कॉलेज आपके लिए **उस नींव को तैयार करता है और आपको वास्तविक दुनिया में प्रवेश करने के लिए** मुक्त कर देता है। इसलिए, **जिन विषयों का** अध्ययन आप कॉलेज की पढ़ाई के दौरान करते हैं, हो सकता है कि वे **जीवन भर आपके साथ रहें** और एक विकल्प की तरह तब भी काम आ जाएँ, जब आप आई.ए.एस. की परीक्षा की तैयारी करें।

इसलिए, हमेशा **व्यापक मानसिकता** के साथ आगे बढ़ें और अपने दिमाग में केवल परीक्षा पास करने के विचार के बजाय बृहद् तसवीर को रखें। परीक्षा की तैयारी के दौरान जिस तरह आप अन्य विषयों के पाठ्यक्रम को पढ़ते हैं, ठीक उसी तरह से वैकल्पिक विषय को भी पढ़ें। पहले से उसके बारे में आवश्यकता से अधिक सोचकर परेशान न हों। कॉलेज में विषय का चयन करते समय आपकी प्राथमिकता **आपकी रुचि पर आधारित** होनी चाहिए न कि इस पर कि वह विषय आगे चलकर आपके लिए यू.पी.एस.सी. की तैयारी में कितना सहायक सिद्ध होगा।

सामान्यत: स्नातक स्तर पर विषयों का चयन वैकल्पिक विषय के आधार पर करने में कोई बुराई नहीं है, लेकिन तभी जब आप ने उसकी पृष्ठभूमि और भविष्य का आकलन अच्छी तरह से कर लिया हो।

वैकल्पिक विषय चुनने के पीछे कुछ अन्य कारक/मानदंड भी होते हैं, उनके बारे में भी इस पुस्तक के आने वाले अध्यायों में चर्चा की गई है।

अगर आप अपनी रुचि और यू.पी.एस.सी. की परीक्षा दोनों को ध्यान में रखकर संतुलन में आगे बढ़ते हैं और एक ऐसे विषय का चुनाव करते हैं जिसमें महारत हासिल की जा सकती है तो इससे न केवल आपके स्नातक स्तर के **प्रदर्शन को सुधारने में सहायता** मिलेगी, अपितु कॉलेज की पढ़ाई खत्म होने तक वैकल्पिक विषय भी तैयार हो जाएगा।

इसके बाद, आपको लिखने का अभ्यास, रिवीजन और कुछ मॉक टेस्ट देते हुए अपनी अन्य विषयों की तैयारी पूरी करनी होगी।

- एक सामान्य अभ्यर्थी बिना कुछ सोचे-समझे स्नातक स्तर पर वैकल्पिक विषय का चुनाव करता है।
- एक अच्छा अभ्यर्थी कॉलेज में विषय का चयन रुचि के आधार पर करता है।
- एक स्मार्ट अभ्यर्थी स्नातक स्तर के विषय का चयन अपनी रुचि और यू.पी.एस.सी. की परीक्षा, दोनों को ध्यान में रखकर करता है।

★★★

अध्याय

7

कोचिंग : जरूरी या गैर-जरूरी

समय आ गया है यह जानने का कि क्या यू.पी.एस.सी. की परीक्षा, जिसकी तैयारी प्रतिवर्ष लाखों परीक्षार्थी करते हैं, के लिए कोचिंग आवश्यक है या नहीं? अपने प्रश्न का कोई स्पष्ट उत्तर न मिलने पर, अधिकतर परीक्षार्थी इस सोच को अपना लेते हैं कि प्रतियोगी परीक्षाओं में सफलता प्राप्त करने के लिए कोचिंग अनिवार्य होती है।

मैं आपको यह **एक सच्ची कहानी के माध्यम से** समझाता हूँ-

कुछ समय पहले मैं बिहार के एक **वरिष्ठ आई.ए.एस. अधिकारी** से बात कर रहा था, जिन्होंने पच्चीस साल पहले दिल्ली में रहकर यू.पी.एस.सी. सी.एस.ई. की तैयारी की थी। जब उन्होंने इस परीक्षा को देने का निर्णय लिया तब वे काफी असमंजस में थीं। चूँकि उस समय उनके पास मार्गदर्शन के लिए कोई मार्गदर्शक या स्टडी मैटीरियल यहाँ तक कि परीक्षा से संबंधित कोई विस्तृत जानकारी भी उपलब्ध नहीं थी, अतः उनके पास **दिल्ली आकर** परीक्षा की तैयारी करने के अलावा दूसरा कोई विकल्प नहीं था।

पिछले वर्ष **उनकी बेटी** ने अपने **दूसरे प्रयास में** यू.पी.एस.सी. की परीक्षा **बिना किसी कोचिंग के** उत्तीर्ण की। उनकी बेटी ने घर से ही परीक्षा की तैयारी की और पूरे आत्म-विश्वास से अपने माता-पिता से कहा कि "परीक्षा की तैयारी के लिए दिल्ली जाने की क्या आवश्यकता है, जब सब कुछ **ऑनलाइन** मौजूद है"।

मेरे लिए उनकी बेटी का आत्म-विश्वास बहुत दिलचस्प था। अत: मैं इस बारे में और अधिक जानने के लिए उत्सुक हो गया। मैं समझना चाहता था कि ऐसा कौन-सा **रहस्य** है जो परीक्षा देनेवाले परीक्षार्थियों को पता नहीं होता और अज्ञानता के कारण वे प्रतिवर्ष परीक्षा के लिए कोचिंग लेने पर लाखों का खर्चा करते हैं।

उसने मुझे बताया कि केवल **शुरुआत में ही** आत्म-विश्वास की कमी का अहसास होता है और परीक्षार्थी परीक्षा की तैयारी के सही दृष्टिकोण को लेकर असमंजस में रहता है।

परीक्षा की तैयारी में उसकी माँ ने उसकी बहुत मदद की, लेकिन पिछले पच्चीस सालों में परीक्षा के पैटर्न और स्ट्रेटजी दोनों में ही बहुत बदलाव आ गया है, इसलिए उसे आज के समय की माँग के अनुसार अपनी तैयारी करनी थी। शुरुआती दौर में जो सबसे बड़ी बाधा थी, उससे वह **ऑनलाइन आर्टिकल्स** और चयनित अभ्यर्थियों के **वीडियोज** की मदद से निकल पाई। **शुरुआती कुछ महीनों में** उसने तैयारी के लिए **बहुत सारा समय** दिया, ताकि वह परीक्षा के मूलभूत भेदों और चयनित उम्मीदवारों की **अप्रोच और स्ट्रेटजी** को समझ सके। इस संबंध में उसे विभिन्न ऑनलाइन प्लेटफॉर्म जहाँ रीडिंग मैटीरियल और अन्य जानकारियाँ मुफ्त में उपलब्ध थीं, से बहुत सहायता मिली।

अपने चयन के लिए **उसका सूत्र था**-अगर अधिकतर चयनित अभ्यर्थी किसी पुस्तक या किसी वेबसाइट को संदर्भित कर रहे हैं तो अवश्य ही वहाँ पर कुछ अच्छा होगा।

शुरुआती दौर में, उसने बिना कुछ सोचे-समझे उन सभी संदर्भों का अनुसरण किया और बाद में जब परीक्षा को लेकर उसकी समझ बढ़ती गई **तब वह पुस्तकों और ऑनलाइन प्लेटफॉर्म का चयन अपनी समझ के आधार पर करने लगी,** जो उसकी तैयारी के लिए उपयुक्त थे। जब मैंने उससे पूछा कि क्या परीक्षा की तैयारी करते समय उसे कभी अपनी तैयारी पर संदेह हुआ। उसका उत्तर था, **"एक कोचिंग संस्थान मुझे वही स्टडी मैटियल और विषय-वस्तु पढ़ाता, जिसे मैं अपने आप पढ़ सकती थी। ऐसे में, उस चीज के लिए बहुत सारा धन खर्च करने की क्या आवश्यकता है, जो मैं घर बैठकर अपने आप पढ़ सकती हूँ ?"**

खासतौर से उसने यह बताया कि किस तरह से ऑनलाइन प्लेटफॉर्म पर **मुफ्त में उपलब्ध स्टडी मैटीरियल से** उसको अपनी तैयारी में मदद मिली। जब कभी उसे कोई कठिनाई आती, तो वह ऑनलाइन जाकर उससे संबंधित जानकारी पढ़ती और वीडियोज देखती, जिससे उस विषय को अच्छी तरह से समझ पाए। कई बार पुस्तकों में सभी शीर्षकों को बहुत अच्छी तरह और विस्तार से नहीं समझाया जाता, इसलिए जहाँ कहीं मेरे लिए पुस्तक में दी गई पाठ्य-सामग्री को समझना कठिन हो जाता, **तो मैं ऑनलाइन संसाधनों की मदद लेती।** बातचीत के अंत में उसने कहा, **"तैयारी के लिए आपको बस एक अच्छे इंटरनेट कनेक्शन की आवश्यकता होती है, बाकी सब कुछ आपकी मेहनत और लगन पर निर्भर करता है।"** उसकी बात सुनकर मैं काफी आश्चर्य में पड़ गया!

परीक्षा की तैयारी का मेरा अनुभव

परीक्षा की तैयारी मैंने भी दूसरे अभ्यर्थियों की तरह **आत्म-विश्वास की कमी** और जो कुछ भी मैं कर रहा था, उस हर एक चीज पर **संदेह के साथ** की थी। लेकिन मैं यह अच्छी तरह जानता था कि ऐसा महसूस करनेवाला मैं अकेला नहीं था।

कॉलेज से स्नातक करने के बाद यू.पी.एस.सी. की परीक्षा की तैयारी करने से पहले तीन वर्ष तक मैंने कॉरपोरेट सेक्टर में काम किया। सन् 2012 में मैंने परीक्षा की तैयारी के लिए कोचिंग ली थी और उसके लिए लगभग 60,000 रुपए भी बरबाद किए थे।

दरअसल करोल बाग स्थित कोचिंग संस्थान में मैंने यह सोचकर प्रवेश लिया था कि इससे मुझे बहुत मदद मिलेगी, लेकिन दुर्भाग्यवश **मेहनत से कमाए गए मेरे पैसे बरबाद हो गए।** एक महीने बाद ही मैंने कोचिंग छोड़ दी, क्योंकि मुझे अहसास हो गया कि यह काम तो मैं **अपने आप भी कर सकता हूँ।**

मैंने पाया कि उन **मित्रों के साथ चर्चा करना,** जो मेरी तरह ही परीक्षा की तैयारी कर रहे थे, उन कक्षाओं में बैठने से कहीं बेहतर था जहाँ पर मुझे वही पाठ्य-सामग्री पढ़ाई जा रही थी, जिसे **मैं अपने आप आधे समय में पढ़ सकता था।**

मैंने कोचिंग से बचे हुए समय का उपयोग **नोट्स बनाने** और अपनी तैयारी को और बेहतर करने में लगाया। अगले कुछ महीनों में ही सब कुछ सही होने लगा और परीक्षा को लेकर मेरी समझ भी बेहतर होने लगी। मेरा आत्म-विश्वास बढ़ने लगा, जिसका प्रभाव मेरी परीक्षा की तैयारी में भी देखा जा सकता था।

जैसाकि कहा जाता है, इस परीक्षा के लिए आपको **सभी क्षेत्रों में निपुण** होना होता है, अत: मैंने भी अपनी कमजोरियों पर ध्यान दिया और उन विषयों का अभ्यास कर उन्हें **अपनी ताकत** बनाना शुरू किया जिनमें मेरी समझ कम थी। चूँकि मैं दिन-प्रतिदिन अपने आप में **सुधार कर** रहा था, इससे मेरी तैयारी **और मजबूत होती गई।**

मैने **'जोखिम से लाभ सिद्धांत'** को अपनाना शुरू कर दिया, मेरे लिए जोखिम वह **समय** था जो मैं किसी विषय के लिए दे रहा था और लाभ उसके बारे में पूछे गए **प्रश्नों की संख्या** थी। मैंने यह भी सुनिश्चित किया कि इस सिद्धांत को मैं **रिवीजन** में भी लागू करूँ।

जब मेरे परीक्षा संबंधी भ्रम दूर हो गए तो मुझे अहसास हुआ कि मैं परीक्षा के **एक इंच नजदीक** आ गया हूँ और मैंने अपनी तैयारी जारी रखी। इन्हीं प्रयासों से मुझे इच्छित परिणाम प्राप्त हुआ।

स्वयं पर भरोसा करें

कोचिंग संस्थानों का व्यवसाय उन दिनों बहुत **जोरों** पर था, जब अभ्यर्थियों के पास परीक्षा के लिए **किसी तरह का मार्गदर्शन** और **स्टडी मैटीरियल** उपलब्ध नहीं था, क्योंकि उस

समय कोई **सोशल मीडिया**, ऑनलाइन प्लेटफॉर्म या किसी अन्य प्रकार के मार्गदर्शन का साधन उपलब्ध नहीं था, जहाँ से परीक्षार्थी स्टडी मैटीरियल या परीक्षा संबंधी अन्य जानकारी प्राप्त कर सकते थे। लेकिन आज के समय में जब तैयारी के लिए बहुत से साधन मुफ्त में उपलब्ध हैं, कोचिंग संस्थानों द्वारा विज्ञापन के हथकंडे अपनाकर अपनी विश्वनीयता और स्वयं पर निर्भरता इस हद तक बढ़ा-चढ़ाकर दरशाई जाती है कि अभ्यर्थियों को ऐसा लगता है कि परीक्षा में सफल होने के लिए कोचिंग लेना अनिवार्य शर्त है। लेकिन वे यह **नहीं समझ पाते** कि समय बदल चुका है और **हम डिजिटल युग में जी रहे हैं, जहाँ पर सब कुछ ऑनलाइन उपलब्ध है।**

मैंने बहुत से चयनित अभ्यर्थियों व जूनियर ऑफिसरों से बात की। विशेष तौर से उनसे जिन्होंने **बिना किसी कोचिंग के इस परीक्षा में सफलता प्राप्त की** और पाया कि कुछ ऐसी बातें थीं जो उन सब की तैयारी में **एक जैसी** थीं। वे सभी **आत्म-विश्वास से भरपूर** थे और उनकी **मानसिकता आगे बढ़ने की** थी। उन्हें शुरुआत में ही यह बात समझ में आ गई थी कि हर कोई अपनी तैयारी आत्म-विश्वास की थोड़ी कमी के साथ आरंभ करता है और उनके आत्म-विश्वास की कमी तब दूर होती जाती है, जब वे अपने आपको परीक्षा की तैयारी में तल्लीन कर देते हैं। **सभी का यह सोचना था कि कोचिंग संस्थान में दाखिला न लेने का उनका निर्णय न केवल पैसे बचाने की दृष्टि से सही था, बल्कि इससे उनको परीक्षा की तैयारी के लिए अधिक समय भी मिला।**

इसलिए, परीक्षा की तैयारी करनेवाले अभ्यर्थियों को कोचिंग पर निर्भरता और स्वयं पर संदेह करनेवाली अपनी मानसिकता को बदलना होगा। वे बेसिक की शुरुआत एन.सी.ई.आर.टी. पुस्तकों के साथ कर सकते हैं, फिर मुख्य पाठ्यक्रम की ओर बढ़कर, अंत में समय की उपलब्धता के आधार पर जितना संभव हो, उतने अधिक बार रिवीजन कर सकते हैं। उनकी रणनीति होनी चाहिए कि जो कुछ भी वे पढ़ें उसका रिवीजन बहुत अच्छे तरीके से परीक्षा से दो-तीन सप्ताह पूर्व करें ताकि जितना अधिक संभव हो वे पढ़ी गई जानकारी को याद रख पाएँ।

> 'क्या पढ़ना चाहिए' के बजाय यह स्पष्ट होना चाहिए कि 'क्या नहीं पढ़ना है'।

अत: **सबसे बेहतर तरीका** यह है कि पाठ्य सामग्री का चुनाव बहुत समझदारी से किया जाए। ऑनलाइन संसाधनों का इस्तेमाल उपयुक्त तरीके से हो और तैयारी के लिए उपलब्ध समय के दौरान आप **अनुशासित रहें**। अपनी **पढ़ने की शैली, याद करने की कार्य-पद्धति को समझना और बचे हुए समय में विभिन्न विषयों को पढ़ना,** यू.पी.एस.सी. की परीक्षा में सफलता की **कुँजी** है।

पिछले दशक में समय तेजी से बदला है, इसका सबसे बड़ा कारण व्यापक स्तर पर जानकारियों की ऑनलाइन उपलब्धता है, जो आपकी तैयारी के स्तर को बहुत ऊँचा ले जा

सकती है। आज के समय को देखते हुए कोचिंग संस्थानों के **भरोसे रहने के स्वभाव को बदलना होगा।**

यह बदलाव उन उम्मीदवारों के बड़ी संख्या में सामने आने से आ सकता हैं, जो बिना किसी कोचिंग के इस परीक्षा में सफल रहे हैं। इससे इस धारणा की पुष्टि होती है कि इस परीक्षा में बिना कोचिंग, सही दृष्टिकोण के साथ सफल हुआ जा सकता है। लेकिन वास्तविकता में, हम सोशल मीडिया और प्रिंट मीडिया में कोचिंग संस्थानों की मार्केटिंग को ही देखते हैं, जो अभ्यर्थियों को अपना आसान शिकार समझकर लुभा रहे होते हैं।

यह मैंने लाल बहादुर शास्त्री नेशनल एकेडमी ऑफ एडमिनिस्ट्रेशन (एल.बी.एस. एन.ए.ए.) में, जहाँ सभी **उम्मीदवार अपनी मेहनत के दम पर पहुँचे थे न कि किसी कोचिंग संस्थान की बदौलत,** अनुभव किया।

यह **केवल मानसिकता ही है, जो अभ्यर्थियों को उनका लक्ष्य प्राप्त करने से रोकती है।** इसलिए, अगर आपका इरादा पक्का है तो आप बिना किसी कोचिंग संस्थान की सहायता के भी अपने लक्ष्य को प्राप्त करने में सक्षम हैं।

अतः अपने आप पर भरोसा बनाए रखें और देखें कि यह आपके लिए क्या चमत्कार करता है।

- एक सामान्य अभ्यर्थी केवल इसलिए किसी कोचिंग संस्थान में दाखिला लेता/लेती है, क्योंकि दूसरे भी ऐसा कर रहे हैं।
- एक अच्छा अभ्यर्थी तभी किसी कोचिंग संस्थान में प्रवेश करता/करती है, जब उसे इसकी आवश्यकता महसूस होती है।
- एक स्मार्ट अभ्यर्थी अच्छी तरह से योजना बनाता व विश्लेषण करता है और फिर तय करता/करती है कि उसे कोचिंग में प्रवेश लेना भी है अथवा नहीं।

★★★

एक स्वप्न को तिथि के साथ लिखो तो वह लक्ष्य बन जाता है।
एक लक्ष्य को चरणों में बाँटो तो वह योजना बन जाता है।
एक योजना जिसे एक्शन में बदला जाए, वह वास्तविकता बन जाती है।

अध्याय

8

तैयारी का शुभारंभ

एक अन्य बात जो प्रत्येक अभ्यर्थी को चक्कर में डाल देती है वह यह कि **तैयारी की शुरुआत कैसे करें ?** मैंने बहुत से अभ्यर्थियों को महीनों का समय यही सुनिश्चित करने में बरबाद करते हुए देखा है कि तैयारी शुरू करने का **सबसे बेहतर तरीका** कौन-सा है। वे उस तरीके की तलाश करते रहते हैं जिससे अपनी तैयारी को सबसे बेहतर तरीके से शुरू कर सकें।

ठीक उसी तरह जैसे हम किसी दूसरी परीक्षा की तैयारी करते हैं। हो सकता है कि शुरुआत में हम अपनी तैयारी के लिए बनाई गई रणनीति पर पकड़ को मजबूत न कर पाएँ। लेकिन उस समय भी हमें अपनी **कड़ी मेहनत पर भरोसा करना** होता है और **धीरे-धीरे सब कुछ ठीक होता जाता है।**

शुरुआत **एन.सी.ई.आर.टी.** की पुस्तकों से करें, ठीक वैसे ही जैसे हम पढ़ाई की शुरुआत सबसे पहले स्वर और व्यंजनों की पहचान से करते हैं, फिर व्याकरण समझते हैं, उसके बाद वाक्य बनाना सीखते हैं। जिस तरह किसी इमारत को खड़ी करने के लिए **मजबूत नींव की आवश्यकता होती है,** उसके बिना मजबूत इमारत की कल्पना नहीं की जा सकती; ठीक वही बात यू.पी.एस.सी. की परीक्षा पर भी लागू होती है। एन.सी.ई.आर.टी. की पुस्तकें आपकी मदद एक मजबूत नींव तैयार करने में करती हैं जिससे कि आप

तैयारी के लिए आसानी से **अन्य पुस्तकों की ओर** बढ़ सकें। कुछ पुस्तकों में यह बात पहले से मान ली गई होती है कि पढ़ने वाले को विषय की बेसिक जानकारी पहले से है। हमारी विषय की समझने की शक्ति को बढ़ाने में एन.सी.ई.आर.टी. की पुस्तकें सहायक सिद्ध होती हैं।

क्या हमें एन.सी.ई.आर.टी. की सारी पुस्तकें पढ़नी चाहिए और नोट्स बनाने चाहिए?

हमें कक्षा छह से लेकर बारहवीं तक की एन.सी.ई.आर.टी. की सभी पुस्तकों को पढ़ने की आवश्यकता नहीं होती। हमें कितना और क्या पढ़ना है, यह हमारी **परीक्षा की आवश्यकता पर** निर्भर करता है। मैं हमेशा पाठ्यक्रम के शीर्षकों व उनके महत्त्व के साथ आगे बढ़ता हूँ।

भूगोल के लिए सलाह दी जाती है कि कक्षा **छह से लेकर बारहवीं** तक की सभी एन.सी.ई.आर.टी. पुस्तकों को पढ़ा जाए। अगर आपके पास अधिक समय नहीं है तो केवल ग्यारहवीं और बारहवीं की पुस्तकें अच्छी तरह से पढ़ लें। ठीक इसी तरह सामान्य ज्ञान अर्थात् राजव्यवस्था एवं शासन प्रणाली तथा अर्थशास्त्र आदि के लिए आप **एन.सी.ई.आर.टी. की पुस्तकों से पढ़ाई कर सकते हैं।**

कक्षा ग्यारह और बारह की एन.सी.ई.आर.टी. की पुस्तकों में विषय की विस्तृत जानकारी दी गई होती है, इसलिए इन पुस्तकों को पढ़ते समय आपको सब कुछ थोड़े में समाहित करने की कला सीखनी होती है। मैंने अपने वैकल्पिक विषय **मनोविज्ञान** के लिए एन.सी.ई.आर.टी. की ग्यारहवीं और बारहवीं की पुस्तकों को मजबूत नींव तैयार करने में बहुत मददगार पाया। ठीक इसी तरह से **समाजशास्त्र** विषय के लिए भी मेरा यही विचार था। सबसे पहले एन.सी.ई.आर.टी. की पुस्तक को पढ़ें फिर अपनी आवश्यकता के अनुसार अन्य पुस्तकों को पढ़ना शुरू करें।

जैसाकि सभी जानते हैं कि एन.सी.ई.आर.टी. की पुस्तकों में बेसिक जानकारी निहित होती है और उनको समझना भी बहुत आसान होता है। मेरी सलाह है कि उस जानकारी को **नोट्स में बदल लें,** ताकि बाद में जल्दी से रिवीजन करने में आसानी हो। हालाँकि एन.सी.ई.आर.टी. की पुस्तकों को बेसिक जानकारी के लिए पढ़ें लेकिन यह न भूलें कि वे मूल्यवान जानकारी भी देती हैं, जो परीक्षा के लिए काफी उपयोगी होती है।

बीते समय में कुछ ऐसे उदाहरण सामने आए हैं, जिनमें परीक्षा में **सीधे एन.सी.ई.आर.टी. की पुस्तकों से ही सवाल** पूछा गया, इसलिए बेहतर है कि आप संक्षिप्त नोट्स तैयार कर लें और उन्हें अपने सामान्य रिवीजन की समय-सारणी में ठीक अन्य विषयों और शीर्षकों की तरह ही शामिल करें।

साथ ही, **समाचार-पत्र पढ़ने की आदत** को भी शुरुआत में ही विकसित करना आवश्यक है। आप अपने क्षेत्र में उपलब्ध कोई भी समाचार-पत्र चुन लें और **प्रतिदिन**

उसको पढ़ने की आदत डालें। विशेष खबरों से संबद्ध जानकारियाँ गूगल पर खोजकर उन्हें गहराई व विस्तार से समझने का प्रयास करें। शुरुआत में आपको इस काम में बहुत समय देना होगा, लेकिन जैसे-जैसे समय बीतेगा, आप इसमें कुशल हो जाएँगे।

एक बार जब आप एन.सी.ई.आर.टी. की पुस्तकों का अध्ययन कर लें तो परीक्षा के लिए **अन्य पुस्तकों को पढ़ना आरंभ** करें। शुरुआत में, हर एक विषय/शीर्षक के लिए एक पुस्तक चुनें और उसे पढ़ें। कभी भी एक विषय के लिए **बहुत सारी पुस्तकों को** एक साथ न पढ़ें। एक बार जब आप एक विषय के लिए एक पुस्तक को पढ़ लें, तो जो समय आपके पास उपलब्ध हो, उसके आधार पर उस विषय पर दूसरी पुस्तक को पढ़ें।

इसके साथ-साथ **विगत वर्षों के प्रश्न-पत्रों में** उस विषय/शीर्षक पर **पूछे गए प्रश्नों पर** भी नजर डालें, विशेष तौर पर **पिछले पाँच वर्ष के** प्रश्नों को अवश्य पढ़ें। इससे न केवल आपकी **जानकारी में** वृद्धि होगी, बल्कि आपको यह भी समझ आएगा कि **प्रश्नों को कैसे बनाया जाता है** और आपको क्या नहीं करना है। मेरी सलाह है कि यह कभी न सोचें कि आपको सभी प्रश्नों के उत्तर मालूम होंगे; क्योंकि विगत वर्षों के इन प्रश्न-पत्रों का विश्लेषण करने से आपको केवल परीक्षा पैटर्न और प्रश्नों की प्रवृत्ति की जानकारी ही मिलेगी। प्रश्न-पत्रों का विश्लेषण कैसे करना है, इस पर विस्तार से चर्चा आगे के अध्याय में की जाएगी।

जो अभ्यर्थी यू.पी.एस.सी. की परीक्षा की तैयारी **कॉलेज की पढ़ाई के दौरान** ही शुरू कर देते हैं वे फायदे में रहते हैं। उन्हें लाइब्रेरी में बहुत सारी पुस्तकों को पढ़ने की **आजादी** होती है और उनके लिए समय की कोई पाबंदी नहीं होती। इसके विपरीत जो अभ्यर्थी कॉलेज के बाद तैयारी आरंभ करते हैं, उनके लिए यह सुलभता नहीं होती, इसलिए सलाह दी जाती है कि **सीमित संसाधनों पर ही अपना ध्यान केंद्रित करें** और **रिवीजन पर फोकस** करें। अगर आपको दूसरे, तीसरे या बहुत से प्रयास करने की जरूरत पड़ती है, तो आप अपनी सुविधा के अनुसार संसाधनों में वृद्धि कर सकते हैं।

शुरुआत में सभी अभ्यर्थियों को ऐसा लगता है जैसे वे पाठ्यक्रम में खो गए हैं और उनका आत्म-विश्वास कम होने लगता है। लेकिन **अपने आप पर भरोसा रखें और अनुशासित बने रहें।** जितना संभव हो अपनी तैयारी को प्रतिदिन अधिकतम समय दें और यह भी सुनिश्चित करें कि आप कड़ी मेहनत से तैयारी कर रहे हैं। कुछ महीनों के बाद, जब आप पढ़ाई में डूब जाएँगे और आपको परीक्षा की बेहतर समझ होगी तो आपका आत्म-विश्वास भी अपने आप बढ़ जाएगा।

> हर निपुण कभी नौसिखिया था, इसलिए नौसिखिया बनने से न डरें।

★★★

अगर आप कोशिश करेंगे तो सफल होने की कुछ
तो संभावना होगी।
लेकिन अगर आप कोशिश ही नहीं करेंगे,
तब तो सौ प्रतिशत असफल ही होंगे।

अध्याय

9

पाठ्य-सामग्री का चयन

पाठ्य-सामग्री का चुनाव कैसे करें ?

मान लेते हैं कि आप नौसिखिए हैं और आपको पाठ्य-सामग्री के बारे में कुछ भी नहीं पता। **बस आपको यहीं से शुरुआत करनी है।** शुरुआती तौर पर आपका दिमाग पूरी तरह से खाली होता है और आपको विषयों का चुनाव और उनकी तैयारी कैसे करनी है, के बारे में कुछ भी पता नहीं होता। आप में आत्म-विश्वास की कमी होती है, लेकिन आपको यह मालूम होता है कि अगर आप कुछ पढ़ेंगे तो आपके भीतर उसे समझने की क्षमता है। इसलिए अभ्यर्थी को पाठ्य-सामग्री और संसाधनों का चुनाव करने की शुरुआत उसके बारे में **लेख पढ़ने** और **चयनित उम्मीदवारों के वीडियोज देखने** के साथ करनी चाहिए।

प्रतिवर्ष जैसे ही **परिणाम** घोषित होते हैं, **सोशल मीडिया पर** बहुत बड़ी संख्या में पाठ्य-सामग्री लेख और वीडियोज के रूप में उपलब्ध हो जाती है। आजकल तो इसका काफी प्रचलन है। **ऐसा जितना अधिक होगा, अभ्यर्थियों के लिए उतना अधिक अच्छा होगा।** एक अच्छा अभ्यर्थी वह होता है, जिसे यह पता होता है कि उसे क्या और कहाँ से चुनना है। स्वाभाविक है कि इसकी शुरुआत आसान नहीं होगी और शुरुआत में ही आपको इसमें महारत हासिल नहीं होगी, क्योंकि तैयारी के लिए बेहतर व सही चीजों का चुनाव करने की समझ विकसित करने में समय लगता है।

हालाँकि अपने अनुभवों से सीखना बुद्धिमानी का काम है, लेकिन दूसरों के अनुभवों से सीखना उससे भी अधिक समझदारी का काम है।

शुरुआत में आप विगत वर्षों में परीक्षा में **टॉप करनेवाले उम्मीदवारों द्वारा संदर्भित स्टडी मैटीरियल का चुनाव** बिना कुछ सोचे-समझे कर लेते हैं। जैसे अगर आप ऑनलाइन किसी शीर्षक या विषय से संबंधित वीडियोज देखते हैं और लेख पढ़ते हैं, जिनमें अधिकतर टॉपर्स किसी एक पाठ्य स्रोत के बारे में बता रहे हों— वह कोई पुस्तक या वेबसाइट नोट्स आदि हो सकता है— उसको लेकर आपकी सोच होती है कि उसमें अवश्य कुछ अच्छा होगा तभी तो उसे संदर्भित किया जा रहा है। चूँकि आपको कहीं से तो शुरुआत करनी ही है तो कोई और विकल्प न होने की स्थिति में आप इन संदर्भों के साथ ही आगे बढ़ सकते हैं।

इस तरह आपका शुरुआती चरण चयनित उम्मीदवार, जिन्होंने टॉप किया है, के **संदर्भों के आधार पर** आरंभ हो जाता है। पहले के कुछ महीनों में इससे बहुत मदद मिलती है। उसके बाद जैसे-जैसे आप **पढ़ाई की गहराई में उतरते जाते हैं,** आपको विषयों, शीर्षकों और संपूर्ण परीक्षा की समझ होने लगती है। कुछ महीनों की तैयारी के बाद, आप में **आत्म-विश्वास और परीक्षा की समझ बढ़ने लगती है** और फिर आप उस स्थिति में पहुँच जाते हैं, जब स्टडी मैटीरियल और संसाधनों का चुनाव स्वयं करने लगते हैं।

मूलत: आप संसाधनों या स्रोत को चुनने की समझ की इस आदत को अपने **अनुभव से विकसित** करते हैं। शुरुआत में आपके पास अनुभव नहीं था, इसलिए आप टॉप करनेवालों के संदर्भों के साथ आगे बढ़े, लेकिन कुछ महीनों के बाद जब आपके पास परीक्षा संबंधी बहुत-सी जानकारी उपलब्ध हो गई तो अब आप **अपनी उपयुक्तता के अनुसार** अपने आप **स्टडी मैटीरियल का चुनाव** कर सकते हैं।

इसलिए, **योजना** बस यही है कि आपको **खुली मानसिकता** के साथ आगे बढ़ना है और किसी भी संसाधन या स्रोत का उपयोग उसकी विषय-वस्तु की गुणवत्ता के आधार पर करना है, ताकि आपको लाभ हो।

पुस्तक के अंत में स्टडी मैटीरियल की विस्तृत सूची दी गई है, जिसका उपयोग आप संदर्भ संसाधन के नमूने के तौर पर कर सकते हैं।

इस अध्याय का उद्देश्य आपको अपने स्टडी मैटीरियल का चुनाव समझदारी से करने में सक्षम बनाना है, न कि किसी और के संदर्भों के आधार पर। शुरुआती स्तर पर आप अनुभव प्राप्त करने के लिए दूसरों के संदर्भ का प्रयोग कर सकते हैं लेकिन कुछ महीनों के पश्चात् आप के अंदर **इतनी परिपक्वता आ जाती है कि आप यह चुनाव कर पाएँ कि आपको क्या पढ़ना चाहिए, क्या नहीं।**

- एक साधारण अभ्यर्थी स्टडी मैटीरियल का चुनाव बिना कुछ सोचे-समझे करता है।
- एक गंभीर अभ्यर्थी टॉपर्स द्वारा संदर्भित संसाधनों का अनुसरण करता है।
- एक स्मार्ट अभ्यर्थी न केवल टॉपर्स के संदर्भों का अनुसरण करता है, अपितु उन संसाधनों का अपनी आवश्यकता और उपयुक्तता के आधार पर विश्लेषण भी करता/करती है।

★★★

अध्याय

10

वैकल्पिक विषय का चयन व तैयारी

वैकल्पिक विषय का चुनाव कैसे करें ?

मैं जब भी परीक्षा की तैयारी करनेवाले अभ्यर्थियों से मिलता या बातचीत करता हूँ तो उनका सबसे आम सवाल यही होता है, जिसका उत्तर तलाशना ज्यादातर सभी अभ्यर्थियों के लिए सबसे कठिन होता है। विडंबना यह है कि कुछ अभ्यर्थी अपनी पूरी तैयारी के दौरान इसी संदेह से जूझते रहते हैं कि **क्या उन्होंने सही वैकल्पिक विषय का चुनाव किया है ?** वास्तव में, उनकी समस्या इसीलिए बनी रहती है, क्योंकि उन्होंने **प्रारंभिक तौर पर** इस पर विचार या मूल्यांकन नहीं किया होता। इस विषय में दो प्रश्न-पत्र शामिल होते हैं, जो 500 अंक (प्रत्येक पेपर 250 अंक) के होते हैं। इसलिए इसका चयन भी सोच-समझकर किया जाना चाहिए, ताकि आगे चलकर तैयारी के दौरान परेशानी का सामना न करना पड़े।

जैसाकि कहा जाता है कि यू.पी.एस.सी. आई.ए.एस. परीक्षा की तैयारी करते समय **अभ्यर्थी को हर विषय का ज्ञान होना चाहिए परंतु किसी एक विषय का विशेष ज्ञान भी होना चाहिए।** वही एक विषय आपका वैकल्पिक विषय होता है। मैंने ऐसे अभ्यर्थियों को भी देखा है जो दो साल की तैयारी के बाद वैकल्पिक विषय बदल देते हैं। एक विषय को दो साल तक पढ़ना और फिर नए सिरे से किसी नए विषय के साथ शुरुआत करना न

केवल कठिन होता है, बल्कि पीड़ादायक भी होता है। इससे आपके आत्म-विश्वास में भी कमी आ सकती है, इसलिए बेहतर है कि आप पहले ही थोड़ा समय लगाकर अच्छी तरह सोच-विचार करने के बाद तय करें कि आपको कौन-सा विषय लेना है।

जल्दबाजी में वैकल्पिक विषय का चुनाव न करें।
बाद में पछताने के बजाय शुरुआत में ही समझदारी से वैकल्पिक विषय का चुनाव करें।

वैकल्पिक विषय दो प्रकार के होते हैं- वस्तुनिष्ठ और विषयपरक।

- वस्तुनिष्ठ विषय जैसे गणित, भौतिकी, रसायन-शास्त्र आदि ऐसे विषय हैं जिनका उत्तर देते समय आपको जवाब या तो मालूम होता है या फिर नहीं मालूम होता। इनमें अपने थोड़े-बहुत ज्ञान के आधार पर **उत्तर बनाने की संभावना** बहुत कम होती है। वहीं दूसरी तरफ इनमें आपको एक **फायदा** भी होता है कि अगर आपने अच्छी तरह से पढ़ाई की है तो आपके अधिकतर प्रश्नों के सही होने की संभावना बहुत बढ़ जाती है।
- **विषयपरक विषय** जैसेकि समाजशास्त्र, मनोविज्ञान, लोक-प्रशासन आदि ऐसे विषय हैं, जिनमें आप उस स्थिति में भी उत्तर लिखने का प्रयास कर सकते हैं, जब आपको सही-सही उत्तर मालूम नहीं होता है। आप **अपने सहज या व्यावहारिक ज्ञान के आधार पर** सवाल का जवाब देने की चेष्टा कर सकते हैं और अगर आपने विषय के पाठ्यक्रम को पूरा पढ़ा है तो संभव है कि आप उत्तर के बारे में काफी कुछ लिख पाएँ। विषयपरकता के कारण इन विषयों में उत्तर मालूम न होने पर भी प्रश्नों का उत्तर देने की कोशिश की जा सकती है, लेकिन कभी-कभी यह आपके लिए **नुकसानदायक** भी सिद्ध हो सकती है, क्योंकि इन विषयों में एक ही प्रश्न का उत्तर कई तरीकों से दिया जा सकता है, जो कई बार बहुत अधिक कठिनाई का कारण बन जाता है। हालाँकि इसका समाधान आप लिखने के अभ्यास से कर सकते हैं।

आपके लिए यह जानना आवश्यक है कि कौन-कौन से वैकल्पिक विषय मौजूद हैं तो क्यों न चुनाव से पहले वैकल्पिक विषयों का थोड़ा विश्लेषण कर लें? जिस विषय को पढ़ना है, उसका चुनाव **विवेकपूर्ण ढंग से और ध्यान से** करना चाहिए। इसके लिए आप सभी वैकल्पिक विषयों के पाठ्यक्रम पर नजर डाल सकते हैं। सभी विषयों के पाठ्यक्रम आप आसानी से ऑनलाइन प्राप्त कर सकते हैं।

वैकल्पिक विषय का चुनाव निम्न मानदंडों पर किया जा सकता है—

- **रुचि :** किसी विषय में आपकी रुचि प्रारंभिक तौर पर आपको उस विषय की ओर आकर्षित कर सकती है। आपके निर्णय में इस मानदंड को **सबसे अधिक महत्त्व** दिया जाना चाहिए। यहाँ तक कि आपके चुनाव की प्रमुख प्रेरक शक्ति यही होनी चाहिए।
- **स्टडी मैटीरियल की उपलब्धता :** स्टडी मैटीरियल अर्थात् पुस्तकें, नोट्स, वीडियो आदि। किसी भी वैकल्पिक विषय का चुनाव करते समय आपको सबसे पहले यह सुनिश्चित करना चाहिए कि दोनों प्रश्न-पत्रों (चूँकि वैकल्पिक विषय के दो प्रश्न-पत्र

होते हैं।) के लिए पाठ्य-सामग्री कितनी आसानी से उपलब्ध है, ताकि आप **बिना किसी बाधा के पढ़ाई कर पाएँ।** मैंने आपको ऐसा करने के लिए इसलिए कहा क्योंकि कुछ ऐसे भी वैकल्पिक विषय होते हैं, जिनके लिये स्टडी मैटीरियल की तलाश मुश्किल हो जाती है।

- **मार्गदर्शन:** पिछले कुछेक वर्षों में सोशल मीडिया के अवतरण से नए अभ्यर्थियों के लिए **चयनित उम्मीदवारों** की ओर से पर्याप्त मार्गदर्शन उपलब्ध है। इस तरह आपके लिए क्या उपयुक्त है और क्या नहीं, के बारे में सटीक जानकारी प्राप्त हो जाती है, जो वैकल्पिक विषय को लेकर आपकी संपूर्ण रणनीति को प्रारूपित करने में सहायक सिद्ध होती है। **ऑनलाइन बहुत से लेख और वीडियो भी** उपलब्ध हैं, अभ्यर्थियों को निश्चित तौर पर उनका भी उपयोग करना चाहिए।
- **परस्पर व्याप्तता :** वह सीमा, जहाँ तक वैकल्पिक विषय का पाठ्यक्रम आपकी **सामान्य पढ़ाई के साथ मेल खाता है** परस्पर व्याप्तता के अंतर्गत आता है। बहुत से अभ्यर्थी इस कारक के आधार पर भी वैकल्पिक विषय का चुनाव करते हैं। संभवत: यह उन मानदंडों में से एक हो सकता है जिनका ध्यान आपको वैकल्पिक विषय का चुनाव करते समय रखना है। मेरी सलाह है कि निर्णय लेते समय आप इसे **अधिक महत्त्व न दें।** अगर दोनों पाठ्यक्रमों में किसी तरह की कोई समानता नहीं भी है, तो ठीक उसी तरह जैसे आप अन्य नए-नए विषय पढ़ते हैं, वैसे ही आप वैकल्पिक विषय को भी पढ़ें। हालाँकि कम/अधिक विभिन्न वैकल्पिक विषयों का पाठ्यक्रम सामान्य अध्ययन के पाठ्यक्रम के साथ मेल खाता है, लेकिन यह समानता अलग-अलग विषय को लेकर भिन्न-भिन्न हो सकती है।
- **कितनी संख्या में अभ्यर्थी कौन-सा वैकल्पिक विषय चुन रहे हैं :** इस मानदंड पर भी ध्यान दिया जाना चाहिए, लेकिन केवल **ऊपरी तौर पर।** आप किसी भी वैकल्पिक विषय का चुनाव केवल इसलिए न करें कि बड़ी संख्या में टॉप करनेवाले उम्मीदवारों द्वारा उसे चुना गया था। वैकल्पिक विषय का चुनाव करते समय यह मानदंड बिलकुल महत्त्वपूर्ण नहीं होना चाहिए। हालाँकि यू.पी.एस.सी. द्वारा परिणाम घोषित होने के बाद जारी की जानेवाली अंक पत्रिका से यह आकलन किया जा सकता है कि चयनित उम्मीदवारों ने कौन-सा वैकल्पिक विषय लिया था और यह भी कि अच्छे अंक प्राप्त करने में कौन-सा वैकल्पिक विषय कारगर साबित होता है। इसके अतिरिक्त परीक्षा को पास करने के लिए **सबसे अधिक अंक, औसत अंक और कम-से-कम कितने अंक चाहिए।** इसका विश्लेषण भी अभ्यर्थी को और **स्मार्ट और सजग** बना देता है।

आप अपने वैकल्पिक विषय का चुनाव उपर्युक्त मानदंडों के आधार पर कर सकते हैं, लेकिन अन्य मानदंडों की अपेक्षा विषय में आपकी रुचि को सबसे अधिक महत्त्व दिया जाना चाहिए। कोशिश करें कि जब आप वैकल्पिक विषय का चुनाव कर रहे हों तो **थोड़ा**

समय सोच-विचार में लगाएँ, अन्यथा परीक्षा की पूरी तैयारी के समय आप इसी संदेह में रहेंगे कि आपने सही वैकल्पिक विषय लिया है अथवा नहीं। मेरा आप से आग्रह है कि वैकल्पिक विषय का चुनाव करने के बाद उस विषय के **पिछले पाँच सालों के प्रश्न-पत्रों** का विश्लेषण करें, जिससे आपको प्रश्नों के प्रारूप की भली-भाँति समझ हो सके।

जैसाकि मैंने पहले कहा, ऐसे भी अभ्यर्थी होते हैं जो कुछ सालों की मेहनत के बाद वैकल्पिक विषय में बदलाव करते हैं और यह उनके लिए बहुत परेशानी का कारण बनता है। इसलिए, अगर आप अपनी तैयारी के **शुरुआती दौर में ही अच्छी तरह सोच-समझ कर** वैकल्पिक विषय का चुनाव करते हैं तो आप उसकी तैयारी पूरे समर्पण और प्रेरणा के साथ कर सकते हैं।

एक समझदार अभ्यर्थी अपने निर्णय स्वयं लेता/लेती है, जबकि लापरवाह अभ्यर्थी दूसरों की सलाह का अनुसरण करता है।

मैं आपको **अपना उदाहरण** देता हूँ कि मैंने वैकल्पिक विषय का चुनाव किस प्रकार किया था। लेकिन मेरा आग्रह है कि इसे केवल अपनी इस बारे में समझ को स्पष्ट करने की दृष्टि से लें, न कि वैकल्पिक विषय को चुनने के आदर्श तरीके की तरह। मैंने अपनी कॉलेज की पढ़ाई फिजिक्स ऑनर्स में की थी, लेकिन उपर्युक्त वर्णित मानदंडों पर मुझे यकीन नहीं था कि मेरा वैकल्पिक विषय फिजिक्स हो सकता है।

शुरुआत में मैंने लगभग सभी वैकल्पिक विषयों के **पाठ्यक्रम** देखे, बहुत से लेख पढ़े, ऑनलाइन वीडियो भी देखे और उपर्युक्त मानदंडों के आधार पर कुछ वैकल्पिक विषयों का आकलन भी किया। इसके बाद मैंने **दो वैकल्पिक विषयों को चुना**-मनोविज्ञान और समाजशास्त्र। इनके बारे में और अधिक समझने के लिए मैंने दोनों विषयों की एन.सी.ई.आर.टी. की ग्यारहवीं और बारहवीं की पुस्तकों को खरीदा और उन्हें दो सप्ताह (प्रत्येक सप्ताह एक पुस्तक) तक पढ़ा। अंततः मैंने अपने आपको **मनोविज्ञान की तरफ अधिक प्रेरित पाया** और मैंने इसे ही वैकल्पिक विषय के तौर पर चुना। शुरुआती तौर पर मैंने अपना जो समय विषय को समझने में दिया उसकी वजह से मेरा आत्म-विश्वास बढ़ गया और विषय की अपनी पूरी तैयारी के दौरान मुझे अपने निर्णय पर कभी संदेह नहीं हुआ। मेरा ध्यान हमेशा अपने प्रदर्शन को सुधारने पर रहा और इस तरह मैं अच्छे अंक प्राप्त करने में सफल हुआ।

मनोविज्ञान विषय का चुनाव करने के मेरे कारण-

1. **रुचि :** मैंने मनोविज्ञान के वैकल्पिक विषय के पाठ्यक्रम को लेकर अपने आपको **आकर्षित** पाया। जब मैं इसके पाठ्यक्रम को पढ़ रहा था तो मुझे ऐसा महसूस होता था जैसे मैं अपने बारे में पढ़ रहा हूँ। जो कुछ भी पाठ्यक्रम का हिस्सा था, वो सबकुछ हम पर लागू हो सकता था। इस बात ने मुझे अभिभूत कर दिया।

2. **विषयपरकता :** भौतिकी जो बहुत अधिक वस्तुनिष्ठ होता है, की तुलना में मनोविज्ञान विषयपरक है। रचनात्मक आधार पर उत्तर लिखने की संभावना भौतिकी की तुलना में मनोविज्ञान में बहुत अधिक थी, जबकि भौतिकी में यह संभावना न के बराबर थी। वहाँ पर या तो उत्तर ज्ञात होता है अथवा नहीं।
3. **मैटीरियल की उपलब्धता :** मनोविज्ञान से जुड़े स्टडी मैटीरियल को आसानी से पाया जा सकता था और इस विषय में ऑनलाइन अर्थात् सोशल मीडिया और अन्य वेबसाइट पर पर्याप्त रूप से मार्गदर्शन भी उपलब्ध था।
4. **विषय को चुनने वाले अभ्यर्थियों की संख्या :** जहाँ तक दूसरों के इस विषय को वैकल्पिक विषय के तौर पर चुनने का सवाल था, तो बड़ी संख्या में अभ्यर्थी भौतिकी की तुलना में मनोविज्ञान को चुन रहे थे। हालाँकि यह प्रासंगिक नहीं था, फिर भी चयनित उम्मीदवारों से इसके बारे में जानकारी लेना मेरे लिए मददगार साबित हुआ।
5. **प्रशासन में सहायता :** सामान्यत: प्रत्येक व्यक्ति की राय अलग-अलग होती है। लेकिन मैं अपने बारे में कहूँ तो मनोविज्ञान की जानकारी से मुझे एक बेहतर प्रशासक बनने में सहायता मिली, क्योंकि इसमें मानव-व्यवहार व उसकी आंतरिक प्रक्रिया को सीखना, व्यक्तित्व की परख, मानव-प्रवृत्ति और हमारे तथा अन्य लोगों के विषय में शोध शामिल था।
6. **एक नया विषय पढ़ने की इच्छा :** किसी पुराने विषय को ही दोबारा से पढ़ने की अपेक्षा किसी नए विषय के बारे में जानना अधिक रोचक होता है। हालाँकि मैं यह भी मानता हूँ कि प्रत्येक व्यक्ति का चुनाव अलग हो सकता है। लेकिन मैं हमेशा से एक नया विषय पढ़ना और अपनी समझ को विकसित करना चाहता था।

ऊपर मैंने जिन कारणों का जिक्र किया है, जरूरी नहीं है कि **हर व्यक्ति की सोच** वैकल्पिक विषय का चुनाव करते समय मेरी जैसी हो, **भिन्न भी हो सकती है।** यह काफी हद तक विषय का चुनाव करते समय की आपकी **मानसिक स्थिति** पर निर्भर करता है।

मैंने उपर्युक्त मानदंडों का उपयोग अपने संदेह को दूर करने के लिए किया था, लेकिन जैसी कि कहावत है, **यू.पी.एस.सी. की परीक्षा के लिए आपको हरफनमौला यानी बहुमुखी होना होगा और साथ ही अपने विषय में महारत रखनी होगी।** अत: जिस विषय पर आपकी पकड़ मजबूत होगी, वही आपका वैकल्पिक विषय बनेगा। सामान्यत: पाठ्यक्रम के सारे विषय आप पढ़ अवश्य लेते हैं किन्तु आपका ज्ञान गूढ़ नहीं होता। लेकिन जब बात वैकल्पिक विषय की होती है, तो आपको विषय को विस्तार से पढ़ना होता है।

वैकल्पिक विषय का चुनाव कैसे करें, उसकी रणनीति तथा स्रोत/पाठ्य सामग्री का चुनाव कैसे करें, आदि पर चर्चा अध्याय के आरंभ में की जा चुकी है। आशा है कि **आप वैकल्पिक विषय के चुनाव को लेकर सहज होंगे** तथा आपने विगत वर्षों के प्रश्न-पत्रों को देखकर अनुमान लगा लिया होगा कि आपको उससे संबंधित अध्ययन सामग्री कहाँ से मिल सकती है।

वैकल्पिक विषय के प्रश्न-पत्र का पैटर्न

वैकल्पिक विषय का पैटर्न अन्य सामान्य अध्ययन के प्रश्न-पत्रों से भिन्न होता है।

- इसमें **'अ' और 'ब'** दो खंड होते हैं, जिनमें से प्रत्येक में 4 प्रश्न होते हैं। खंड 'अ' में एक से लेकर चार तक और खंड 'ब' में पाँच से लेकर आठ तक।
- प्रश्न संख्या **1 और 5** को करना अनिवार्य होता है।
- बाकी बचे हुए छह प्रश्नों में से **आपको 3 करने होते हैं।**
- इसके लिए शर्त यह होती है कि आपको **प्रत्येक खंड में से एक प्रश्न अवश्य** करना है, यह खंड 'अ' में से दो और खंड 'ब' में से एक या खंड 'अ' से एक और खंड 'ब' से दो हो सकते हैं।

अतः जब भी आप मुख्य परीक्षा में बैठें, इसका अनुसरण अवश्य करें। कई बार ऐसे उदाहरण भी देखने को मिले हैं जिसमें अभ्यर्थी परीक्षा में उत्तर लिखते हुए इतने खो गए कि वे **वैकल्पिक विषय के प्रश्न-पत्र में इस पैटर्न का अनुसरण करना ही भूल गए।** इसलिए, मेरा विशेष आग्रह है कि प्रश्न-पत्र में दिए गए निर्देशों को ध्यान से पढ़ें।

वैकल्पिक विषय के लिए रणनीति

- **पाठ्यक्रम :** पहला और सबसे महत्त्वपूर्ण लक्ष्य पाठ्यक्रम को समाप्त करना होना चाहिए।
- **नोट्स तैयार करना :** अपने विषय के लिए सटीक व संक्षिप्त नोट्स तैयार करें। मूलतः पाठ्यक्रम में विषय/शीर्षक के अनुसार दिए गए सभी अध्यायों के संक्षिप्त नोट्स एक स्थान पर उसी तरह से रखने हैं जिस तरह से यह पुस्तक में व्यवस्थित हैं।
- **रिवीजन :** आप में आत्म-विश्वास तभी विकसित होगा जब आप रिवीजन करना आरंभ करेंगे। जैसे-जैसे आप रिवीजन करेंगे, प्रत्येक टॉपिक को पढ़ने में लिया गया आपका समय आश्चर्यजनक तौर पर कम होता जाएगा।
- **उत्तर लिखना :** सभी अध्यायों को पढ़ने एवं नोट्स तैयार करने के बाद उत्तर लिखना आरंभ कर सकते हैं। संपूर्ण पाठ्यक्रम समाप्त करने की प्रतीक्षा न करें तथा जितना संभव हो विगत वर्षों के प्रश्न-पत्र का अभ्यास करने की कोशिश करें।
- **जानकारी :** वैकल्पिक विषय के लिए सबसे आवश्यक विषय की जानकारी होती है। अतः यह सुनिश्चित कर लें कि आप विषयगत अवधारणा से भली-भाँति परिचित हो चुके हैं। समग्रतः **पर्याप्त रिवीजन, अवधारणाओं का ज्ञान तथा अच्छी लिखावट से** आप मुख्य परीक्षा के वैकल्पिक विषय में अच्छे अंक प्राप्त करने में अवश्य सफल होंगे।
- **प्रश्नों का चुनाव करना :** एक बार जब आप संपूर्ण पाठ्यक्रम को पढ़ लें तो **विगत वर्षों के प्रश्न-पत्रों** को अवश्य देखें और आकलन करें कि वैकल्पिक विषय के

प्रश्न-पत्र में आप किस तरह से प्रश्नों का चुनाव करते हैं। परीक्षा में आपको प्रश्नों के दो सेट में से विकल्प चुनने का अवसर मिलेगा। इसका अभ्यास विगत वर्ष के प्रश्न-पत्रों के साथ व जब आप मॉक टेस्ट दें, उस समय करें।

- **मामले (केस स्टडी), उदाहरण, करंट अफेयर्स :** अपनी विषय-वस्तु को करंट अफेयर्स में उदाहरण और केस स्टडी के तौर पर जोड़ें। यह आपके उत्तर को **और भी समृद्ध** बना देगा। जहाँ आवश्यकता हो रेखांकित भी करें।
- **समय प्रबंधन :** प्रारंभिक परीक्षा और मुख्य परीक्षा की तैयारी के साथ आप किस तरह वैकल्पिक विषय के लिए समय निकालते हैं, यही आपकी सफलता की कुंजी होगी। समय-प्रबंधन पर चर्चा अलग अध्याय में की जाएगी।
- **मॉक टेस्ट :** कोशिश करें कि आप चार संपूर्ण मॉक टेस्ट, जिनमें से प्रत्येक के दो सेट शामिल हों, का अभ्यास करें। अगर आपको समय मिलता है तो आप खंड के आधार पर टेस्ट देने और एक-एक प्रश्न के उत्तर का अभ्यास भी कर सकते हैं।
- **विषय-वस्तु :** वैकल्पिक विषय में उत्तर लिखने के लिए आप जिस विषय-वस्तु का उपयोग करते हैं, यह वह जानकारी होती है जो आपको विषय के बारे में **लिखित स्त्रोतों से** प्राप्त होती है। मेरा अभ्यर्थियों से आग्रह है कि वे वैकल्पिक विषय में सामान्य-अध्ययन के उत्तरों को न लिखें।

अधिकतर अभ्यर्थियों को वैकल्पिक विषय के लिए मॉक टेस्ट देने का समय नहीं मिलता, जो मुख्य परीक्षा में उनके प्रदर्शन को बुरी तरह से प्रभावित करता है। विषय-वस्तु महत्त्वपूर्ण है, लेकिन **मॉक टेस्ट के साथ अभ्यास करना भी समान रूप से महत्त्वपूर्ण है।**

वैकल्पिक विषय के लिए जरूरी है विषय का **गहराई से** अध्ययन करना। इसके लिए आपको कई बार रिवीजन भी करना चाहिए जिससे कि आपकी **विषय पर मजबूत पकड़ हो।** इस तरह, विषय के गहन अध्ययन तथा लेखन के पर्याप्त अभ्यास से आप आत्म-विश्वासपूर्वक परीक्षा में उत्तर लिखने में अवश्य सफल होंगे।

- ➲ एक साधारण अभ्यर्थी बिना कुछ सोचे-समझे वैकल्पिक विषय चुनता है और उसकी विषय-वस्तु की तैयारी करता है।
- ➲ एक गंभीर अभ्यर्थी वैकल्पिक विषय का चयन सामान्य-अध्ययन में जिस विषय का समावेश सबसे अधिक है, के आधार पर करता है और लिखने का अभ्यास करता है।
- ➲ जबकि एक स्मार्ट अभ्यर्थी वैकल्पिक विषय का चयन अपनी रुचि, स्टडी मैटीरियल की उपलब्धता, मार्गदर्शन आदि मानदंडों के आधार पर करता है तथा विषय-वस्तु की अच्छी तरह से तैयारी कर कई बार रिवीजन करता है। नियमित रूप से लिखने का अभ्यास करता है और साथ ही संपूर्ण मॉक टेस्ट को हल करने का अभ्यास भी करता है।

★★★

अनुशासन आदत बन जाता है।
आदत निरंतरता बन जाती है।
निरंतरता विकास का रूप ले लेती है।
आज आप जिस अनुशासन का अनुसरण करते हैं,
कल वही आपकी सफलता का निर्धारण करता है।

अध्याय

11

विगत वर्षों के प्रश्न–पत्र पैटर्न का विश्लेषण

विगत वर्षों के प्रश्न–पत्रों का आकलन कैसे करें ?

परीक्षा प्रणाली से परिचित होने व आप क्या गलती कर रहे हैं, को समझने के लिए विगत वर्षों के प्रश्न–पत्रों का विश्लेषण करना आवश्यक है। अभ्यर्थी को विगत वर्षों के प्रश्न–पत्रों का आकलन दो बार करना चाहिए, पहली बार शुरुआत में, जब आप परीक्षा की तैयारी आरंभ करते हैं और दूसरी बार तब, जब आपको भरोसा हो जाए कि आपने सारे पाठ्यक्रम को अच्छी तरह से पढ़ व समझ लिया है। कुछ बिंदुओं पर प्रारंभिक परीक्षा और मुख्य परीक्षा दोनों बार विशेष ध्यान देना चाहिए। यहाँ हम सभी संभावित बिंदुओं पर एक–एक करके चर्चा करेंगे।

प्रारंभिक परीक्षा

तैयारी आरंभ करते समय

मेरा आप से आग्रह है कि जब आप तैयारी आरंभ करें, तब विगत वर्ष के प्रश्न–पत्रों में दिए गए प्रश्नों को एक बार सामान्य गति से पढ़ते हुए निकल जाएँ। यह अपेक्षा न करें कि आपको सभी प्रश्नों का उत्तर ज्ञात होगा। बस प्रश्नों को एक बार मात्र पढ़ने की दृष्टि से

पढ़ लें। लेकिन यह समझना बहुत आवश्यक है कि प्रश्नों को किस तरह से बनाया जाता है या परीक्षा में किस तरह की भाषा का उपयोग किया जाता है। इसके बाद जब आप पाठ्यक्रम या विषय से संबंधित पुस्तक/स्रोत से पढ़ना आरंभ करते हैं तब आपको पढ़े गए इन प्रश्नों का **बार-बार स्मरण होता है** और यह तभी होता है जब आप प्रश्न-पत्रों को ध्यान से पढ़ते हैं।

अधिकतर पाठ्यक्रम पढ़ लेने के बाद

जब आप अधिकतर पाठ्यक्रम को पढ़ लें तो मेरी सलाह है कि एक बार फिर से विगत वर्षों के प्रश्न-पत्रों का अध्ययन खंडों के अनुसार करें। चूँकि अब आप पाठ्यक्रम का अध्ययन कर चुके हैं और अब आपको अवधारणाओं की बेहतर समझ है, अत: विभिन्न शीर्षकों और विषयों पर **प्रश्न की बनावट को** आप अच्छी तरह समझ पाएँगे। इसके अतिरिक्त प्रश्नों की गहराई भी समझ पाएँगे, जैसे कि किस विषय पर कितनी **गहराई में** जाकर प्रश्न पूछा जा सकता है। इस तरह आप समझ पाते हैं कि किस विषय में **गहराई में जाकर विवरणात्मक** प्रश्नों को बनाया जाता है और किस विषय में अधिक गहराई में न जाकर केवल सतही जानकारी के आधार पर प्रश्नों को बनाया जाता है।

जितना आप **विगत वर्षों के प्रश्न-पत्रों का विश्लेषण** करते हैं, शीर्षक/विषय को उतनी ही **गहराई से** समझ पाते हैं। वे शीर्षक/अध्याय जिनसे प्रश्न गहराई से या ज्यादा पूछे जाते हैं, उन्हें ज्यादा विस्तृत तरीके से पढ़ा और समझा जाता है बजाय उन विषयों के जिनसे अत्यधिक गहराई व विस्तार में न जाकर सतही तौर पर प्रश्न पूछे जाते हैं। प्रश्न-पत्रों का विश्लेषण **प्रश्नों का अंदाजा लगाने में** सहायक हो सकता है।

अत: विषय के अनुसार विगत वर्षों के प्रश्न-पत्रों का आकलन करना बहुत महत्त्वपूर्ण है, जिससे आपको यह पता चल सके कि कौन-सा अध्याय/शीर्षक अधिक महत्त्वपूर्ण है। बहुत से अभ्यर्थी पिछले वर्ष के प्रश्न-पत्रों में जिस विषय से जितने प्रश्न पूछे गए हैं, उसके अनुसार विषय का अध्ययन करते हैं। वे **विषयों की प्राथमिकता के आधार पर** अपनी प्राथमिकता सूची तैयार करते हैं और फिर उसी के अनुसार अपनी तैयारी में आगे बढ़ते हैं। ऐसा टॉपिक जिससे अधिक प्रश्न पूछे गए हैं, वह उनकी प्राथमिकता सूची में सबसे ऊपर होता है और इसी तरह सबसे कम महत्त्व वाले टॉपिक उनकी प्राथमिकता सूची में सबसे नीचे होते हैं।

> गलतियों से सीखें और भविष्य को बेहतर बनाने के लिए उपयोग करें।

मुख्य परीक्षा

प्रश्नों की **भाषा और उनकी बनावट को समझना** बहुत महत्त्वपूर्ण है। मुख्य परीक्षा के समय विगत वर्षों के प्रश्न-पत्रों को पढ़ना और भी आवश्यक हो जाता है, क्योंकि कई बार

ऐसा होता है कि अभ्यर्थियों को प्रश्नों को समझने में कठिनाई होती है। मुख्य परीक्षा में, **प्रश्न-पत्र के दो भाग** होते हैं। पहला, परंपरागत पुस्तकों व समसामायिक विषयों से होता है, इस तरह के प्रश्नों का **पूर्वानुमान** लगाया जा सकता है। दूसरा, वह जिनका **पूर्वानुमान नहीं** लगाया जा सकता, उनका उत्तर **उसी समय** अपनी समझ के आधार पर देना होता है।

विगत वर्षों के प्रश्न-पत्रों के विश्लेषण द्वारा अभ्यर्थी परंपरागत पुस्तकों से पूछे गए प्रश्नों को समझकर उन प्रश्नों की तैयारी कर सकते हैं। इसके अलावा, जो प्रश्न करंट अफेयर्स यानी समसामयिकी से पूछे जाते हैं और जिनका पूर्वानुमान नहीं लगाया जा सकता, वे जिस वर्ष आप परीक्षा दे रहे हैं, के प्रचलित मुद्दों के आधार पर बदलते रहते हैं। अत: समसामयिक प्रचलित मुद्दों व घटनाओं पर नजर बनाए रखें तथा प्रतिदिन कोई भी राष्ट्रीय दैनिक जैसे 'जनसत्ता' या 'द हिंदू' पढ़ें। विगत वर्षों के प्रश्न-पत्रों का उपयोग **उत्तर लेखन के अभ्यास** के लिए भी किया जा सकता है।

मॉक टेस्ट

कुछ अभ्यर्थी विगत वर्षों के प्रश्न-पत्रों का उपयोग मॉक टेस्ट की तरह करते हैं। ऐसा करते हुए **करंट अफेयर्स/समसामयिकी** पर जो प्रश्न दिए गए हों, उन्हें मॉक टेस्ट का अभ्यास करते समय **नजरअंदाज** किया जा सकता है और शेष प्रश्न-पत्र का अभ्यास किया जा सकता है।

सी-सैट, नीतिशास्त्र, निबंध और वैकल्पिक विषय के प्रश्नों का अभ्यास मॉक टेस्ट की तरह बिना किसी संदेह के किया जा सकता है। करंट अफेयर्स वाले भाग को छोड़कर सामान्य अध्ययन वाले भाग का अभ्यास भी मॉक टेस्ट के तौर पर किया जा सकता है।

परीक्षा के प्रति **गंभीर अभ्यर्थी** अगर इस वर्ष मुख्य परीक्षा में नहीं भी बैठ रहे हैं, तब भी वे यह अवश्य सुनिश्चित करते हैं कि मुख्य परीक्षा के अगले दिन वे **परीक्षा में दिए गए प्रश्नों को** अपने कमरे में बैठकर हल करें।

- ➲ एक साधारण/सामान्य अभ्यर्थी पिछले वर्ष के प्रश्न-पत्रों को महत्त्व नहीं देता।
- ➲ एक गंभीर अभ्यर्थी पिछले वर्ष के प्रश्न-पत्रों का अध्ययन करता है।
- ➲ एक स्मार्ट अभ्यर्थी न केवल विगत वर्षों के प्रश्न-पत्रों का अध्ययन करता है, अपितु उनका विश्लेषण भी करता है और उसका उपयोग परीक्षा की रणनीति बनाने में करता है।

★★★

अकसर ऐसा होता है कि हमें जीत से तो प्यार होता है,
लेकिन संघर्ष से नहीं।
लेकिन जो संघर्ष से प्यार करते हैं,
वही विजय रेखा को पार करते हैं।

अध्याय 12

प्रारंभिक परीक्षा प्रश्न-पत्र 1

सामान्य अध्ययन के लिए रणनीति

जैसा कि हमने पहले चर्चा की, प्रारंभिक परीक्षा में दो प्रश्न-पत्र समाहित होते हैं। एक सामान्य अध्ययन और दूसरा सी-सैट। इस अध्याय में प्रश्न-पत्र 1 अर्थात् सामान्य अध्ययन के प्रश्न-पत्र पर चर्चा करेंगे। इस प्रश्न-पत्र में **100 प्रश्न** होते हैं तथा प्रत्येक प्रश्न के लिए **2 अंक** निर्धारित होते हैं और गलत उत्तर देने पर **1/3 अंक का नकारात्मक अंकन** होता है। मूलत: अभ्यर्थी से यह अपेक्षा रखी जाती है कि वे कम-से-कम 50 प्रश्नों का सही उत्तर दें (जिसमें नकारात्मक अंक भी शामिल हैं), उसी स्थिति में वे कट-ऑफ को पार कर पाते हैं।

इस प्रश्न-पत्र में **निम्न विषयों को** पाठ्यक्रम के तौर पर शामिल किया गया है-

- समसामयिकी
- भारत का इतिहास-प्राचीन, मध्यकालीन और आधुनिक।
- भूगोल-भारतीय एवं विश्व
- भारतीय राजव्यवस्था और शासन-प्रणाली
- अर्थव्यवस्था
- पारिस्थितिकी
- सामान्य विज्ञान, आदि

समग्रत: इस विषय के पाठ्यक्रम में देश-दुनिया के अंतर्गत जो कुछ भी आता है, वह सब कुछ सम्मिलित है। वर्ष 2021 के प्रारंभिक परीक्षा के प्रश्न-पत्र में पहली बार खेल से संबंधित प्रश्न भी पूछे गए थे, जिसने अभ्यर्थियों को हैरान कर दिया था।

प्रारंभिक परीक्षा में ज्यादा फोकस परीक्षा को पास करने के लिए **विषय-वस्तु को अधिक-से-अधिक रणनीतिक तौर पर व्यवस्थित करने पर होता है**। इस दिशा में आगे बढ़ने के लिए आपको पिछले **पाँच वर्षों के प्रश्न-पत्रों का** विषय के अनुसार, जिस अध्याय से जैसे प्रश्न पूछे गए हैं, विश्लेषण करना होता है। 100 प्रश्नों में से जिस अध्याय/शीर्षक से जितनी संख्या में प्रश्न पूछे गए हैं, उसके आधार पर उस **अध्याय/शीर्षक का महत्त्व** तय करें। पढ़ते समय **जोखिम से लाभ उठाने के सिद्धांत का** अनुसरण करने का प्रयास करें, जोखिम वह समय है जो किसी टॉपिक को पढ़ते समय हम देते हैं और रिवॉर्ड उसमें से पूछे गए प्रश्नों की संख्या है। प्रश्न-पत्र में जिस टॉपिक पर जितना अधिक जोर दिया गया है उसका अर्थ है आपको उसे पढ़ने के लिए उतना ही अधिक समय देने की आवश्यकता है। साथ ही अंकों के आधार पर जिन विषयों को अधिक समय दिया जाना है, उनका पाठ्यक्रम पहले समाप्त कर देना चाहिए, जिससे कि आपका अपनी तैयारी को लेकर आत्म-विश्वास बढ़े।

अपनी तैयारी को **परंपरागत विषय**-इतिहास, भूगोल, राजव्यवस्था व शासन, अर्थव्यवस्था आदि और **गैर-परंपरागत** विषय जैसे समसामयिकी के आधार पर विभाजित करें। नोट्स बनाएँ और परीक्षा के दौरान आपका आत्म-विश्वास नहीं डगमगाए, यह सुनिश्चित करने के लिए कई बार रिवीजन करें। अब प्रश्न है कि नोट्स कैसे बनाएँ और अलग-अलग अध्यायों का रिवीजन किस तरह से करें?

> बहुत से लोगों का मानना होता है कि प्रारंभिक परीक्षा अनिश्चित होती है।
> मैं इसे ऐसी परीक्षा मानता हूँ जो यह जाँचती है कि आप कितनी अच्छी और व्यवस्थित योजना या रणनीति बनाते हैं।

रिवीजन का सबसे बेहतर तरीका परीक्षा से पहले **मॉक टेस्ट का अभ्यास** करना है। मेरी सलाह है कि परीक्षा से एक-दो माह पूर्व, जब आपकी तैयारी पर अच्छी पकड़ हो जाए तो आप मॉक टेस्ट/विगत वर्षों के प्रश्न-पत्रों का अभ्यास करें। मॉक टेस्ट पर विस्तार से चर्चा अगले अध्याय में करेंगे।

अधिकतर अभ्यर्थी इस बात को लेकर सशंकित रहते हैं कि वे **कितने प्रश्नों का उत्तर देने का प्रयास करें**। यह संख्या बिना कुछ सोचे-समझे ऐसे ही निर्धारित नहीं करनी चाहिए, बल्कि **रणनीतिक तरीके** से मॉक टेस्ट के अभ्यास के बाद तय की जानी चाहिए। मैं आपके साथ इसके विश्लेषण का एक छोटा-सा उदाहरण साझा कर रहा हूँ कि किस

तरह से अपनी तैयारी के स्तर के आधार पर आप हल किए जानेवाले प्रश्नों की संख्या का निर्धारण कर सकते हैं।

मान लीजिए कि आपका लक्ष्य 100 या उससे अधिक अंक प्राप्त करना है तो-

हल किए गए प्रश्न	सही (X)	गलत (Y)	स्कोर (2X-2/3Y)
90	65	25	113.4
80	60	20	106.7
70	55	15	100

गलत और सही प्रश्नों के सही अनुपात का पता लगाने में मॉक टेस्ट हमारी मदद करते हैं। हालाँकि, परीक्षा के दौरान प्रश्न-पत्र की कठिनता के स्तर के आधार पर आप अपनी रणनीति को बदल भी सकते हैं।

प्रश्न-पत्र 1 को हल करने का तरीका : पहला लक्ष्य, **शुरू के 70 मिनट** सारे प्रश्नों को अच्छी तरह से पढ़ने का होना चाहिए। जब आप प्रश्नों को हल कर रहे हों तो उन पर मार्किंग की भी आपकी रणनीति अलग होनी चाहिए।

- **कोई चिह्न नहीं :** उन प्रश्नों पर कोई चिह्न नहीं लगाएँ जिनके बारे में आप सौ प्रतिशत निश्चित हैं कि वे सही हैं।
- **गोला बनाएँ :** जिन प्रश्नों को लेकर आपको संदेह है और आप उनको दोबारा पढ़ना चाहते हैं।
- **क्रॉस :** जिन प्रश्नों को लेकर आप निश्चित हैं कि आप उनका उत्तर देने का प्रयास नहीं करना चाहते।

इस कार्य-पद्धति को अपनाकर एक बार जब आप उन सारे प्रश्नों को हल कर लें जिन पर कोई चिह्न नहीं लगाया था तो फिर **केवल उन प्रश्नों को पढ़ें,** जिन पर गोला लगा है। आपको फिर से सारे प्रश्नों को पढ़ने की आवश्यकता नहीं है। आप उन प्रश्नों को **छोड़ सकते हैं** जिन पर कोई चिह्न नहीं लगा है या जिन पर क्रॉस का मार्क लगा है। इस तरह, आप निश्चित तौर पर अपना समय बचा पाएँगे।

साथ ही, **ओ.एम.आर. मार्किंग** की बात, उस पर मार्क करने के **कई तरीके** हैं, जिससे परीक्षा के अंतिम क्षणों में मानसिक दबाव को कम किया जा सके।

- **ओ.एम.आर. (ऑप्टिकल मार्क रिकग्निशन) शीट पर अंत में मार्किंग करना :** देखा गया है कि अकसर परीक्षार्थी अंत के 10-15 मिनट में ओ.एम.आर. शीट पर मार्किंग करते हैं, ऐसा करने से आप पर मानसिक दबाव बढ़ जाता है। इससे बचने के लिए जब शीट पर मार्क कर रहे हों तो अपने आपको शांत और स्थिर रखने की आवश्यकता है।

- **ओ.एम.आर. शीट पर मार्किंग करना :** पहले 70 मिनट के बाद, जब आप सारे प्रश्नों को पढ़ चुके हों, फिर 30 मिनट के बाद और अंत में शेष प्रश्नों का उत्तर देते हुए मार्किंग करनी चाहिए।
- **ओ.एम.आर. शीट पर हर 30 मिनट के बाद मार्किंग :** पहले 30 मिनट के बाद, फिर एक घंटे के बाद, फिर 1 घंटा 30 मिनट के बाद और फिर अंत के 10 मिनट में।

मॉक टेस्ट के माध्यम से आप अलग-अलग तरीके से ओ.एम.आर. शीट पर मार्किंग के तरीकों का अभ्यास कर सकते हैं और यह तय कर सकते हैं कि मार्किंग का कौन-सा तरीका आपके लिए उपयुक्त है।

मार्क करते समय सावधानी बरतें। ध्यान रहे इसमें किसी तरह की गलती की कोई गुंजाइश नहीं होनी चाहिए।

➲ एक साधारण अभ्यर्थी केवल प्रारंभिक परीक्षा के लिए पढ़ाई करता है।

➲ एक गंभीर अभ्यर्थी प्रारंभिक और मुख्य दोनों परीक्षाओं के लिए पढ़ाई करता है और परीक्षा के लिए नोट्स तैयार करता है।

➲ एक स्मार्ट अभ्यर्थी न केवल दोनों परीक्षाओं के लिए पढ़ाई कर नोट्स तैयार करता है, अपितु जोखिम से लाभ (Risk-Reward) सिद्धांत का उपयोग कर पिछले वर्षों के प्रश्न-पत्रों का अध्ययन करता है साथ ही यह योजना भी बनाता है कि उसे कितने प्रश्नों का उत्तर देने का प्रयास करना है।

★★★

अध्याय

13

प्रारंभिक परीक्षा (सी-सैट)

सी-सैट के लिए रणनीति

इस प्रश्न-पत्र में **केवल अर्हता** प्राप्त करनी होती है। इस प्रश्न-पत्र में उत्तीर्ण होने के लिए आपको केवल **33%** अंक अर्थात् **66 से अधिक अंक** प्राप्त करने आवश्यक होते हैं। एक बार फिर से स्पष्ट करना चाहता हूँ कि प्रारंभिक परीक्षा में सफल होने के लिए आपको प्रश्न-पत्र 1 में कट-ऑफ के अनुसार और प्रश्न-पत्र 2 में 66 अंक प्राप्त करने होते हैं। जब आप दोनों प्रश्न-पत्रों में निर्धारित अंक प्राप्त करेंगे, तभी आपको मुख्य परीक्षा में शामिल होने के योग्य माना जाएगा।

उदाहरण 1 : मान लीजिए आपने प्रश्न-पत्र 1 में 105 अंक और प्रश्न-पत्र 2 में 80 अंक प्राप्त किये। प्रारंभिक परीक्षा के लिए कट-ऑफ 100 का है। इस तरह आपने प्रारंभिक परीक्षा के प्रश्न-पत्र 1 में 105 अंक जो कट-ऑफ से अधिक हैं और प्रश्न-पत्र 2 में 80 अंक जोकि 66 (अर्थात् 33%) से ज्यादा हैं, प्राप्त किये; अतः आप **मुख्य परीक्षा में शामिल होने के लिए अर्ह हैं।**

उदाहरण 2 : मान लीजिए आपको प्रश्न-पत्र 1 में 105 अंक मिले और प्रश्न-पत्र 2 में 50 अंक प्राप्त हुए। प्रारंभिक परीक्षा में सफल होने के लिए कट-ऑफ 100 है। इस

तरह, आपने प्रश्न–पत्र 1 में तो अधिक अंक प्राप्त किए, लेकिन प्रश्न–पत्र 2 में आपको 50 अंक प्राप्त हुए हैं जो कि 66 (33%) से कम हैं। इसका अर्थ यह है कि आप मुख्य परीक्षा में बैठने के लिए **अर्ह नहीं** हैं।

प्रश्न–पत्र 2 में 50 अंक लिखने का कारण यह है कि हाल ही में ऐसा **बहुत-से अभ्यर्थियों के साथ** हुआ है। उन्होंने प्रश्न–पत्र 1 में तो अच्छे अंक प्राप्त किए, लेकिन प्रश्न–पत्र 2 में 66 अंक प्राप्त नहीं कर पाए। हालाँकि यह बहुत हैरान करनेवाली बात लगती है, लेकिन एक **कड़वा सच** है। इस अध्याय में हम सी–सैट प्रश्न–पत्र की मूलभूत बारीकियों और रणनीति को समझेंगे ताकि आप हर स्थिति में प्रश्न–पत्र 2 में 66 अंक (अर्थात् 33%) प्राप्त कर सकें। प्रश्न–पत्र 2 में 80 प्रश्नों के लिए 200 अंक निर्धारित हैं और अर्हता प्राप्त करने के लिए आपको 66 से अधिक अंक प्राप्त करने हैं।

सबसे पहले सी–सैट के पाठ्यक्रम को समझते हैं—

- बोधगम्यता
- संचार कौशल सहित अंतर-वैयक्तिक कौशल
- तार्किक कौशल एवं विश्लेषणात्मक क्षमता
- निर्णय लेना और समस्या समाधान
- सामान्य मानसिक योग्यता
- आधारभूत संख्ययन
- आँकड़ों का निर्वचन

आप से अपेक्षा की जाती है कि इस परीक्षा में सफल होने के लिए आपके पास **दसवीं कक्षा तक का सहज ज्ञान** हो। लेकिन चूँकि यह प्रश्न–पत्र काफी विषयपरक होता है, अत: इसे हल्के में नहीं लिया जा सकता। हाल के समय में, जैसाकि हमने भी देखा है कि **उदाहरण 2 वाले** बहुत सारे मामले हैं। इसलिए विषय पर अपनी पकड़ मजबूत करने के लिए आप क्या कर सकते हैं, यहाँ इसी रणनीति की चर्चा की जा रही है। इस **रणनीति** के लिए आपको **अधिक प्रयास करने की आवश्यकता नहीं** है और वह यह भी सुनिश्चित करेगी कि आप इस प्रश्न–पत्र में अर्हता प्राप्त कर पाएँ।

तैयारी की शुरुआत में ठीक उसी तरह जैसे हम अलग–अलग विषय पढ़ते हैं, **सी–सैट के लिए भी समय निकालें**। मूलत: यह प्रश्न–पत्र दो भागों में विभाजित होता है, अंग्रेजी और गणित।

- **अंग्रेजी :** इस भाग में बोधगम्यता (छोटे और बड़े गद्यांश) और कथन आधारित प्रश्न होते हैं, जिसमें कुछ कथन दिए गए होते हैं और आपको उनके आधार पर निष्कर्ष निकालना होता है। इसकी तैयारी शुरू करने के लिए **एक या दो बोधगम्यता वाले गद्यांशों को पढ़ने की कोशिश करें** और अपने सहज ज्ञान के स्तर को विकसित करने की कोशिश करें। एक बार जब आप ऐसा कर लें तो **विगत वर्षों के प्रश्न–**

पत्रों के साथ अभ्यास करने का प्रयास करें। अगर आप में आत्म-विश्वास जाग्रत होता है और आपके अधिकतर प्रश्नों के उत्तर सही निकलते हैं तो यह आपकी तैयारी के लिए पर्याप्त है। **अगर आपके उत्तर सही नहीं हो रहे हैं तो फिर पढ़ने की क्रिया को तब तक दोहराएँ, जब तक आप अधिकतर प्रश्नों के उत्तर सही नहीं देते हैं।** आप बोधगम्यता वाले गद्यांश का अभ्यास ऑनलाइन भी कर सकते हैं, ऑनलाइन काफी स्रोत उपलब्ध हैं। ठीक इसी तरह कथनों पर आधारित प्रश्नों को भी पढ़ें।

- **गणित :** इसमें पूर्णांक, प्राकृतिक संख्या, अनुपात, घड़ी, प्रतिशत, दिशा-बोध, समांतर माध्य, कूट, घन, पहेली, आँकड़ों की व्याख्या, लुप्त संख्या को ज्ञात करने का क्रम आदि सामान्य बौद्धिक योग्यता व तार्किक क्षमता पर आधारित प्रश्न सम्मिलित होते हैं। सभी प्रकार के केवल कुछ प्रश्न शामिल होते हैं। अतः **विषय के आधार पर** प्रश्नों का अभ्यास करें। अगर आप प्रतिदिन एक घंटे दो सप्ताह तक भी ऐसा अभ्यास करते हैं, तो गणित विषय में आपका आत्म-विश्वास बहुत अधिक बढ़ सकता है।

इसलिए, जब आप **सी-सैट की परीक्षा की तैयारी के लिए अभ्यास आरंभ** करें तो एक माह तक **प्रतिदिन अंग्रेजी और गणित को एक-एक घंटे का समय** अवश्य दें। पिछले वर्ष के प्रश्नों को देखकर व उन प्रश्नों को हल करने का प्रयास करके भी आपको अपने आत्म-विश्वास के स्तर का अंदाजा लग जाएगा तथा आप यह भी जान पाएँगे कि आप इन प्रश्नों को कितनी अच्छी तरह से हल कर सकते हैं। उस समय यदि आपको ऐसा लगता है कि **आपके अंदर इतना आत्म-विश्वास है** कि आप आसानी से 66 के स्तर तक पहुँच जाएँगे, तो आप सी-सैट की तैयारी को रोक सकते हैं, और **परीक्षा से एक माह पूर्व फिर से मॉक टेस्ट के साथ अभ्यास** शुरू कर सकते हैं। लेकिन अगर अभी आपके भीतर वह आत्म-विश्वास नहीं है तो आप एक-दो सप्ताह के लिए और अभ्यास करें, जिससे आपके भीतर आत्म-विश्वास विकसित हो और फिर आप प्रारंभिक परीक्षा से एक माह पूर्व मॉक टेस्ट के साथ अभ्यास शुरू कर दें।

> कभी-कभी ऐसा भी होता है कि अभ्यर्थी जिन विषयों को पहले हल्के में लेते हैं बाद में वे उनके लिए मुश्किल खड़ी कर देते हैं।

अतः महत्त्वपूर्ण है कि तैयारी की शुरुआत में ही सी-सैट की **परीक्षा के स्तर पर अपना आकलन** किया जाए, क्योंकि अगर आप यह मानकर आगे बढ़ते हैं कि परीक्षा के एक माह पूर्व ही आप इसकी तैयारी शुरू करेंगे तो यह आपके लिए समस्या बन सकता है। अगर उस समय **सी-सैट के विषयों की आपकी समझ अच्छी नहीं है** तो प्रारंभिक परीक्षा से एक महीने पहले आप सी-सैट की तैयारी को अधिक समय देंगे, जो **आपकी सामान्य अध्ययन की तैयारी को बरबाद कर सकता है।** इसलिए शुरू में ही यह

सुनिश्चित कर लेना चाहिए कि आप सही दिशा में आगे बढ़ रहे हैं या नहीं। और अगर आप सही दिशा में नहीं बढ़ रहे हैं तो उसी समय अभ्यास करके आप अपने तैयारी के स्तर में सुधार कर सकते हैं जिससे कि परीक्षा की तैयारी के लिए आखिरी का जो एक महीना मिले, उसमें आप कुछ मॉक टेस्ट का अभ्यास करके 66 अंक प्राप्त कर सकें।

अकसर ऐसा होता है कि अभ्यर्थी सी-सैट की परीक्षा में सभी प्रश्नों को हल करने की गलती करते हैं। हमेशा ध्यान रखें कि आपको केवल 66 अंक प्राप्त करने हैं, इसलिए अपनी योजना **80-90 अंक** प्राप्त करने के लिए बनाएँ, जिसमें नकारात्मक अंकों को भी शामिल करें। मैं 90 अंक के आस-पास का लक्ष्य निर्धारित करता था, जिससे कि सुरक्षित रह सकूँ और उसके लिए मैं 130-140 अंक का ही प्रश्न-पत्र करता था, जिससे अगर मैं गलती भी करूँ तो भी आराम से 90 अंक तक प्राप्त कर सकूँ। यह सुनिश्चित करने के लिए प्रारंभिक **परीक्षा से पहले चार-पाँच मॉक टेस्ट का अभ्यास** करता था। **आपकी रणनीति** इससे **अलग हो सकती है, लेकिन रणनीति अवश्य बनाएँ,** ताकि आपको यह ज्ञात हो सके कि सी-सैट में अर्हता प्राप्त करने के लिए आपको क्या करना है।

- एक साधारण अभ्यर्थी सी-सैट की तैयारी के प्रति बहुत ध्यान नहीं देता।
- एक गंभीर अभ्यर्थी सी-सैट के लिए परीक्षा से एक माह पूर्व तैयारी करता है।
- एक स्मार्ट अभ्यर्थी पहले ही सी-सैट के लिए तैयारी करता है और यह सुनिश्चित करता है कि वह सही दिशा में आगे बढ़ रहा है या नहीं। फिर परीक्षा से एक माह पूर्व मॉक टेस्ट का पुनः अभ्यास करता है।

★★★

अध्याय

14

प्रारंभिक परीक्षा के लिए मॉक टेस्ट

जब बात प्रारंभिक परीक्षा के सामान्य अध्ययन और सी-सैट प्रश्न-पत्रों के लिए मॉक टेस्ट हल करने की आती है तो बहुत से अभ्यर्थी दुविधा में पड़ जाते हैं। साथ ही, **मॉक टेस्ट के प्रश्नों का उत्तर देने के लिए** जिस आत्म-विश्वास की आवश्यकता होती है, उसकी कमी भी एक बड़ा रोड़ा बनती है। इसलिए, अकसर पहले प्रयास के समय **अभ्यर्थी विशेष तौर पर डरे हुए होते हैं**। अत: मेरी सलाह है कि **प्रश्न-पत्र 1 के लिए कम-से-कम 8** और **प्रश्न-पत्र 2 के लिए 4 मॉक टेस्ट** हल करने का प्रयास करें।

अभ्यर्थी **मॉक टेस्ट हल करने के लिए** तब तक प्रतीक्षा करते हैं, जब तक वे अपना सारा पाठ्यक्रम समाप्त नहीं कर लेते। लेकिन मेरी सलाह है कि जब आप अपना **अधिकतर पाठ्यक्रम** समाप्त कर लें तो मॉक टेस्ट को हल करने का प्रयास आरंभ कर दें, क्योंकि ऐसा बहुत कम होता है कि यू.पी.एस.सी. की परीक्षा की तैयारी करते समय आपको यह अहसास हो कि आप सारा पाठ्यक्रम पढ़ चुके हैं।

जब आप **मॉक टेस्ट का अभ्यास** करते हैं तो **केवल स्कोर ही महत्त्वपूर्ण नहीं** होता, बल्कि **और भी कई पहलू** होते हैं, जिनके बारे में सीखने व जानने की आवश्यकता होती है। आइए उन पर एक-एक करके चर्चा करें—

1. **अनुरूपता : परीक्षा भवन जैसा ही वातावरण बनाने के लिए**। यह आपकी परीक्षा से पहले परीक्षा भवन जैसा अनुभव करने में सहायता करता है। जब भी आप

मॉक टेस्ट हल कर रहे हों तो पूरी गंभीरता से करें, जैसे कि आप वास्तविक परीक्षा हॉल में बैठे हैं। प्रश्न-पत्र को **निर्धारित समय पर** शुरू करें और **ध्यान भटकाने वाली सभी वस्तुओं को** अपने आस-पास से **हटा दें।** इस तरह आपको परीक्षा हॉल में लिखते समय लगनेवाले डर को कम करने में सहायता मिलेगी, क्योंकि आप उस माहौल को पहले ही अपने कमरे में महसूस कर चुके हैं।

2. **ओ.एम.आर. शीट पर मार्किंग :** यह भी आवश्यक है कि वास्तविक परीक्षा देने से पहले आपको ओ.एम.आर. शीट पर मार्किंग करने का अभ्यास हो। ओ.एम.आर. शीट में एक छोटी-सी भी गलती आपके पूरे साल को खराब कर सकती है। मैंने देखा कि कुछ अभ्यर्थी ओ.एम.आर. शीट में अपना रोल नंबर अथवा अन्य जानकारियों को लिखते समय गलती कर देते हैं। इसके अतिरिक्त यह भी आवश्यक है कि **उत्तरों को सही तरीके से मार्क किया जाए।** कुछ अभ्यर्थी अपनी गलती को सुधारने के लिए **व्हाइटनर का उपयोग** करते हैं, लेकिन **जितना संभव हो इस स्थिति से बचें।** सावधानी बरतें तथा चिह्न लगाने से पहले सही गोले को सुनिश्चित कर लें।

3. **कितने प्रश्नों का उत्तर आप देना चाहते हैं :** कट-ऑफ में सफलता के लिए पहले से योजना बनानी होती है कि आप कितने प्रश्नों का उत्तर देनेवाले हैं। यह आप उन **मॉक टेस्ट का विश्लेषण करके** जान सकते हैं। इस प्रकार, कट-ऑफ में सफलता के लिए आपको मोटे तौर पर पहले से अनुमान होना चाहिए कि—

   क. आपको कितने प्रश्नों का उत्तर देने की चेष्टा करनी है।

   ख. उन प्रश्नों की संख्या जिनका उत्तर आपको सही-सही मालूम है।

   ग. उन प्रश्नों की संख्या जिनको लेकर आपको संदेह है।

   इस तरह आपका फाइनल स्कोर (S) होगा 2 × ख (सही उत्तरों की संख्या) − 1/3 × 2 ग। मूलतः S = 2 ख − (2/3) ग और प्रारंभिक परीक्षा में सफल होने के लिए इसे **कट-ऑफ से अधिक** होना चाहिए। मान लीजिए कि आपने सौ में से 80 प्रश्नों का उत्तर दिया, जिसमें से 60 सही और 20 गलत हैं और कटऑफ 100 है तो आपका फाइनल स्कोर होगा, S = 60 × 2 − (2/3) × 20, अर्थात् 120 − 13.3 = 106.6 जोकि कट-ऑफ यानी 100 से अधिक है।

   सी-सैट प्रश्न-पत्र **के लिए** भी इसी तरह **की अनुमानित गणना** की जानी चाहिए जिससे कि यह सुनिश्चित हो सके कि आप 66 से अधिक अंक प्राप्त करेंगे और मुख्य परीक्षा में बैठने के लिए अर्ह होंगे। एक और उदाहरण देखें, मान लीजिए आपने 50 प्रश्नों का उत्तर दिया, जिसमें से 40 ठीक और 10 गलत हैं तो आपका फाइनल स्कोर होगा S = 40 × 2.5 − (1/3) × 2.5 × 10 = 100 − 8.3 = 91.7

4. **समय प्रबंधन :** सबसे जरूरी है कि आप **प्रश्न-पत्र को समय पर समाप्त करने में** किस तरह सफल हों; इस पर आप **मॉक टेस्ट का अभ्यास करके** पकड़ बना

सकते हैं। स्वयं को फाइनल परीक्षा में ही परखने के बजाय बेहतर होता है कि पहले से अच्छी तरह अभ्यास कर लिया जाए ताकि यह पता चल जाए कि सही दिशा में आगे बढ़ रहे हैं अथवा नहीं।

5. **डर :** अकसर ऐसा होता है कि अभ्यर्थी परीक्षा से पहले **घबरा जाते** हैं। लेकिन मॉक टेस्ट देने से आप परीक्षा कक्ष व परीक्षा के स्तर से **पहले ही परिचित हो जाते हैं** और यह परीक्षा के समय प्रश्न-पत्र को शांतचित्त और तटस्थ रहकर लिखने में हमारी मदद करता है। यह जानने के लिए कि आप सही दिशा में आगे बढ़ रहे हैं, बेहतर होगा कि अच्छी तरह से अभ्यास कर लिया जाए। मनोवैज्ञानिक तौर पर भी यह हमारे **आत्म-विश्वास को बढ़ाने में** बहुत सहायक सिद्ध होता है।

6. **विषय-वस्तु :** मॉक टेस्ट का अभ्यास करते समय कभी-कभी ऐसे टॉपिक आपके सामने आ जाते हैं जिन्हें आपने तैयारी के दौरान छोड़ दिया था या भूल गए थे। इसलिए बेहतर होता है कि विषय-वस्तु का मूल्यांकन किया जाए और यह पता लगाया जाए कि किस विषय को **परीक्षा में कितना महत्त्व** दिया जाता है। मॉक टेस्ट का अभ्यास **विषय-वस्तु के आकलन में भी मददगार** सिद्ध होता है।

7. **उत्तर लिखने का अभ्यास :** विषय-वस्तु की जानकारी होना एक बात है और इस जानकारी का इस्तेमाल प्रश्नों का उत्तर देते हुए करना एक अलग बात है। मॉक टेस्ट जानकारियों का सही तरीके से इस्तेमाल कर उत्तर लिखने की कला सीखने में आपकी सहायता करते हैं। परीक्षा में विषय-वस्तु या आपको कितनी जानकारी है महत्त्व इसका नहीं, अपितु **विषय-वस्तु का प्रयोग कर सही तरीके से उत्तर लिखने का** होना है।

8. **प्रश्न जिनमें संदेह हो :** प्रारंभिक परीक्षा में आप केवल कुछ प्रश्नों के उत्तर को लेकर सुनिश्चित होते हैं। शेष प्रश्नों का उत्तर आप **संभाव्यता पद्धति के आधार पर** देने का प्रयास करते हैं। इस पर यहाँ विस्तार से चर्चा करते हैं—

जब आप प्रारंभिक परीक्षा, विशेष तौर पर सामान्य अध्ययन प्रश्न-पत्र 1 की परीक्षा देते हैं तो आपके समक्ष प्रश्नों के विभिन्न समूह आते हैं—

- **100 प्रतिशत सही :** जिन प्रश्नों के उत्तर आपको निश्चित तौर पर पता होते है और संदेह का कोई स्थान नहीं होता।
- **50 प्रतिशत सही :** चार विकल्पों में से **आपको दो को हटाकर**, शेष दो में संदेह होता है। अतः जितना संभव हो इस तरह के प्रश्नों का उत्तर देने का प्रयास करें। संभाव्यता के आधार पर दिए गए उत्तरों में पचास प्रतिशत उत्तर सही होने की संभावना होती है।
- **33 प्रतिशत सही :** इसका अर्थ है—चार विकल्पों में से एक विकल्प को हटा देते हैं और शेष तीन विकल्पों के बीच में से सही विकल्प को चुनते हैं। संभाव्यता के सिद्धांत की बात करें तो इनमें 33 प्रतिशत सही उत्तर की संभावना बनी रहती है। इसलिए,

इन प्रश्नों का उत्तर देते समय **बहुत सोच-समझकर चुनाव** करें। लेकिन इन प्रश्नों को पूरी तरह नजरअंदाज भी न करें। इस तरह के प्रश्नों का उत्तर आप **अपनी समझ और अंतरात्मा की आवाज पर** देने का प्रयास कर सकते हैं।

- **25 प्रतिशत सही :** आपको **कोई अंदाजा नहीं** होता है कि चार विकल्पों में से कौन-सा सही उत्तर है। यदि संभाव्यता की बात करें तो यहाँ पर **उत्तर के सही होने की** केवल 25 प्रतिशत **संभावना** है। अतः इस तरह के प्रश्नों का उत्तर देने की कोशिश कभी न करें। ऐसे प्रश्नों को छोड़ने में ही समझदारी होती है।

इस प्रकार, अनुभव के आधार पर पाया गया है कि इस प्रश्न-पत्र में **35-40 प्रश्न** ही ऐसे होते हैं, जिनके उत्तर को लेकर अभ्यर्थी **100 प्रतिशत** निश्चित होते हैं कि वे सही हैं। **20-25 प्रश्न** ऐसे होते हैं जिनको लेकर वे **50 प्रतिशत** निश्चित होते हैं। **15-20 प्रश्न** ऐसे होते हैं जिनको लेकर वे **33 प्रतिशत** निश्चित होते हैं। हालाँकि, हर व्यक्ति के लिए सुनिश्चितता का प्रतिशत अलग-अलग हो सकता है। इसलिए, परीक्षा में सफल होने के लिए आपको सब तरह के प्रश्नों के बीच संतुलन बनाना होता है। इस स्थिति में मॉक टेस्ट का अभ्यास करना काफी महत्त्वपूर्ण सिद्ध हो सकता है।

> 'करत-करत अभ्यास ते जड़मति होत सुजान।'
> हमारा अभ्यास सही दिशा में आगे बढ़ रहा है, यह सुनिश्चित करने में मॉक टेस्ट की बहुत अहम भूमिका होती है।

मॉक टेस्ट के आँकड़ों का इस्तेमाल कर आप प्रश्नों के समूहों के संदर्भ में अपना विश्लेषण कर सकते हैं और यह जान सकते हैं कि आपके लिए क्या सही है और आपको कहाँ होना चाहिए। इस तरह, जब आप मॉक टेस्ट का अभ्यास करते हैं तो आपकी रणनीति में और स्पष्टता आती है और **आपका आत्म-विश्वास भी बढ़ जाता है।** हालाँकि प्रतिवर्ष यह आँकड़े प्रश्न-पत्र के कठिनाई के स्तर के आधार पर अलग-अलग हो सकते हैं।

जैसा कि आपने देखा, मॉक टेस्ट आपका आकलन न केवल उन अंकों के आधार पर करते हैं जो आपको इनमें मिलते हैं, बल्कि आप इनसे बहुत कुछ सीखते भी हैं। इसलिए, अगर आपको इनमें कम अंक भी प्राप्त होते हैं तो भी **निराश न हों,** मॉक टेस्ट से जो भी फीडबैक आपको मिलता है उसे और मेहनत करने के मौके की तरह इस्तेमाल करें।

> ➲ एक साधारण अभ्यर्थी मॉक टेस्ट का अभ्यास नहीं करता।
> ➲ एक गंभीर अभ्यर्थी मॉक टेस्ट का अभ्यास करता है।
> ➲ एक स्मार्ट अभ्यर्थी न केवल मॉक टेस्ट का अभ्यास करता है, बल्कि उसका विश्लेषण अपनी तैयारी को बेहतर बनाने में करता है।

✱✱✱

अध्याय

15

मुख्य परीक्षा : सामान्य अध्ययन प्रश्न–पत्र 1, 2 व 3

सामान्य अध्ययन प्रश्न-पत्र 1, 2 व 3 की तैयारी कैसे करें ?

मुख्य परीक्षा में सात अनिवार्य और दो क्वालीफाइंग प्रश्न–पत्र शामिल होते हैं–

1. **अनिवार्य प्रश्न–पत्र :** सामान्य अध्ययन 1, 2, 3 और 4, वैकल्पिक विषय प्रश्न–पत्र 1 और 2 तथा निबंध।
2. **अर्हक (Qualifying) प्रश्न–पत्र :** अंग्रेजी और क्षेत्रीय भाषा।

इस अध्याय में सामान्य अध्ययन के तीन प्रश्न–पत्रों के लिए रणनीति पर चर्चा करेंगे।

मोटे तौर पर पाठ्यक्रम इस प्रकार है–

सामान्य अध्ययन 1–भारतीय विरासत और संस्कृति, विश्व और भारत का भूगोल एवं इतिहास।

सामान्य अध्ययन 2–शासन–प्रणाली, संविधान, राजव्यवस्था, सामाजिक न्याय और अंतरराष्ट्रीय संबंध।

सामान्य अध्ययन 3–प्रौद्योगिकी, आर्थिक विकास, जैव–विविधता, पर्यावरण, सुरक्षा एवं आपदा प्रबंधन। (पुस्तक के अंत में विस्तृत पाठ्यक्रम दिया गया है।)

सामान्य अध्ययन-1 के लिए रणनीति

ऐसे विषय, जिनको प्रारंभिक परीक्षा में कवर किया गया है, को प्रारंभिक परीक्षा समाप्त होने के बाद **अवश्य दोहराया जाना चाहिए**। साथ ही, शेष विषय जैसे विश्व इतिहास, भारतीय समाज, वैश्वीकरण आदि पर भी ध्यान दिया जाना चाहिए। इन विषयों के लिए आप चाहें तो **पूरी पुस्तक अथवा टॉपिक के आधार पर** अध्ययन कर सकते हैं। (विस्तृत पुस्तक सूची और स्रोत पुस्तक के अंत में दिए गए हैं।)

यू.पी.एस.सी. की परीक्षा में कुछ टॉपिक्स को व्यापक तौर पर शामिल किया गया है, अत: आपके लिए बेहतर होगा कि आप प्रत्येक शीर्षक/टॉपिक के लिए **अलग छोटे-छोटे नोट्स बना लें। उदाहरण के लिए,** परीक्षा में एक टॉपिक गरीबी और विकास का मुद्दा शामिल किया गया है। उसके लिए नोट्स बनाते समय देश में गरीबी की स्थिति के बारे में आँकड़ों सहित विस्तृत जानकारी, इसे किस तरह आँका जाता है, गरीबी-रेखा के नीचे, गरीबी-रेखा के ऊपर, आदि अन्य विकास के मुद्दों की जानकारी होनी चाहिए। इसके अलावा नोट्स में गरीबी से संबंधित समस्याएँ और उनके उपाय भी सम्मिलित होने चाहिए।

इस तरीके से प्रत्येक टॉपिक पर अलग से नोट बनाए जा सकते हैं और उनको उस समस्या से संबंधित **समसामयिक विषय** के साथ जोड़ा जा सकता है। उसके पश्चात् वह टॉपिक पूर्ण हो जाता है। आपको इसके अतिरिक्त कुछ और करने की आवश्यकता नहीं होती। आँकड़ों से संबंधित जानकारी भी समसामयिक मामलों के साथ प्राप्त हो जाती है। इसके पश्चात् आपको केवल लिखने का अभ्यास करने की आवश्यकता होती है। तत्पश्चात् आप ज्ञात हो जाता है कि आपकी तैयारी सही दिशा में आगे बढ़ रही है।

हालाँकि, यह **जरूरी नहीं है** कि हर एक टॉपिक की तैयारी **बहुत गहराई में जाकर** की जाए, लेकिन यह आवश्यक है कि किसी भी टॉपिक की तैयारी उस सीमा तक की जाए कि उसमें से 10 से 15 अंकों के प्रश्नों का उत्तर आसानी से तैयार किया जा सके। आपका उत्तर प्रश्न की माँग के आधार पर आँकड़ों से संबंधित जानकारी को वर्तमान मामलों के साथ जोड़ कर तैयार किया जाना चाहिए।

सामान्य अध्ययन प्रश्न-पत्र 2 और 3 की रणनीति भी ऐसी ही होगी।

अन्य प्रमुख बिंदु इस प्रकार हैं-

- प्रारंभिक परीक्षा के कॉमन विषय व टॉपिक का एक तीव्र रिवीजन।
- शेष विषयों पर नोट्स तैयार करना।
- समसामयिकी को विषय के अनुसार पढ़ना।
- जहाँ तक संभव हो लिखने का प्रयास करना।
- कम-से-कम दो संपूर्ण मॉक टेस्ट का अभ्यास।

परीक्षा की समग्र रणनीति

1. **प्रारंभिक परीक्षा से पहले : वे विषय** जो प्रारंभिक परीक्षा में भी थे और मुख्य परीक्षा में भी हैं, उनको बहुत अच्छी तरह से तैयार किया जाना चाहिए। लेकिन जो विषय कॉमन नहीं हैं और केवल मुख्य परीक्षा से संबद्ध हैं, उनको प्रारंभिक परीक्षा से पहले **कम-से-कम एक बार अवश्य** पढ़ा जाना चाहिए। अगर उनके नोट्स प्रारंभिक परीक्षा से पहले तैयार किए जा सकते हैं, तो बेहतर होगा।

2. **प्रारंभिक परीक्षा के बाद :** प्रारंभिक परीक्षा के कॉमन विषयों का जल्दी से रिवीजन, जो विषय कॉमन नहीं हैं, उनकी अच्छी तरह से पढ़ाई के साथ-साथ समसामयिकी पर भी ध्यान केंद्रित करना। अब आप मॉक टेस्ट या विगत वर्ष के प्रश्नों का उत्तर देने के लिए तैयार हैं।

3. **उत्तर लिखना :** जितना हो सके अभ्यास करें।

4. **मॉक टेस्ट :** कम-से-कम **दो मॉक टेस्ट का अभ्यास** प्रत्येक सामान्य अध्ययन के प्रश्न-पत्र के लिए आवश्यक है।

5. **परीक्षा का दिन : 10 अंक के** प्रश्नों का उत्तर **7 मिनट में** और **15 अंक के** प्रश्नों का उत्तर का **11 मिनट में** लिखने की कोशिश करें। इसके लिए उत्तर लिखने का अभ्यास करना जरूरी है।

बहुत से अभ्यर्थी प्रारंभिक परीक्षा से पहले मुख्य परीक्षा को कोई महत्त्व नहीं देते और उनकी मुख्य परीक्षा की तैयारी प्रारंभिक परीक्षा की समाप्ति के बाद शुरू होती है। लेकिन तब तक बहुत देर हो चुकी होती है और मुख्य परीक्षा की तैयारी करने के लिए अधिक समय (लगभग 90 दिन) नहीं मिलता। इसलिए, अगर आप मुख्य परीक्षा की तैयारी प्रारंभिक परीक्षा से पहले करते हैं, तो मुख्य परीक्षा में अच्छे अंक प्राप्त करने की संभावना और अधिक बढ़ जाती है।

अब तक आप उत्तर लेखन के अभ्यास का महत्त्व समझ गए होंगे। इसलिए, अगले अध्याय में लिखने का अभ्यास करने के तरीके पर विस्तार से चर्चा करेंगे।

- एक साधारण अभ्यर्थी प्रारंभिक परीक्षा के बाद मुख्य परीक्षा की तैयारी शुरू करता है।
- एक गंभीर अभ्यर्थी प्रारंभिक परीक्षा से पहले मुख्य परीक्षा की तैयारी आरंभ कर देता है।
- एक स्मार्ट अभ्यर्थी न केवल प्रारंभिक परीक्षा से पहले मुख्य परीक्षा की तैयारी आरंभ करता है, बल्कि उत्तर लिखने के अभ्यास पर भी ध्यान देता है। साथ ही, यह भी सुनिश्चित करता है कि प्रारंभिक परीक्षा से पहले एक बार वह यू.पी.एस.सी. परीक्षा के संपूर्ण पाठ्यक्रम की तैयारी अवश्य कर ले।

★★★

'जहाँ चाह, वहाँ राह'
यदि हम सच में कुछ करना चाहते हैं तो
उसके लिए हमें रास्ता खोजना होगा।
लेकिन अगर हम नहीं चाहते हैं तो
हम कोई-न-कोई बहाना ढूँढ़ लेंगे।

अध्याय

16

उत्तर लेखन

जब बात मुख्य परीक्षा की आती है तो **विषय वस्तु को पूरी तरह से पढ़ने के साथ-साथ लेखन का अभ्यास भी बहुत महत्त्व रखता है।** यह एक ऐसा पहलू है जिस पर **विषय की तैयारी करने जितना ही ध्यान** दिया जाना चाहिए। कुछ यू.पी.एस.सी. टॉपर्स का तो यहाँ तक कहना है कि लिखना विषय की तैयारी से अधिक महत्त्व रखता है, क्योंकि लेखन का अभ्यास न होने पर आप अपनी जानकारी या ज्ञान का प्रदर्शन परीक्षा देते समय नहीं कर पाते। हालाँकि विषय की गहन तैयारी का भी उतना ही महत्त्व है, क्योंकि यह उत्तरों के लेखन में सहायक सिद्ध होती है। अत: परीक्षा की तैयारी करते समय विषय ज्ञान एवं लेखन दोनों को समान महत्त्व देना चाहिए।

समस्या यह है कि 95 प्रतिशत अभ्यर्थी इस ओर ध्यान नहीं देते या इसे हल्के में लेते हैं और इसके **अभ्यास को टालते रहते हैं।** किंतु यू.पी.एस.सी. की परीक्षा में लिखने का अर्थ अपनी जानकारी को कागज पर उतारना मात्र नहीं है, अपितु आपको **यह भी ध्यान रखना होता है कि उत्तर पढ़ने के बाद पढ़ने वाला आपके विचारों से अवगत हो सके।** इसलिए, आप केवल इस आधार पर अपना उत्तर नहीं बना सकते कि आप क्या सोचते हैं। हमेशा यह ध्यान में रखें कि **पाठक पर आपके लिखने का क्या प्रभाव पड़ेगा,** ताकि आपके उत्तर में किसी तरह की कमी न हो।

> विषय-वस्तु की जानकारी होना एक बात है, लेकिन विषय संबंधी अपनी जानकारी को कागज पर सही तरीके से प्रस्तुत करना कला है।
> इसीलिए, उत्तर लेखन के अभ्यास हेतु समय निकालना मुख्य परीक्षा में सफल होने के लिए बहुत आवश्यक है।

इस अध्याय में, हम एक के बांद एक सभी चरणों पर चर्चा करेंगे। शुरुआत करेंगे कि किस तरह से आपको अपने सोचने के तरीके में बदलाव करना चाहिए तथा **उत्तर लेखन पर अच्छी पकड़ बनाने** व बनाए रखने के लिए क्या किया जा सकता है।

उत्तर लेखन का अभ्यास करने में अभ्यर्थी टाल-मटोल क्यों करते हैं ?

पहली बात, यू.पी.एस.सी. की परीक्षा की तैयारी करते समय सभी परीक्षार्थियों की शैक्षिक पृष्ठभूमि अलग-अलग होती है और दूसरी बात, **लिखने का उनका अभ्यास प्राय: बहुत पीछे छूट चुका होता है।** अब आपको एक रहस्य बताता हूँ, अपने पूरे जीवन में आप उतना नहीं लिखते जितने विस्तार से लिखने की आवश्यकता इस परीक्षा के लिए होती है। सामान्यत: यह उन लोगों के लिए अच्छी बात है जिन्हें लिखना अच्छा लगता है और उनको ऐसा करने की आदत होती है। लेकिन ऐसे अभ्यर्थी बहुत कम होते हैं।

अधिकतर अभ्यर्थी सोचते हैं कि सारे पाठ्यक्रम की तैयारी अच्छी तरह से करने के बाद ही वे लिखने का अभ्यास कर पाएँगे। ठीक वैसे ही जैसे कि स्कूल और कॉलेज की पढ़ाई के दौरान किया करते थे। एक बार जब आप सारे पाठ्यक्रम को अच्छी तरह से पढ़ लेते हैं तो आपके अंदर लिखने का आत्म-विश्वास विकसित हो जाता है। लेकिन **यह परीक्षा पूरी तरह से अलग है।** पाठ्यक्रम की विशालता के कारण अभ्यर्थियों को यह अहसास कभी नहीं होता कि उन्होंने सारे पाठ्यक्रम को पढ़ लिया है और इसलिए वे **लिखने के अभ्यास को टालते रहते हैं।**

अगर आप **अधिकतर पाठ्यक्रम की तैयारी** अच्छी तरह से कर चुके हैं तो आपको लेखन का अभ्यास शुरू कर देना चाहिए। आप में आत्म-विश्वास की कमी हो फिर भी। प्रतिदिन **एक या दो उत्तर लिखने के साथ शुरुआत** करें और **फिर पूरे प्रश्न-पत्र को हल करने का अभ्यास** करें। एक बार जब आप लिखना शुरू कर देंगे, तो कुछ सप्ताह में अपने अंदर सुधार अवश्य देखेंगे।

> अभ्यास का प्रभावशाली तरीका है- 'करना है तो करना है'।
> इसके लिए उपयुक्त दिन की प्रतीक्षा न करें।
> बस शुरुआत कर दें, टाल-मटोल न करें।

उत्तर का प्रारूप कैसा होना चाहिए?

उत्तर लेखन की शुरुआत करने से पहले, अच्छा होगा कि आप **प्रश्न को भागों में विभाजित कर लें,** ताकि आपको यह पता हो कि अपने उत्तर में कितने भागों को शामिल करना है।

आप अपना उत्तर कई तरीकों से लिख सकते हैं, लेकिन उत्तर लिखने के लिए **एक रूपरेखा** अवश्य होनी चाहिए।

- **परिचय :** शुरुआत में एक पैराग्राफ आप प्रश्न की माँग के अनुसार लिखें। परिचय ऐसा होना चाहिए कि जब परीक्षक आपकी उत्तर-पुस्तिका की जाँच करे तो उसे यह महसूस हो कि आपको **प्रश्न अच्छी तरह से समझ आ गया है।**
- **प्रमुख भाग : प्रश्न की माँग को** सटीक तरीके से संबोधित करें। **बिंदुओं में लिखने की कोशिश** करें या फिर जो कुछ लिख रहे हैं, वह स्पष्ट हो। ऐसा न हो कि पैराग्राफ में मूल बात कहीं खोकर रह जाए। महत्त्वपूर्ण बिंदुओं को सबसे पहले संबोधित किया जाना चाहिए।
- **निष्कर्ष :** अपने दृष्टिकोण को प्रस्तुत करते हुए उत्तर को **सकारात्मक तौर पर समाप्त करने का प्रयास** करें।

उपर्युक्त तीन बिंदु आपके उत्तर को पूर्ण करते हैं। आपको अपना उत्तर इधर-उधर घुमाने के बजाय इन बिंदुओं के अनुसार **साफ-साफ और सटीक भाषा का प्रयोग** करते हुए लिखना चाहिए। सदैव कोशिश करें कि आपका उत्तर प्रश्न की माँग की दिशा से न भटके।

उत्तर लेखन का अभ्यास करने की आवश्यकता क्यों है?

अगर आप ने अच्छी तरह से तैयारी की है, तब भी आप पाठ्यक्रम में से पूछे गए उन **35-40 प्रतिशत प्रश्नों का ही उत्तर** दे पाएँगे, जो सीधे तौर पर पूछे गए हैं। शेष **60-65 प्रतिशत** प्रश्न ऐसे होंगे जिनका उत्तर आपको **तत्क्षण** अपनी विषय आधारित जानकारी और अध्ययन का उपयोग करते हुए देने होगा। चूँकि आप उनकी पूर्व तैयारी नहीं कर सकते, इसलिए आपको अपनी अब तक की गई तैयारी व ज्ञान के आधार पर उनका सटीक उत्तर लिखने की कोशिश परीक्षा भवन में परीक्षा देते समय ही करनी होगी।

यही कारण है कि आपके लिए **उत्तर लिखने का अभ्यास करना बहुत महत्त्वपूर्ण** है। अगर आप उत्तर लेखन का अभ्यास नहीं करते तो जिन प्रश्नों की आपने तैयारी की है, उनका उत्तर तो आप दे देंगे जोकि कुल प्रश्नों का केवल 35-40 प्रतिशत ही होगा। उसके पश्चात् शेष 60-65 प्रतिशत प्रश्नों का उत्तर देने के लिए **आपको बहुत संघर्ष करना होगा।** इसलिए पहले से **उत्तर लेखन का अभ्यास बेहतर रहेगा।**

उम्मीद करता हूँ कि लेखन संबंधी उपर्युक्त विवरण से आपको मुख्य परीक्षा में उत्तर लेखन के अभ्यास का महत्त्व अच्छी तरह से समझ आ गया होगा।

उत्तर लेखन की कला न केवल उन प्रश्नों का उत्तर लिखने के लिए आवश्यक है जिनका उत्तर आपको पता है, बल्कि यह वहाँ भी काम आती है, जहाँ आपको उत्तर मालूम नहीं है। किंतु आप उन उत्तरों को अपनी तैयारी और समझ जो आपने परीक्षा के लिए की है, का उपयोग करते हुए देते हैं।

उत्तर लिखते समय किन बातों से बचना चाहिए?

जब आप उत्तर लिखते हैं तो बहुत-सी ऐसी बातें हैं जिन पर ध्यान देना होता है। साथ ही बहुत-सी ऐसी बातें भी हैं, जिनसे बचना चाहिए। वे इस प्रकार हैं-

- **पैराग्राफ :** बड़े-बड़े पैराग्राफ, जिनमें आप के महत्त्वपूर्ण बिंदु खो जाएँ, को लिखने से बचें।
- **विस्तृत बिंदु :** बिंदुओं में उत्तर देते समय उन्हें बहुत अधिक विस्तार में न लिखें और **न ही अपनी बात को खींचकर पैराग्राफ में बदलें।** अगर आप ऐसा करते हैं तो आप बहुत अधिक बिंदु नहीं लिख पाएँगे, क्योंकि आपके पास जगह सीमित है।
- **कई तरह के पेन का इस्तेमाल :** अलग-अलग पेन का इस्तेमाल करने से बचें, इससे आपका समय बरबाद होगा और आपको प्रश्नों को लिखने के लिए कम समय मिलेगा। अगर कुछ महत्त्वपूर्ण है तो उसे रेखांकित कर दें।
- **लंबे-लंबे वाक्य :** लंबे-लंबे वाक्यों को लिखने से बचें, छोटे वाक्य लिखने की कोशिश करें। उन्हें **पढ़ना आसान होता है**, उनसे आपके विचारों की शृंखला भी अच्छी तरह से जुड़ पाती है।
- **जगह का उपयोग :** एक पेज पर बहुत सारे शब्दों को लिखने से बचें, अन्यथा जितना स्थान आपको लिखने के लिए दिया गया है, आप उसका उपयोग सही ढंग से नहीं कर पाएँगे।
- **शब्दावली :** कठिन अंग्रेजी या हिंदी के शब्दों का उपयोग करने से बचें। अपनी लेखनी को जितना हो सके, सरल रखने का प्रयास करें।
- **कटिंग :** काट-छाँट करने से बचें, क्योंकि इसका परीक्षक पर बुरा प्रभाव पड़ेगा।

क्या करें अगर लिखावट अच्छी नहीं है?

हालाँकि, यह स्वाभाविक है कि अच्छी लिखावट का प्रभाव अच्छा पड़ता है। लेकिन यह तभी सहायक सिद्ध होती है, जब आपकी विषय-वस्तु पर अच्छी पकड़ हो। मूलत: फर्क इस बात से पड़ता है कि आप अपने **उत्तर को प्रस्तुत किस तरह करते हैं।** इसलिए, यदि विषय पर आपकी पकड़ गहरी है तो तब भी अच्छा प्रभाव होगा जब आपको लगे कि आपकी लिखावट अच्छी नहीं है।

परीक्षक के लिए **पहली प्राथमिकता विषय-वस्तु** ही होती है, इसमें किसी तरह का कोई संदेह नहीं है। **दूसरी प्राथमिकता, आप कितनी अच्छी तरह से अपनी जानकारी को प्रस्तुत करते हैं।** अगर आपकी लिखावट अच्छी नहीं है तो इतना सुनिश्चित अवश्य करें कि आपके लिखे शब्द **पढ़ने योग्य** हों। पढ़ने योग्य होने से तात्पर्य है कि अगर कोई आपके उत्तर को पढ़ रहा है तो वह आसानी से आपकी उत्तर-पुस्तिका को पढ़ पाए। आप अपनी लिखावट को बेहतर बनाने के लिए लिखते समय **अक्षरों के आकार व दूरी का विशेष ध्यान** रखें। ध्यान रखें कि एक पंक्ति और पेज में सीमित संख्या में ही शब्द समाहित हों और आपके द्वारा लिखे गए उत्तर को आसानी से पढ़ा जा सके।

यह सत्य है कि पढ़ाई के इस स्तर पर आप अपनी लिखावट को बदल नहीं सकते, लेकिन आप **सही युक्ति का प्रयोग** कर उसे सुधार अवश्य सकते हैं। इसका सबसे अच्छा तरीका यह है कि आप शब्दों व पंक्तियों के बीच में सही अंतर देते हुए हैडिंग, विराम चिन्ह, वाक्य संक्षेप और लगातार लिखने के बजाय छोटे पैराग्राफ आदि का प्रयोग करते हुए लिखें। यह तो हुई लिखावट में सुधार की बात। इसके अतिरिक्त दूसरा तरीका, **मॉक टेस्ट के उत्तर लिखने का अभ्यास** करना है। इससे आप परीक्षा में समय प्रबंधन की महत्ता को भली-भाँति समझ पाते हैं तथा ऐसा करके आपकी लिखावट में भी अपने आप ही सुधार आ जाता है। अगर परीक्षा के दौरान आप शुरू में ही ठीक **से समय-प्रबंधन नहीं** करते हैं **तो अंत में** आपके **लिखने के लिए ढेरों प्रश्न** होते हैं, जिसकी वजह से लिखावट और भी खराब हो जाती है। इसलिए अति आवश्यक है कि आप प्रत्येक प्रश्न को उतना ही समय दें, जितना आवश्यक है। साथ ही अपने उत्तर इस तरह से लिखें, जिससे शुरू से लेकर अंतिम पेज तक आपकी लिखावट एक समान बनी रहे।

क्या फीडबैक के लिए उत्तर-पुस्तिका का मूल्यांकन आवश्यक है?

अगर आप आंसर राइटिंग टेस्ट सीरीज में भाग ले सकते हैं तो बहुत अच्छी बात है। आपके लिए अच्छा रहेगा कि आप फीडबैक ले लें। लेकिन किसी भी टेस्ट सीरीज को शुरू करने से पहले उसके बारे में **ऑनलाइन सर्च कर लें और उसके संबंध में कुछ चयनित अभ्यर्थियों का फीडबैक ले लें।** फिर यह तय करें कि उनमें से आपको किसका चुनाव करना है।

लेकिन **अगर आप टेस्ट सीरीज लेने में सक्षम नहीं हैं** तो आपके लिए सबसे बेहतर तरीका यह है कि **मुफ्त उपलब्ध ऑनलाइन प्लेटफॉर्म का** पूरा-पूरा लाभ उठाया जाए। कुछ वेबसाइट्स प्रतिदिन प्रश्नों को उनके उत्तर की संक्षिप्त व्याख्या के साथ पोस्ट करती हैं। अत: बेझिझक उत्तर लिखें और अपने उत्तर की तुलना अन्य अभ्यर्थियों के उत्तर के साथ-साथ उन वेबसाइट्स पर पोस्ट किए गए संक्षिप्त उत्तर के साथ भी करें। अगर आप ऐसा प्रतिदिन करते हैं तो निश्चित तौर पर एक सप्ताह के भीतर अपने आप में सुधार पाएँगे। किसी भी क्षेत्र में **सफल होने की कुंजी निरंतरता है।**

अपने उत्तर की समीक्षा स्वयं कैसे करें ?

अपने उत्तरों की समीक्षा करने का एक तरीका विभिन्न वेबसाइट्स पर दिए गए **मॉडल प्रश्नों के उत्तर को देखना** तथा अपने उत्तर में हुई त्रुटियों पर ध्यान देना है। लेकिन अगर आप कुछ दूसरे प्रश्नों का अभ्यास करना चाहते हैं तो ऐसी स्थिति में अपने उत्तरों की समीक्षा स्वयं निम्न प्रकार से कर सकते हैं—

- **पढ़ना :** समीक्षा करने से पहले उत्तर को कई बार पढ़ें।
- **प्रथम प्रस्तुति :** प्रथम दृष्ट्या प्रस्तुति अच्छी होनी चाहिए। प्रस्तुति में उत्तर को अच्छा लगना चाहिए, जैसे- साफ लिखावट, पंक्तियों और बिंदुओं के बीच पर्याप्त छोड़ा गया स्थान आदि।
- **संरचना :** जैसा कि पहले चर्चा की गई है, अपने उत्तर को एक उपयुक्त ढाँचागत आकार दें, अर्थात् परिचय, प्रमुख भाग और निष्कर्ष। सुनिश्चित कर लें कि आपके उत्तर में यह सब कुछ है अथवा नहीं। क्योंकि इस तरह से लिखा गया उत्तर परीक्षक के काम को आसान बना देता है।
- **परिचय :** जाँच लें कि यह सही है या नहीं। साथ ही परिभाषा या पृष्ठभूमि की जानकारी के साथ यह दरशाएँ कि आप प्रश्न को अच्छी तरह से समझ गए हैं।
- **प्रमुख भाग :** उत्तर के प्रमुख भाग में **प्रश्न में की गई सभी माँगों को पूरा किया गया** है या नहीं, इसे भी सुनिश्चित कर लें। इसके बाद जाँच करें कि **अंकों के आधार पर सभी भागों को समान महत्त्व दिया गया हो**। उदाहरण के तौर पर, अगर एक प्रश्न के तीन भाग हैं, क्या, क्यों और कैसे, तो यह सुनिश्चित कर लें कि आपके उत्तर में इन सभी को समाहित किया गया है या नहीं। अगर आप किसी भाग/बिंदु को अपने उत्तर में छोड़ देते हैं तो आपके अंक कट जाएँगे।
- **प्रमुख बिंदु :** जरूरी है कि उत्तर में जो भी बिंदु सम्मिलित हैं, उनकी पुष्टि **उदाहरण के साथ** की गई हो। उत्तर में आप जो भी कहना चाह रहे हैं, उस पर जोर देते हुए अपनी बात रखनी चाहिए, जिससे उत्तर स्पष्ट हो।
- **निष्कर्ष :** इसके अतिरिक्त उत्तर का निष्कर्ष जोकि सकारात्मक अंत अथवा एक संदेश के साथ हो, अवश्य होना चाहिए।
- **अंग्रेजी के 4C [Clear (स्पष्ट), Consistant (निरंतर), Concise (संक्षिप्त) Coherent (सुसंगत)] का खयाल रखना:** आपके उत्तर में इन सभी विशेषताओं का समावेश होना चाहिए।

अगर आपको लगता है कि आपके उत्तर में उपरोक्त सभी बातें समाहित हैं तो आप अपने आपको 10 में से 6 या 60 प्रतिशत अंक दे सकते हैं। अगर ऐसा नहीं है तो जो बिंदु आपके उत्तर में नहीं है, उसके अंक घटा दें। **व्याकरण पर अधिक ध्यान न दें,** बस यह

देखें कि आप जिस बात को कहना चाह रहे हैं, वे स्पष्ट हैं या नहीं। व्याकरण की गलतियों के लिए अपने अंक काटने की आवश्यकता नहीं है।

इस कार्य-पद्धति को अपनाकर, आपको यह स्पष्ट हो जाएगा कि आपको उत्तर किस तरह से लिखना है। अंततः संपूर्ण तौर पर आपके उत्तर का कैसा या क्या प्रभाव पड़ रहा है, मायने यही रखता है। मुझे लगता है कि अगर आप उपर्युक्त सारे बिंदुओं को अपने उत्तर में समाहित करते हैं तो आपके उत्तर का प्रभाव बहुत अच्छा पड़ेगा।

क्या मुख्य परीक्षा में उत्तर लिखते समय फ्लो चार्ट और डायग्राम्स का इस्तेमाल करना आवश्यक होता है?

अपना उत्तर लिखते समय जब तक आपको ऐसा न लगे कि **फ्लोचार्ट और डायग्राम्स का उपयोग करने से आपका उत्तर बेहतर बनेगा,** तब तक इनका प्रयोग न करें। हालाँकि, यह सही है कि इनका उपयोग आपके उत्तर की प्रस्तुति को बेहतर बनाता है। साथ ही, फ्लोचार्ट और डायग्राम्स के प्रयोग से अन्य अभ्यर्थियों की तुलना में आपका उत्तर भिन्न और स्पष्ट बन पड़ेगा। यह आपके लिए फायदेमंद हो सकते हैं। अतः यह आप पर निर्भर करता है कि आप इनका उपयोग अपने उत्तर में कहाँ और कैसे करते हैं।

उत्तर लिखना कैसे आरंभ करें?

उत्तर लेखन आरंभ करते हुए अधिकांश अभ्यर्थियों के मनोभाव-

1. मुझे उत्तर लिखते हुए डर लग रहा है।
2. जब मैं लिखना शुरू करता/करती हूँ तो अपने आपको भावशून्य पाता/पाती हूँ।

इस तरह, जब बात उत्तर लिखने की आती है तो शुरुआत करने की जो दुविधा होती है, वही सबसे बड़ी बाधा है। दुर्भाग्य की बात यह है कि एक अभ्यर्थी के रूप में आत्म-विश्वास की कमी के कारण अभ्यर्थी इसे टालते रहते हैं और जब लिखना आरंभ करते हैं तो लिखना बहुत कठिन लगता है और **दिमाग सुन्न हो जाता है।** यह मेरे साथ भी होता था और इस भय से बाहर निकलने में मुझे भी कुछ समय लगा।

मैं इस भय से कैसे बाहर निकला? इसे समझने के लिए मैं आपके साथ **चरणबद्ध रणनीति** साझा कर रहा हूँ, जिसने मेरी बहुत मदद की—

- **एक प्रश्न का चुनाव** करें, जिसका उत्तर आप लिखना चाहते हैं और उसे दो बार पढ़ें।
- **गूगल पर सर्च** करें, उस प्रश्न से संबंधित जितनी भी जानकारी आपको ऑनलाइन प्राप्त होती है और आपको लगता है कि उसका इस्तेमाल आप उस प्रश्न का उत्तर लिखने में कर सकते हैं, सब एकत्र कर लें।
- **समय सीमा की परवाह न करते हुए** बिना किसी समय सीमा के उत्तर लिखना आरंभ करें। परिचय, प्रमुख भाग, निष्कर्ष यानी अध्याय के आरंभ में जिन बिंदुओं पर

चर्चा की है, उन सभी का समावेश करते हुए अपना उत्तर लिखें। जब उत्तर लिख लें तो देखें कि आपके उत्तर में **स्पष्टता, निरंतरता, संक्षेप व सुसंगतता की विशेषता** विद्यमान है या नहीं।

- आपको ऐसा यह समझने के लिए करना है कि **अगर आप पर जानकारियों और समय को लेकर किसी तरह की कोई पाबंदी नहीं है** तो आप अपने उत्तर को कितना बेहतर बना सकते हैं। मूलत: आप अपने विचारों को जानकारी के साथ और समय की बाधा से मुक्त होकर व्यवस्थित करने का प्रयास कर रहे हैं।
- कुछ दिनों के बाद, जब आपके अंदर थोड़ा आत्म-विश्वास विकसित हो जाए **तब एक-एक करके इन मापदंडों को हटाने का प्रयास करें।** इस बार उत्तर संबधी जानकारी के लिए गूगल या किसी अन्य स्रोत की मदद न लें।
- गूगल या किसी दूसरे स्रोत को देखे बिना उत्तर लिखने का प्रयास करें, ताकि आपको पता चल सके कि आप लिख पाते हैं अथवा नहीं। स्वयं पर समय-सीमा का कोई दबाव न डालें। लिखने के लिए पूरा समय लें।
- कुछ दिनों तक यह अभ्यास करें, एक सप्ताह तक 2-3 उत्तर प्रतिदिन लिखें। अब आप पाएँगे कि आप गूगल या किसी अन्य स्रोत से जानकारी लिए बिना प्रश्न पढ़ते हुए उसका उत्तर लिखने में समर्थ हो गए हैं।
- आपका **अगला लक्ष्य समय-सीमा में बँधना** है जैसा कि परीक्षा की माँग है। अत: अब समय-सीमा में प्रश्न का उत्तर लिखने की कोशिश करें।
- सबसे अंतिम चरण, आपने जो लिखा है आत्म-आकलन प्रक्रिया द्वारा उसका आकलन करें जिसके बारे में हमने पहले चर्चा की थी।

इस प्रक्रिया से एक तो यह सुनिश्चित होगा कि आप **क्रमबद्ध तरीके से उत्तर लिखने के लिए तैयार** हो गए हैं तथा दूसरा, इससे आप में आत्म-विश्वास विकसित होगा। कभी भी अपने आपको ऐसी स्थिति में न डालें, जहाँ **बहुत सारे मापदंड मौजूद हों और आप एक में भी बँधकर लिखने के अभ्यस्त न हों।** सबसे पहले आप बिना किसी बाधा के मुक्त होकर उत्तर लिखने का अभ्यास करें। फिर एक-एक करके सारे मापदंडों के आधार पर प्रश्न-पत्र की माँग के अनुसार जो स्तर तय किया गया है, वहाँ तक पहुँचने की कोशिश करें।

चूँकि **निरंतरता** ही सफल होने की कुंजी है, अत: **उत्तर लिखने का अभ्यास** आपको तब तक करते रहना है, जब तक आप में **आत्म-विश्वास विकसित नहीं हो जाता** और आप प्रश्न पढ़ते ही उसका उत्तर बनाने में सक्षम नहीं हो जाते। मुख्य परीक्षा से पहले अपने लिए एक लक्ष्य निर्धारित करें कि आप **आठ मॉक टेस्ट,** जिसमें सामान्य अध्ययन के प्रत्येक प्रश्न-पत्र के दो सेट शामिल होंगे, को हल करेंगे। साथ ही, वैकल्पिक और निबंध वाले प्रश्न-पत्र के लिए भी कुछ मॉक टेस्ट का अभ्यास करने की कोशिश करें।

आशा है कि इस चरण को पार करने के बाद आप में आत्म-विश्वास विकसित होगा। और आपको अहसास होगा कि उत्तर लिखना उतना कठिन नहीं है जितना आपको शुरुआत में लग रहा था। निष्कर्षतः अगर आप क्रमबद्ध तरीके से आगे बढ़ें तो आप इसमें पारंगत हो सकते हैं।

क्या उत्तर लिखते समय शब्दों की सीमित संख्या का ध्यान रखना होगा?

अगर आप विगत वर्ष के मुख्य परीक्षा के सामान्य-अध्ययन के प्रश्न-पत्रों को देखें तो वहाँ पर लिखा होता है- **1 से 10 तक के प्रश्नों की शब्द-सीमा 150 शब्द, जबकि 11 से 20 तक प्रश्नों की शब्द-सीमा 250 शब्द है।** अगली पंक्ति होती है, **प्रश्नों में दी गई सीमित शब्द सीमा को ध्यान में रखें।**

सामान्य अनुभव के आधार पर किसी के पास इतना समय नहीं होता कि वह आपके उत्तर में प्रत्येक शब्द की गिनती करे। अतः **उत्तर में कितने शब्द लिखने हैं, इसके लिए सहज-बोध का उपयोग** किया जाना चाहिए। संदर्भ के लिए आप ऑनलाइन जाकर टॉप कर चुके उम्मीदवारों की उत्तर-पुस्तिका को देख सकते हैं।

जब मैं परीक्षा की तैयारी कर रहा था, उस दौरान मैंने कोचिंग संस्थानों में काम किया था, वहाँ पर भी सामान्य ग्रहण-बोध की कार्य-पद्धति का इस्तेमाल किया जाता था। केवल आप अपना थोड़ा आकलन कर लें कि एक पंक्ति में आप कितने शब्द लिखते हैं और एक पेज में कितनी पंक्तियाँ होती हैं, जिससे कि उत्तर लिखने के लिए जो स्थान दिया गया है, आप उसका इस्तेमाल अच्छी तरह से कर सकें और तय शब्द-सीमा तक पहुँचते-पहुँचते आपका उत्तर पूर्ण हो जाए।

अगर आप परीक्षा की **उत्तर-पुस्तिका में बहुत-सा खाली स्थान** छोड़ देते हैं तो उसका परीक्षक पर पहला प्रभाव यह पड़ता है कि या तो आपने **आवश्यकता से कम लिखा** है अथवा आपका **उत्तर अपूर्ण** है। इसलिए शब्द-सीमा लगभग 150 या 250 जो भी हो, इस पर निर्भर करती है कि आप 10 अंक वाले प्रश्न का उत्तर दे रहे हैं या 15 अंक वाले। अगर आप 10-15 शब्द कम भी लिखते हैं तो इससे कोई फर्क नहीं पड़ेगा। लेकिन यह सुनिश्चित कर लें कि आप दिए गए **समस्त स्थान का उपयोग** करें, ताकि परीक्षक को यह संकेत मिले कि आपका उत्तर पूर्ण है।

शब्द-सीमा का अनुसरण करने के लाभ

- **आपका प्रश्न-पत्र समय पर पूर्ण होगा:** आप अपना प्रश्न-पत्र समय पर समाप्त करने में तब कामयाब होते हैं, जब आप शब्द-सीमा का अनुसरण पूर्णतः करते हैं।

अगर आप समय का वितरण सही तरीके से न कर पाने के कारण परीक्षा में कुछ प्रश्नों का उत्तर नहीं लिख पाते हैं तो इससे आपको काफी नुकसान होगा।

- **उत्तर की गुणवत्ता :** अगर प्रत्येक प्रश्न सही समय लेकर शब्द सीमा का अनुसरण करते हुए लिखा जाए तो **आपका पहला और अंतिम प्रश्न गुणवत्ता और प्रस्तुतीकरण के मामले में एक समान** होगा। अन्यथा जैसा कि आमतौर पर होता है परीक्षा के पहले भाग को तो सामान्यतः तटस्थ होकर लिखा जाता है और अंतिम भाग को जल्दबाजी में, जिससे हमारे उत्तर की प्रस्तुति तथा गुणवत्ता खराब हो जाती है।
- **घुमा-फिरा कर मूल बात/विचार तक पहुँचना :** जो महत्त्वपूर्ण न हो उसके उल्लेख से बचें, जब हम प्रश्न की माँग से अधिक लिखने का प्रयास करते हैं तो समय बरबाद होने की संभावना बढ़ जाती है। अतः सबसे बेहतर तरीका यह है कि **सटीक भाषा का प्रयोग करते हुए** महत्त्वपूर्ण बातों की व्याख्या कुछ वाक्यों में सीमित रहकर की जाए।
- **विषय-वस्तु की प्रत्यक्षता :** सीमित शब्द संख्या हमारी विषय-वस्तु को बेहतर तरीके से उभारती है, जबकि बहुत सारे शब्दों के साथ उत्तर को लंबा कर देना उसे अस्पष्ट बना देता है। इस तरह आपका वह बिंदु कहीं खो जाता है, जो आप स्पष्ट करना चाहते हैं।

मुख्य परीक्षा में प्रत्येक प्रश्न को कितना समय दिया जाना चाहिए ?

परीक्षा में समय-प्रबंधन सबसे महत्त्वपूर्ण है, जिसका पालन पूरी गंभीरता से किया जाना चाहिए। **समय-सीमा में रहते हुए उत्तर लेखन की शुरुआत उसी समय** हो जानी चाहिए, **जब आप मॉक टेस्ट का अभ्यास आरंभ करते हैं।** शुरुआती तौर पर हो सकता है कि आप उत्तर लिखने के लिए अधिक समय लें, लेकिन निरंतर अभ्यास से आप समय-सीमा व शब्द-सीमा में बँधकर उत्तर लिखना सीख जाते हैं।

प्रत्येक प्रश्न को कितना समय दिया जाना चाहिए, इसकी गणना पहले ही कर लेनी चाहिए। **प्रश्न-पत्र में 20 प्रश्न होते हैं,** 10 प्रश्न 10-10 अंक और अन्य 10 प्रश्न 15-15 अंक के होते हैं। इस तरह, 10 अंक के प्रश्नों के लिए 100 अंक तथा 15 अंकों के प्रश्नों के लिए 150 अंक निर्धारित होते हैं।

अतः निर्धारित **180 मिनट के कुल समय को समान अनुपात में** प्रश्नों की संख्या अनुसार **विभाजित करके** प्रत्येक प्रश्न के लिए दिए जानेवाले समय की गणना कर लें। इस तरह आपको 10 अंक के प्रश्नों के लिए 72 मिनट और 15 अंकों के प्रश्न के लिए 108 मिनट मिलेंगे। इसका अर्थ है, प्रत्येक 10 अंक के प्रश्न के लिए **7.2 मिनट** और 15 अंक के प्रश्न के लिए **10.8 मिनट**।

कोशिश करें कि आप एक पूर्ण संख्या का समय प्रत्येक प्रश्न के लिए रखें, ताकि आपको प्रत्येक प्रश्न का उत्तर लिखते हुए समय पर नजर रखने में आसानी हो। सामान्यतः

आपको 10 अंक वाले प्रश्न के लिए 7 मिनट और 15 अंक के प्रश्न के लिए 11 मिनट मिलते हैं। एक विकल्प 7.5 मिनट और 10.5 मिनट भी हो सकता है, यह आप पर निर्भर करता है कि आपके लिए क्या ठीक है।

जरूरी यह है कि जब आप उत्तर लिख रहे हों तो **समय पर नजर बनाए रखें**, ताकि आपने जो समय सीमा प्रत्येक प्रश्न के लिए तय की है, उसमें आपका उत्तर पूरा हो जाए। **उत्तर लेखन के अभ्यास से आप अपने आपको इसके लिए अनुशासित कर पाएँगे।**

इस कार्य-पद्धति से यह भी सुनिश्चित होगा कि आपकी **सोचने और उत्तर लिखने की गति पहले से लेकर अंतिम प्रश्न तक एक जैसी** ही रहती है। साथ ही, आपकी लिखावट भी एक जैसी है, अन्यथा उचित समय-प्रबंधन के अभाव में परीक्षा के अंतिम क्षणों में आपको जल्दबाजी में उत्तर लिखने पड़ेंगे जिससे उत्तरों की प्रस्तुति तथा आपकी लिखावट खराब हो जाएगी और इससे आपके अंक कटने की संभावना अधिक होगी।

अगर आप परीक्षा के समय ऐसा महसूस करते हैं कि कुछ प्रश्न हैं जिनमें दूसरों की अपेक्षा तय समय से अधिक समय लगेगा तो आप तुरंत ही अपनी उत्तर लिखने की गति को बढ़ा दें, जिससे कि आप ट्रैक पर बने रहें। मेरे साथ ऐसा मुख्य परीक्षा में सामान्य-अध्ययन के एक पेपर के दौरान हुआ था। सौभाग्यवश, उस समय मेरी **परीक्षा में अपने प्रत्येक प्रश्न के लिए वितरित समय पर नजर बनी हुई थी, इसलिए अपनी गति को बनाए रखने में मैं सफल हो पाया।**

आशा है कि आप भी उत्तर लेखन के अभ्यास और उससे आपके आत्म-विश्वास के बढ़ने के बीच के संबंध व महत्त्व को समझ चुके होंगे।

- एक सामान्य अभ्यर्थी सीधे मुख्य परीक्षा में उत्तर लिखता है।
- एक गंभीर अभ्यर्थी मुख्य परीक्षा से पहले ही उत्तर लेखन का अभ्यास कर लेता है।
- एक स्मार्ट अभ्यर्थी मुख्य परीक्षा से पहले उत्तर लेखन का अभ्यास तो करता ही है, मॉक टेस्ट भी देता है और परीक्षा में उपयुक्त ढंग से समय का प्रबंधन करता है।

★★★

जब आप कोई लक्ष्य निर्धारित करते हैं तो वह सदैव आपकी परीक्षा लेता है, क्योंकि लक्ष्य को पाने के दौरान जो दबाव बनता है, उसका एक उद्देश्य होता है।
वह दबाव हमें नीचे नहीं गिराता, अपितु ऊपर उठाता है, अतः हार न मानें।

अध्याय

17

नीतिशास्त्र

तैयारी और रणनीति

विस्तृत रूप से पाठ्यक्रम में नीतिशास्त्र, सत्यनिष्ठा, प्रवृत्ति, अभिरुचि, भावनात्मक समझ, लोक प्रशासन में नीतिशास्त्र, सत्यनिष्ठा और केस-स्टडी सम्मिलित होता है। मेरा आप से आग्रह है कि इस अध्याय को पढ़ने से पहले आप यू.पी.एस.सी. की वेबसाइट पर उपलब्ध **विगत वर्ष के प्रश्न-पत्र** एक बार अवश्य देखें।

मुख्य परीक्षा के सामान्य-अध्ययन के चार प्रश्न-पत्रों में नीतिशास्त्र का प्रश्न-पत्र **सबसे अधिक विषयपरक** होता है। एक ही प्रश्न का उत्तर कई तरीकों से दिया जा सकता है। आपने नीतिशास्त्र की तैयारी अच्छी तरह से की है, यह सुनिश्चित करने के लिए आपको निम्न रणनीति का अनुसरण करना चाहिए—

- **पाठ्यक्रम :** यू.पी.एस.सी. नीतिशास्त्र के विषय के लिए **प्रत्येक बिंदु को ध्यान में रखते हुए** पाठ्यक्रम देता है। आपके लिए पहला लक्ष्य यह है कि जितनी जल्दी संभव हो दिए गए **नीतिशास्त्र के पाठ्यक्रम** को पूरा पढ़ लें और यह **सुनिश्चित कर लें कि** सारे पाठ्यक्रम के **नोट्स तैयार** हैं। आप पुस्तक या विषय के अनुसार भी नोट्स तैयार कर सकते हैं। यह भी जरूरी है कि जितना जल्दी संभव हो यह कार्य

पूर्ण हो जाए, क्योंकि **नीतिशास्त्र के लिए पाठ्यक्रम पूरा करना आप की आधी तैयारी अर्थात् केवल 50 प्रतिशत कार्य की पूर्णता** को दरशाता है। आपकी वास्तविक रणनीति की शुरुआत तो इसके पश्चात् होती है।

- **स्पष्टता :** वे टॉपिक, जो कठिन या अस्पष्ट हों, में स्पष्टता के लिए आप विभिन्न स्रोतों के माध्यम से तैयारी कर सकते हैं। आपको नीतिशास्त्र की परिभाषा तथा शब्दावली से परिचित होना चाहिए और आपको इसके बारे में इतनी स्पष्टता होनी चाहिए कि आप **संवेदना, सहानुभूति और करुणा के बीच का भेद** बता पाएँ। इस विषय में आपको ऐसे बहुत से शब्द मिलेंगे जिनके बारे में आपकी यथोचित समझ की आवश्यकता होगी।
- **रिवीजन :** आपको **कई बार रिवीजन** करना होगा, अन्यथा आपको विषय को लेकर स्पष्टता नहीं होगी और आपके लिए मुख्य परीक्षा में उत्तर देना कठिन होगा। बहुत से प्रश्न ऐसे होते हैं जिनमें अत्यधिक विषयपरकता सम्मिलित होती है।

इस प्रश्न-पत्र में **दो भाग** होते हैं- **नीतिशास्त्र के पाठ्यक्रम पर आधारित सामान्य प्रश्न एवं मामलों का अध्ययन (Case Study),** जिसका अर्थ है आपने पाठ्यक्रम में जो कुछ भी पढ़ा है, उसे लागू करना।

नीतिशास्त्र पर सामान्य प्रश्न

मेरी सलाह है कि नीतिशास्त्र के पाठ्यक्रम को आप क्रमबद्ध तरीके से प्रत्येक बिंदु के अनुसार पढ़ें। कोशिश करें कि प्रत्येक शीर्षक पर नोट्स तैयार करें। विषय से संबंधित स्रोत आपको ऑनलाइन मिल जाएँगे और आप उन्हें पुस्तकों से भी पढ़ सकते हैं। जरूरी नहीं है कि आप सब कुछ एक ही पुस्तक से पढ़ें, बल्कि **नीतिशास्त्र के शीर्षकों को आप विभिन्न स्रोतों या विभिन्न पुस्तकों से भी पढ़ सकते हैं।** इस तरह आपकी जो विषय-वस्तु तैयार होगी, वह नीतिशास्त्र की तैयारी के लिए आपका एक मजबूत आधार होगी। इसका उपयोग आप इस खंड और मामलों संबंधी अध्ययन के लिए प्रयोग कर पाएँगे।

केस-स्टडी

इसे बहुत ध्यान से पढ़ें और **महत्त्वपूर्ण बिंदुओं को हाइलाइट कर लें,** ताकि आपको दोबारा सब कुछ पढ़ने की आवश्यकता न पड़े और आप हाइलाइट किए गए हिस्से को पढ़कर ही उसकी व्याख्या कर पाएँ। सामान्यतः एक मामला तीन विकल्पों के साथ आता है, जिनमें से अंतिम विकल्प आपका कोर्स ऑफ एक्शन होना चाहिए।

नीतिशास्त्र विषय की शब्दावली

जब आप नीतिशास्त्र का अध्ययन करें तो संपूर्ण पाठ्यक्रम में उपयोग किए गए सभी शब्दों को एक अलग पेपर पर नोट कर लें; जैसे पारदर्शिता, उत्तरदायित्व, धैर्य, गांधीवादी

नीतिशास्त्र, बुद्ध का नीतिशास्त्र, जैन नीतिशास्त्र, आदि और इसे तब तक बार-बार पढ़ें जब तक आप इनके उपयोग व अर्थ को समझने के आदी न हो जाएँ। इस तरह से आप अपनी **नीतिशास्त्र विषय की शब्दावली को विकसित कर लेंगे** और जब आप उत्तर लिखने बैठेंगे तो **शब्द आपको अपने आप याद आ जाएँगे।** जब आप उत्तर लिखना आरंभ करें तो अपनी इस शब्दावली का उपयोग करें। इस तरह साधारण भाषा के बजाय आपके उत्तर में **नीतिशास्त्र विषय से संबंधित शब्दों का समावेश** उत्तर को न्यायसंगत बना देगा।

मैंने इस विषय की **शब्दावली को अपने कमरे में दीवार पर चिपका लिया था** और दिन में दो बार पढ़ता था। दस दिन बाद मुझे उनमें से अधिकतर शब्द याद रहने लगे और उनको लेकर मेरी समझ दिन-प्रतिदिन बेहतर होती गई।

नीतिशास्त्र विषय के लिए उत्तर लिखना

नीतिशास्त्र में सबसे महत्त्वपूर्ण भाग उत्तर लिखने का अभ्यास होता है। हम सारा पाठ्यक्रम तो पढ़ लेते हैं, यहाँ तक कि मामला अध्ययन (केस स्टडी) के बारे में भी जानते हैं, लेकिन हम यह नहीं जानते कि उसके बारे में अपनी विचार-प्रक्रिया को उत्तर में कैसे ढालें और इस तरह हमारी सारी मेहनत बरबाद हो जाती है। **नीतिशास्त्र में बहुत अधिक विषयपरकता शामिल** होती है इसलिए इसमें अपने **विचारों की अभिव्यक्ति सटीक तरीके से करना काफी महत्त्वपूर्ण** है। अतः मुख्य परीक्षा में बैठने से पहले कुछ मॉक टेस्ट का अभ्यास अवश्य कर लें।

शुरुआत **एक-एक प्रश्न का उत्तर** लिखने से करें और फिर प्रश्न-पत्र में दिए गए **सभी प्रश्नों का उत्तर लिखने का अभ्यास करें।** कोशिश करें कि मुख्य परीक्षा से पहले आप दो मॉक टेस्ट के सभी प्रश्नों को लिखने का अभ्यास अवश्य कर लें। इस विषय का प्रश्न-पत्र दो भागों में विभाजित होता है-सामान्य नीतिशास्त्र के प्रश्न और केस-स्टडी। आइए दोनों पर एक-एक करके चर्चा करते हैं-

भाग-1 : नीतिशास्त्र आधारित सामान्य प्रश्न, इन्हें हल करने में आपका नैतिकता संबंधी ज्ञान काम आएगा, जिसकी आपने तैयारी की है।

- **संपूर्ण सरंचना:** प्रत्येक प्रश्न के उत्तर के लिए (परिचय, प्रमुख भाग और निष्कर्ष) निर्धारित समय सीमा के भीतर अपने विचारों को उभारने वाला तटस्थ होकर लिखा गया उत्तर।
- **नीतिशास्त्र विषय का ज्ञान:** अपने उत्तर में आपने नीतिशास्त्र विषय के पाठ्यक्रम में जो कुछ पढ़ा है उसका उपयोग करें, जिससे कि यह **दिखाई दे कि आपको विषय की जानकारी है।** कई बार ऐसा होता है कि अभ्यर्थी प्रश्नों का उत्तर बिना नीतिशास्त्र की विषय-वस्तु या शब्दावली का प्रयोग किए लिखने लगते हैं, ऐसा बिलकुल न करें। प्रश्नों का उत्तर देते समय आपकी नीतिशास्त्र विषय की जानकारी और उसकी शब्दावली बहुत महत्त्वपूर्ण भूमिका निभाती है।

- **उदाहरण:** अपने विचारों/तर्कों को उपयुक्त उदाहरण के साथ प्रस्तुत करें, जिससे कि जो कुछ भी आप कहना चाह रहे हैं, वह समझना आसान हो जाए।
- **स्पष्टता, निरंतरता, संक्षिप्तता और सुसंगतता:** व्याख्या करने के लिए सरल भाषा और छोटे वाक्यों का उपयोग करें। **विषय से भटककर समय बरबाद न करें** व उत्तर में संक्षिप्तता बनाए रखें। अवधारणाओं **की व्याख्या के लिए कम शब्दों का उपयोग करें।**

भाग-2 (केस स्टडी) : इस विषय का उत्तर पहले भाग की तुलना में विभिन्न तरीकों से दिया जा सकता है। केस स्टडी के प्रश्नों का उत्तर देते समय ध्यान रखने योग्य पहलू इस प्रकार हैं-

- **पढ़ना :** मामले (केस स्टडी) को अच्छी तरह से पढ़ें और महत्त्वपूर्ण बिंदुओं को हाइलाइट कर लें, जिससे कि आपको फिर से न पढ़ना पड़े। विश्वास करें, इससे आपका बहुत-सा समय बचेगा, क्योंकि केस-स्टडी वाले प्रश्न बहुत लंबे होते हैं और उनको दोबारा पढ़ने में बहुत-सा समय बरबाद होता है।
- **परिचय :** परिचय **छोटे से एक पैराग्राफ** में दें जिसमें केस यानी मामले की व्याख्या की गई हो जैसे वह किससे संबंध रखता है, अर्थात् उसके **नीतिशास्त्र से जुड़े पहलू और नैतिकता के मुद्दे।**
- **स्टेकहोल्डर :** मामले (केस स्टडी) में जो भी स्टेकहोल्डर सम्मिलित हो, उसके बारे में लिखें। स्टेकहोल्डर वे होते हैं, जो **मामले (केस स्टडी) के संबंध में लिए जानेवाले निर्णय से प्रभावित होते हैं।**

उपर्युक्त बिंदु आपकी मामले (केस स्टडी) के बारे में समझ को प्रदर्शित करेंगे, साथ ही परीक्षक की यह जानने में सहायता करेंगे कि आप मामले (केस स्टडी) को अच्छी तरह से समझ गए हैं।

- आमतौर पर मामले (केस स्टडी) में तीन विकल्प दिए जाते हैं। उनका मूल्यांकन करना शुरू करें। विकल्पों का मूल्यांकन उनके **गुण व दोषों के आधार पर** करें। मूल्यांकन के लिए अपनी नीतिशास्त्र विषय की जानकारी का उपयोग करें और अपने उत्तर में यह भी सम्मिलित करें कि आपने किसी भी विकल्प का मूल्यांकन करने के बाद उसका चुनाव क्यों किया अथवा क्यों नहीं किया। गुण में उस विकल्प के सकारात्मक पहलुओं और दोष में नकारात्मक पहलुओं को लिखें।
- **आपका विकल्प :** आमतौर पर आप जो निर्णय लेते हैं, उसके बारे में अंत में बात करते हैं, लेकिन **अपने विकल्प का मूल्यांकन गुण और दोषों के आधार पर न करें।** केवल उन बिंदुओं को सम्मिलित करें, जो नैतिकता के आधार पर आपके उस विकल्प के चुनाव के पीछे के कारण हों। आमतौर पर सलाह दी जाती है कि इससे **संबंधित 4-5 बिंदु** दिए जाने चाहिए।

- **निष्कर्ष :** मामले (केस स्टडी) के लिए उपयुक्त विकल्प चुनकर उचित अंत दिया जाना चाहिए, जिसमें निष्कर्ष में यह संदेश/संकेत होना चाहिए कि **निर्णय लेने का क्या कारण था** और यह निर्णय मामले से संबंधित स्टेकहोल्डर्स के लिए किस प्रकार से बेहतर होगा। साथ ही, उस विकल्प का नैतिकता के धरातल पर समर्थन किया जाना चाहिए, जो आप लिख रहे हैं।

मुझे उम्मीद है अब आप **बेहतर तरीके से** समझ गए होंगे कि नीतिशास्त्र विषय के प्रश्न–पत्र को लेकर आपकी क्या पद्धति होनी चाहिए। इसका सबसे महत्त्वपूर्ण पहलू लिखने का अभ्यास है, जिससे आप काफी अच्छे अंक प्राप्त करने में कामयाब हो सकते हैं। एक बार जब बार उपर्युक्त वर्णित तरीके से उत्तर लिखने का अभ्यास करना आरंभ कर देते हैं तो सिर्फ आपको यह निश्चित करना होगा कि आप अपना प्रश्न–पत्र समय पर कैसे समाप्त करें।

- ➲ एक सामान्य अभ्यर्थी नीतिशास्त्र के विषय को हल्के में लेता है।
- ➲ एक गंभीर अभ्यर्थी नीतिशास्त्र के विषय की पढ़ाई अच्छी तरह से करता है।
- ➲ एक स्मार्ट अभ्यर्थी नीतिशास्त्र की पढ़ाई तो अच्छे से करता ही है, नोट्स तैयार करता है और मॉक टेस्ट के साथ उत्तर लिखने का अभ्यास भी करता है।

★★★

अगर आपको ऐसा महसूस होता है कि आप प्रतिदिन कुछ खो रहे हैं, तो याद रखें कि वृक्ष प्रतिवर्ष अपने पत्तों को खोते हैं; लेकिन फिर भी खड़े रहते हैं और मौसम के बदलने की प्रतीक्षा करते हैं।

अध्याय

18

निबंध-लेखन

मुख्य परीक्षा में निबंध सबसे कठिन प्रश्न-पत्रों में से एक होता है। इसको लेकर अभ्यर्थियों की प्राय: यह राय होती है कि पूरी तैयारी के दौरान वे इस बात को लेकर **संदेह में रहे** कि इसकी तैयारी कैसे करें। कई ऐसे भी होते हैं जो **मुख्य परीक्षा से पहले एक भी निबंध लिखने का साहस नहीं जुटा पाते, जो उनकी भारी भूल सिद्ध होता है**। दरअसल, समस्या यह होती है कि अभ्यर्थी निबंध लेखन को पाठ्यक्रम के अन्य विषयों की तुलना में कम महत्त्व देते हैं, जबकि निबंध लेखन पर भी अन्य प्रश्न-पत्रों की तरह **पर्याप्त ध्यान देने व अभ्यास करने की आवश्यकता होती है**। जिसका परिणाम हमें बहुत अच्छे अंकों के रूप में बाद में मिलता है।

> हर चीज को एक समस्या की तरह देखना शुरू करें और उसका समाधान तलाशने की कोशिश करें।
> अपने भीतर समस्याओं का समाधान तलाशने वाले दृष्टिकोण को विकसित करें। आपके लिए सब कुछ एक पहेली की तरह होना चाहिए।

आइए समस्या का हल क्रमबद्ध तरीके से तलाशें

यहाँ हम उन कुछ आवश्यक शर्तों के बारे में बात करेंगे, जो उत्कृष्ट निबंध लेखन के लिए आवश्यक हैं—

- **विषय :** इसके शीर्षक प्रशासन, भारतीय समाज, राजव्यवस्था तथा शासन विधि, अंतरराष्ट्रीय संबंध, मीडिया, शिक्षा, स्वास्थ्य, स्त्री और लिंगभेद, संघवाद या विकेंद्रीकरण, विज्ञान और तकनीकी तथा सूक्ति/उद्धरण पर आधारित हो सकते हैं। यह केवल मोटे तौर पर बताए गए विषय हैं, **निबंध के विषय विभिन्न स्रोतों से** आ सकते हैं। हालाँकि आजकल **दार्शनिक विषयों पर आधारित** निबंध काफी प्रचलित हैं।
- **विषय-वस्तु :** निबंध लिखने के लिए किसी विशेष विषय-सामग्री की आवश्यकता नहीं होती। आप पहले ही कई ऐसे स्रोतों और अध्ययन-सामग्री को अपनी तैयारी के दौरान पढ़ चुके होते हैं, जो निबंध लेखन के लिए पर्याप्त होती है। साथ ही, जिन विषयों को पढ़ा है, उनके बारे में **जानकारी को विषय के अनुसार अलग करके नोट्स भी तैयार कर सकते हैं।** उनका उपयोग आप निबंध लेखन में कर सकते हैं। उदाहरण के लिए, शिक्षा से संबंधित तथ्यों व आँकड़ों से संबंधित छोटा-सा नोट तैयार करना।
- **सूक्ति/उद्धरण :** ऊपर जिन शीर्षकों के बारे में बताया गया है, उनसे सबंधित उद्धरणों को सूचीबद्ध करें। इस तरह के उद्धरण तब आपकी **बहुत मदद कर सकते हैं** जब **निबंध लिखने** की बात आती है। इनका उपयोग निबंध की शुरुआत में या निबंध का प्रमुख भाग लिखते समय अथवा निबंध का निष्कर्ष लिखते समय किया जा सकता है।
- **पढ़ना : यू.पी.एस.सी. की परीक्षा में टॉप करनेवाले उम्मीदवारों के लिखे गए या विभिन्न वेबसाइटों पर मौजूद** निबंधों को पढ़ने का प्रयास करें। शुरुआत में प्रतिदिन एक निबंध पढ़ें। चूँकि इस अभ्यास को आपको महीनों तक करना होगा। इसलिए जब आप दूसरे विषय की तैयारी कर रहे हों, उस समय भी आप निबंध लेखन के विषयों की जानकारी से अवगत हो सकते हैं। **निबंध की शुरुआत कैसे की गई है, उसका प्रमुख भाग और निष्कर्ष कैसे लिखा गया,** इस पर विशेष ध्यान दें। इस तरह आप निबंध लिखने के विभिन्न तरीकों से तो अवगत होंगे ही, उनका उपयोग अपनी निबंध-लेखन की तैयारी में भी कर पाएँगे।
- **हिंदी :** इस पेपर के लिए केवल **औसत स्तर के भाषा ज्ञान की आवश्यकता** होती है, जिससे कि आप अपनी बात सही ढंग से लिख या कह पाएँ। आपको अपने विचार इस तरीके से अभिव्यक्त करने में दक्ष होना है, जिन्हें समझा जा सके। इसलिए, **भाषा पर पर्याप्त पकड़ बहुत आवश्यक है** और यह आपके अंदर अधिक-से-अधिक विषयों पर निबंध लिखने के साथ विकसित होगी। इसलिए जितना संभव हो संबंधित विषयों पर निबंधों को पढ़ें, ताकि आपको यह पता चल सके कि आपको निबंध के पेपर को किस तरह से लिखना है।
- **विषय-वस्तु :** यू.पी.एस.सी. परीक्षा की तैयारी के दौरान आप जो भी जानकारी एकत्र करते हैं, उसे अपनी इच्छा के अनुसार किसी भी रूप में उपयोग कर सकते हैं। **निबंध-लेखन अब तक आपने जो भी जानकारी प्राप्त की है, उसका मिश्रित**

रूप है। साथ ही, 'योजना' और 'कुरुक्षेत्र' जैसी पत्रिकाओं को पढ़कर भी आप निबंध लेखन के लिए अपनी जानकारी को और समृद्ध कर सकते हैं।

निबंध की सरंचना : इसकी कोई निर्धारित सरंचना नहीं होती, आप **जितना संभव हो उतने रचनात्मक** हो सकते हैं। हालाँकि आपको अपने दिमाग में एक सामान्य रूपरेखा बनाकर रखनी चाहिए। इसके लिए आप निम्न ढाँचे का उपयोग कर सकते हैं—

- परिचय
- ऐतिहासिक पृष्ठभूमि का संदर्भ (यदि कोई है तो)
- प्रमुख मुद्दा/समस्या/विषय
- वर्तमान स्थिति/परिदृश्य/विषय से संबंधित हाल की खबरें
- सकारात्मक और नकारात्मक पहलू
- समस्या/चुनौतियाँ/बाधाएँ
- सुधार/आगे के कदम
- संक्षिप्त निष्कर्ष

जब आप निबंधों को पढ़ते हैं, तो उसमें निहित विषय संबंधी बहुत-सी बारीकियों से अवगत होते हैं। इसी तरह जब बात प्रस्तुति व लेखन की आती है तो आप विभिन्न निबंधों को पढ़कर उसके बारे में काफी जानकारी प्राप्त कर सकते हैं। **अतः आपका पहला कदम** यह होना चाहिए कि जितना संभव हो विभिन्न **निबंधों को पढ़ें, ताकि आपको विभिन्न विषयों पर आधारित निबंधों की लंबाई और व्यापकता की जानकारी हो जाए।**

ऐसा करके आपको पता चलता है कि निबंध लिखने के कौन से भिन्न-भिन्न तरीके होते हैं- शुरू कैसे करना है, प्रमुख भाग में क्या-क्या होता है, निष्कर्ष कैसे लिखा जाता है, आदि। क्या शुरुआत किसी उद्धरण या कहानी के साथ करना बेहतर होता है? - यह इस बात पर निर्भर करता है निबंध लिखने के लिए हमारे दिमाग में रचनात्मक तरीके से किस तरह की विषय-सामग्री प्रकट होती है।

> निबंध-लेखन ऐसी परीक्षा है, जिसमें व्यक्ति जितना हो सके रचनात्मक हो सकता है। निबंध-लेखन के समय अपने आपको सीमाओं में न बाँधें, जितना हो सके विषय को लेकर अन्वेषण करते रहें।

निबंध-लेखन कैसे शुरू करें?

शुरुआती तौर पर निबंध-लेखन काफी कठिन कार्य लगता है। कई बार अभ्यर्थी **अपने आपको चेतना-शून्य या भाव-शून्य पाते हैं** और उन्हें लगता है जैसे दिमाग ने काम करना बंद कर दिया है। समस्या यह नहीं है कि आपके अंदर लिखने की क्षमता नहीं है। समस्या यह है कि आपको निबंध लिखने की आदत नहीं है। अतः अपने भीतर मौजूद क्षमता

को बाहर लाने के लिए **निम्न कार्य-पद्धति का क्रमबद्ध तरीके से अनुसरण करें।** इस कार्य-पद्धति को शुरू करने से पहले मैं यह मान लेता हूँ कि आपने बहुत सारे निबंधों को पढ़ लिया है और अब आप निबंध लिखने की शुरुआत कर रहे हैं—

- **एक शीर्षक चुनें :** एक ऐसा शीर्षक चुनें जिसे लेकर आप सहज हैं।
- **शोध :** उस विषय पर शोध करें यानी जितना संभव हो उसके बारे में वह **सब जानकारी** एकत्र करें, जिसे आप अपने निबंध में शामिल कर सकते हैं।
- **लिखना शुरू करें :** अब आपको बताए गए ढाँचे का अनुसरण करते हुए निबंध लिखना है, जिसमें आप सहज महसूस करते हैं। अपने ऊपर **समय सीमा का दबाव न डालें।** आप जितना चाहे उतना समय लिखने के लिए ले सकते हैं।

निबंध का उद्देश्य सभी जानकारियों का उपयोग करते हुए विषय के संबंध में आपके भीतर पनप रहे **सबसे बेहतर विचार को बाहर लाना** है। इसकी **कोई निर्धारित समय-सीमा नहीं** है। इस कार्य-पद्धति का उपयोग चार या पाँच निबंध लिखने के लिए करें।

- **शोध किए बिना लिखना :** आपका अगला कदम विगत वर्ष में आए निबंधों में से **किसी भी एक शीर्षक को चुनना** और उस पर निबंध लिखना है। इस समय भी आप अपने ऊपर **समय-सीमा की कोई पाबंदी न लगाएँ,** लेकिन आपको गूगल या किसी दूसरे स्रोत से विषय सामग्री संबंधी किसी तरह की कोई सहायता नहीं लेनी है।
- **पहले 15 मिनट का समय विषय पर सोचने में लगाएँ :** आपके दिमाग में विषय से संबंधित जो भी जानकारी है, उसे उत्तर-पुस्तिका के आखिरी पेज पर लिख लें।
- **जानकारी को क्रमबद्ध व्यवस्थित करें :** क्या **पहले/शुरुआत** में लिखा जा सकता है, किसे **प्रमुख भाग** में इस्तेमाल करना है और क्या **निष्कर्ष में** आ सकता है, सबको सूचीबद्ध कर लें।
- **मूलभूत संरचना :** एक बार जब सारी जानकारी व्यवस्थित हो जाए तो अपने दिमाग में मूलभूत संरचना तैयार करें। यानी आपको अपना निबंध कैसे शुरू करना है, उसका प्रमुख भाग कैसे लिखना है और कैसे उसका अंत (निष्कर्ष) करना है, के बारे में सोचें।
- **लिखना आरंभ करें :** जब निबंध लिखने के लिए आपका आधार तैयार हो जाए, आप लिखना शुरू कर सकते हैं। समय-सीमा की पाबंदी अभी भी अपने आप पर न लगाएँ।
- इस प्रकार से **चार या पाँच निबंध लिखने का अभ्यास** करें।
- **समय-सीमा की पाबंदी :** जब आप अपने विचारों को अच्छी तरह से व्यवस्थित करना सीख जाएँ तो समय की पाबंदी लगाना शुरू करें। अपने आपको **निबंध लिखने के लिए 90 मिनट का समय दें,** और फिर लिखने का अभ्यास करें।

- इस तरह से **पाँच या छह निबंध** लिखने का अभ्यास करें, अब आप मुख्य परीक्षा में निबंध लिखने के लिए तैयार हैं।

इस प्रकार, शुरुआती तौर पर आप निबंध-लेखन में सभी मानदंडों को नजरअंदाज करें, जो प्रदर्शन में बाधक हो सकते हैं और फिर धीरे-धीरे एक-एक करके सारे मानदंडों को अपनाते जाएँ।

अपने निबंध का आत्म-विश्लेषण किस प्रकार करें ?

अपने लिखे गए निबंध का आत्म-विश्लेषण करने के लिए निम्न बिंदुओं का प्रयोग कर सकते हैं—

- **निबंध के किस भाग को लिखने में आपको सबसे अधिक समय लगा :** वह परिचय, प्रमुख भाग की विषय-सामग्री या निष्कर्ष कुछ भी हो सकता है। ऐसा **विषय-सामग्री की कमी, आगे लिखने में असमर्थ होने, निबंध के प्रवाह को बनाए रखना संभव न हो पाने या बिंदुओं का मिलान कर सार्थक अर्थ न दरशा पाने** या अन्य कारणों से हो सकता है।
- **सबसे बेहतर भाग कौन सा है :** अपने लिखे निबंध को पढ़कर देखें कि आपको कौन-सा भाग सबसे अच्छा लगा या किस भाग ने आपको यह मानने पर विवश कर दिया है कि आपने विषय के साथ पूर्णत: न्याय किया है।
- **संरचना :** क्या आपने किसी संरचना का अनुसरण किया, जिसने आपकी उस तरीके को समझने में मदद की जिसमें विषय-सामग्री को लिखा गया है। उदाहरण-सारे निबंध को पढ़ने के बाद, क्या आप परिचय से लेकर निष्कर्ष तक के **सभी बिंदुओं को एक-दूसरे के साथ** जोड़ पा रहे हैं और परिचय से लेकर निष्कर्ष तक व्यक्त किए गए विचारों का अर्थ समझ पा रहे हैं।
- **विविधता :** निबंध में विषय-वस्तु जितना संभव हो विविधतापूर्ण होनी चाहिए, देखें कि उसमें **कितने दृष्टिकोणों को** समाहित किया गया है।
- **उदाहरण :** अपनी बात को सिद्ध करने के लिए **विषय से संबद्ध उदाहरण,** जिसमें कुछ **वर्तमान के भी सम्मिलित** हों, का उपयोग करें। वे हमारी विषय-वस्तु एवं संदर्भ पर प्रकाश डालने का कार्य करते हैं। इस तरह **परीक्षक हमारे निबंध में सम्मिलित सभी बिंदुओं को अच्छी तरह से समझ पाते हैं।**
- **प्रस्तुतीकरण :** चूँकि अच्छे प्रस्तुतीकरण का परीक्षक पर **अच्छा प्रभाव** पड़ता है। अत: सुनिश्चित करें कि निबंध में किसी तरह की काट-छाँट की गई हो, पैराग्राफ छोटे और सटीक हों तथा सरल-स्पष्ट भाषा में लिखे गए हों। साथ ही महत्त्वपूर्ण बिंदुओं पर प्रकाश डाला गया है, आदि।

दिए गए मानदंडों का उपयोग करके आप अपने निबंध का आकलन स्वयं कर सकते हैं और अपनी कमजोरियों पर काम करके उन्हें दूर कर सकते हैं। निश्चित तौर पर ये बिंदु निबंध विषय के प्रश्न-पत्र में आपके प्रदर्शन को बेहतर करने में मददगार सिद्ध होंगे।

आशा है कि अब आप निबंध-लेखन के प्रति सहज महसूस कर रहे होंगे। अगर आप इस तरीके का अनुसरण करते हैं, तो अवश्य आप मुख्य परीक्षा के निबंध प्रश्न-पत्र में अच्छा प्रदर्शन करने के लिए तैयार हैं।

- एक साधारण अभ्यर्थी निबंध-लेखन का अभ्यास नहीं करता।
- एक गंभीर अभ्यर्थी निबंध-लेखन का अभ्यास करता है।
- एक स्मार्ट अभ्यर्थी जितना संभव हो निबंधों को पढ़ता है और अलग-अलग प्रकार के निबंधों को लिखने के लिए सबसे बेहतर रणनीति को अपनाता है। साथ ही अपनी कमजोरियों में सुधार के लिए काम करता है।

★★★

अध्याय

19

मुख्य परीक्षा के लिए मॉक टेस्ट

मुख्य परीक्षा के **दो मूल तत्त्व** होते हैं— एक **विषय-वस्तु** जिसे आपको तैयार करना होता है और दूसरा उत्तर-लेखन, यह सुनिश्चित करने के लिए कि आपने जो कुछ भी पढ़ा है, वह अच्छी तरह से लिखा और प्रस्तुत किया गया है। एक बार जब आप इन **दोनों के बीच में संतुलन** बना लेते हैं, तो आपके मुख्य परीक्षा में सफल होने की संभावना बहुत अधिक बढ़ जाती है।

यदि आप टेस्ट सीरीज का खर्च वहन करने में समर्थ नहीं हैं तो अपने लिखे उत्तरों का आत्म-विश्लेषण या स्वत: आकलन भी कर सकते हैं, जिसकी चर्चा पहले की जा चुकी है। **अपने लिखे उत्तरों के आत्म-विश्लेषण का अभ्यास प्रतिदिन** करें और तब तक जब तक आपकी विषय-वस्तु पर अच्छी पकड़ न हो जाए। आपको ऑनलाइन ऐसे बहुत से प्लेटफॉर्म मिल जाएँगे, जहाँ आप प्रश्नों के उत्तर लिखने का अभ्यास कर सकते हैं और अपने उत्तरों की दूसरों के साथ तुलना भी कर सकते हैं। इन प्लेटफॉर्म्स पर **प्रतिदिन व साप्ताहिक तौर पर दी गई निबंध या प्रश्नों के उत्तर लिखने की चुनौती का उपयोग** लेखन में सुधार हेतु किया जा सकता है।

अगर आप **आंसर राइटिंग टेस्ट सीरीज** की कोचिंग जॉइन करते हैं, तो उसमें आपके लिए **दो विकल्प** मौजूद हैं, **टॉपिक के अनुसार टेस्ट या संपूर्ण प्रश्न-पत्र श्रृंखला** का

टेस्ट देना। ऐसा आप सामान्य अध्ययन प्रश्न-पत्र 1, 2, 3 व 4 और वैकल्पिक विषय के प्रश्न-पत्र सभी के लिए कर सकते हैं। अध्यायवार टेस्ट का अभ्यास प्रारंभिक परीक्षा से पहले किया जा सकता है जैसे, प्रारंभिक परीक्षा से पहले के कुछ महीनों में, लेकिन संपूर्ण टेस्ट पेपर का अभ्यास प्रारंभिक परीक्षा के बाद ही किया जा सकता है।

कोशिश करें कि आप सामान्य अध्ययन के **कम-से-कम आठ संपूर्ण प्रश्न-पत्रों का** जिसमें सामान्य अध्ययन प्रश्न-पत्र 1, 2, 3 व 4 के दो-दो संपूर्ण टेस्ट पेपर्स का अभ्यास शामिल हो, करें। साथ ही, वैकल्पिक विषय के भी **कम-से-कम चार संपूर्ण प्रश्न-पत्रों का** अभ्यास करें, दो सेट प्रश्न-पत्र-1 और दो प्रश्न-पत्र-2 के लिए।

इसी तरह से निबंध के लिए, प्रारंभिक परीक्षा से पहले आप **प्रत्येक सप्ताह एक निबंध** लिखने का अभ्यास कर सकते हैं। प्रारंभिक परीक्षा के बाद **दो सप्ताह में कम-से-कम तीन निबंध** लिखे जाने चाहिए। इस तरह से तीन महीनों के बाद, आप 18 निबंध लिख लेंगे जोकि मुख्य परीक्षा में निबंध-लेखन के प्रश्न-पत्र में उत्तर लिखने के लिहाज आपके लिए काफी अच्छा रहेगा।

अपने आत्म-विश्वास और जो कुछ हम लिख रहे हैं, उसकी विषय-वस्तु की विश्वसनीयता को बनाए रखने के लिए यह मॉक प्रश्न-पत्रों के अभ्यास की सबसे कम संख्या है, जो एक अभ्यर्थी द्वारा अवश्य किया जाना चाहिए। अगर कोई **अभ्यर्थी चाहे तो और अधिक मॉक टेस्ट का अभ्यास समय की उपलब्धता व अपनी सहजता के आधार पर कर सकता है। यहाँ जो संख्या बताई गई है, वह न्यूनतम है।**

आशा है कि अब आप मुख्य परीक्षा के लिए मॉक टेस्ट को लेकर अपने अंदर पहले से ज्यादा आत्म-विश्वास महसूस कर रहे होंगे।

अध्याय 20

अर्हक (Qualifying) प्रश्न-पत्र (मुख्य परीक्षा)

अर्हक प्रश्न-पत्र **दो** होते हैं-पहला **अनिवार्य अंग्रेजी** और **दूसरा भारतीय भाषा** यानी संविधान की आठवीं अनूसूची में वर्णित कोई भी एक भारतीय भाषा। हालाँकि ये केवल अर्हक प्रश्न-पत्र है, लेकिन प्रतिवर्ष देखा जाता है कि **10-15 प्रतिशत** अभ्यर्थी मुख्य परीक्षा में भाषा के प्रश्न-पत्र में अर्हता प्राप्त करने में असफल हो जाते हैं, जबकि वे सामान्य अध्ययन और वैकल्पिक विषय में अच्छा प्रदर्शन करते हैं।

यह किसी भी अभ्यर्थी के लिए एक बुरे सपने की तरह है। अत: अभ्यर्थी को इतना लापरवाह नहीं होना चाहिए कि अर्हक प्रश्न-पत्र को **पर्याप्त समय** देना ही भूल जाए। आपकी प्राथमिक रणनीति यह होनी चाहिए कि दोनों प्रश्न-पत्रों को जितनी आवश्यकता है, उतनी तैयारी और रणनीति के साथ उत्तीर्ण करें।

अत: मेरा आग्रह है कि इस अध्याय को पढ़ने से पहले **विगत वर्षों के प्रश्न-पत्रों** को अवश्य देख लें।

अर्हक प्रश्न-पत्र के लिए कुछ आवश्यक बातें

- **अनिवार्य अंग्रेजी**-अधिकतम अंक 300, समय तीन घंटे।
- **भारतीय भाषा**-अधिकतम अंक 300, समय 3 घंटे।

- **क्वालीफाई (अर्हता) करने के लिए अंक**-आपको **25 प्रतिशत अंक** अर्थात् 300 में से 75 अंक लाने होंगे। (यह अंक आपको केवल इस पेपर में उत्तीर्ण होने के लिए लाने होंगे, इनको कट-ऑफ की गणना में सम्मिलित नहीं किया जाएगा।)

अनिवार्य अंग्रेजी प्रश्न-पत्र

अभ्यर्थी यह समझने की भूल न करें कि यह आपकी अंग्रेजी भाषा पर पकड़ को जाँचने के लिए है। इस प्रश्न-पत्र का उद्देश्य यह देखना है कि आप **कितनी स्पष्टता और सटीकता के साथ अपने विचारों को सरल भाषा का उपयोग करते हुए अभिव्यक्त कर सकते हैं।** वे आपकी पढ़ने की क्षमता व व्याख्यात्मक उत्तरों को लिखने के लिए विषय-वस्तु को समझने की क्षमता को जाँचना चाहते हैं। इस प्रश्न-पत्र में अंग्रेजी का **स्तर कक्षा 10 तक** की अंग्रेजी का होता है। पैटर्न जाँचने के लिए आप यू.पी.एस.सी. की वेबसाइट पर विगत वर्ष/वर्षों के प्रश्न-पत्र देख सकते हैं। मेरी सलाह है कि आप **कम-से-कम पिछले तीन वर्षों के प्रश्न-पत्रों को** इस उद्देश्य से अवश्य देखें।

क्रम संख्या	प्रश्न	अंक	समय
1	लघु निबंध	100	50
2	दिए गए गद्यांशों को समझना	75	55
3	संक्षेपण	75	45
4	बेसिक अंग्रेजी व्याकरण का उपयोग व शब्दावली	50	30
	कुल	300	180

यहाँ उपर्युक्त चार प्रकार के प्रश्नों पर एक-एक करके चर्चा की गई है—

1. **लघु निबंध :** आपको **600 शब्दों** में एक निबंध लिखना है। **चारों विकल्पों** को सावधानी से पढ़ें और उनमें से **एक का चुनाव** करें। **निबंध की बेसिक संरचना** का अनुसरण करें। निबंध-लेखन की रणनीति पर पुस्तक के पिछले अध्याय में चर्चा की जा चुकी है। आपने मुख्य परीक्षा के लिए निबंध लेखन की जो तैयारी की है, उसके आधार पर इस प्रश्न-पत्र में निबंध लिखना आपके लिए आसान होगा। यहाँ पर भी आप उसी तरीके का अनुसरण करें। शुरुआत से पहले विषय को लेकर **मन में थोड़ा विचार करें** और फिर लिखना आरंभ करें।

2. **गद्यांश को समझना :** दिए गए गद्यांश को आराम से धीरे-धीरे पढ़ें और उसमें जो कुछ कहने की कोशिश की जा रही है, उसे समझने का प्रयास करें। फिर गद्यांश के साथ जो प्रश्न दिए गए हैं, उनको लिखना आरंभ करें। आपका उत्तर **संक्षिप्त और स्पष्टता** से लिखा होना चाहिए।

3. **सार–लेखन :** अंतिम बार सार–लेखन का काम आपने स्कूल में किया होगा। इसलिए मेरी सलाह है कि इसके लिए आप **कुछ गद्यांश के सार लिखने का अभ्यास** अवश्य करें, क्योंकि यह एक ऐसा क्षेत्र है, जिससे आप पूरी तरह कट चुके हैं। सार–लेखन और कुछ नहीं, बस किसी **गद्यांश का संक्षिप्त भावार्थ** होता है और इसका उद्देश्य गद्य में व्यक्त विचार, बात या भाव को **उसी तरह से समझाना** होता है जैसा कि वह मुख्य गद्यांश की विषय–वस्तु में अभिव्यक्त किया गया है। अधिकतर गद्यांश का सार मूल गद्यांश का **एक तिहाई** होता है। इसके लिए निर्धारित शब्द–सीमा को आप प्रश्न–पत्र में गद्यांश की शुरुआत में **ऊपर दाईं ओर** देख सकते हैं।

4. **अंग्रेजी व्याकरण का उपयोग व शब्दावली :** इसके अंतर्गत एक अंक वाले प्रश्न होते हैं, जिनके लिए आप **पिछले 2–3 वर्षों के प्रश्न–पत्रों का अभ्यास** कर सकते हैं। इनके लिए बहुत गहराई में जाकर पढ़ने की आवश्यकता नहीं होती है। इनका अभ्यास निम्न प्रकार से किया जाना चाहिए—

   क. वाक्य को सही करें।

   ख. रिक्त स्थान की पूर्ति करें।

   ग. क्रिया (Verb) के सही रूप का प्रयोग करें।

   घ. विलोम शब्द

   ङ. वाक्य को पुनः लिखें-प्रत्यक्ष/परोक्ष वाक्य (Direct-Indirect Speech), वाच्य परिवर्तन (Active-Passive Voice) कर्तृवाच्य व कर्मवाच्य आदि।

   च. शब्दों का उपयोग कर वाक्य रचना

   छ. रिक्त स्थानों की पूर्ति उपयुक्त शब्द से करें।

   ज. मुहावरों का अर्थ

हिंदी अथवा अन्य भारतीय भाषा

हिंदी अथवा अन्य भारतीय भाषा का प्रश्न–पत्र भी अर्हक प्रकृति का होता है लेकिन मुख्य परीक्षा देनेवाले लगभग **10–15 प्रतिशत** अभ्यर्थी प्रति वर्ष इसमें असफल हो जाते हैं। अगर आप इसमें **75 से अधिक अंक** प्राप्त नहीं कर पाते हैं, तो आपको साक्षात्कार देने के योग्य नहीं माना जाता फिर चाहे आपने अन्य प्रश्न–पत्रों में कितने भी अंक प्राप्त किए हों। हालाँकि **इसका समाधान सरल** है। इसे हल्के में बिलकुल न लें। इसे भी पर्याप्त समय अर्थात् जितना आवश्यक है, उतना समय अवश्य दें।

इस प्रश्न–पत्र को लेकर अधिकतर **अभ्यर्थी सहज महसूस क्यों नहीं करते?** इसका कारण यह है कि पिछली बार उन्होंने भारतीय भाषा का जो पेपर दिया था, वह दसवीं कक्षा में था और अब वे उसके बिलकुल भी संपर्क में नहीं होते हैं। हालाँकि यह

सत्य है कि आमतौर पर सभी अभ्यर्थी अपनी मातृभाषा में ही बात करते हैं और ऐसा करने में उन्हें किसी तरह की समस्या नहीं महसूस होती। क्योंकि वे जिस भाषा में बात करते हैं वह अनौपचारिक होती है और आधिकारिक भाषा से बहुत अलग होती है। लेकिन जब बात भाषा के प्रश्न–पत्र की आती है तो **अभ्यर्थियों को उसके औपचारिक रूप से अवगत होना पड़ता है।** अतः आवश्यक है कि आप इस प्रश्न–पत्र का पर्याप्त अभ्यास करें, जिससे आसानी से इस प्रश्न–पत्र में अनिवार्य अर्हक अंक प्राप्त कर सकें।

इसका उद्‌देश्य हिंदी/मातृभाषा को पढ़ने, लिखने और समझने की आपकी योग्यता की जाँच करना है। **संविधान की आठवीं अनुसूची में** जिन भी भाषाओं को सम्मिलित किया गया है, वह सभी भाषाएँ इस प्रश्न–पत्र में शामिल हैं, उनमें से किसी भी एक भाषा का चयन किया जा सकता है।

प्रश्न–पत्र का प्रारूप

क्रम संख्या	प्रश्न	अंक	समय
1	लघु निबंध	100	45
2	दिए गए गद्यांश को समझना	60	30
3	सार–लेखन	60	45
4	अनुवाद	40	30
5	भाषा का उपयोग व शब्दावली	40	30
	कुल	**300**	**180**

भाषा और लिपि जिनका उपयोग परीक्षा के लिए किया जाएगा, वह इस प्रकार हैं–

क्रम संख्या	भाषा	लिपि
1	असमिया	असमिया
2	बंगाली	बंगाली
3	गुजराती	गुजराती
4	हिंदी	देवनागरी
5	कन्नड़	कन्नड़
6	कश्मीरी	फारसी
7	कोंकणी	देवनागरी
8	मलयालम	मलयालम

9	मणिपुरी	बंगाली
10	मराठी	देवनागरी
11	नेपाली	देवनागरी
12	ओड़िया	ओड़िया
13	पंजाबी	गुरुमुखी
14	संस्कृत	देवनागरी
15	सिंधी	देवनागरी या अरबी
16	तमिल	तमिल
17	तेलगु	तेलगु
18	उर्दू	फारसी
19	बोडो	देवनागरी
20	डोगरी	देवनागरी
21	मैथिली	देवनागरी
22	संथाली	देवनागरी या ओलचिकी

महत्त्वपूर्ण नोट 1-संथाली भाषा के लिए प्रश्न-पत्र देवनागरी लिपि में छपता है लेकिन अभ्यर्थियों को उत्तर देवनागरी या ओलचिकी स्क्रिप्ट में देना होता है।

महत्त्वपूर्ण नोट 2-भारतीय भाषा का प्रश्न-पत्र अरुणाचल प्रदेश, मणिपुर, मेघालय, मिजोरम, नागालैंड और सिक्किम राज्यों के अभ्यर्थियों के लिए अनिवार्य नहीं होता।

प्रश्न-पत्र के लिए ध्यान देने योग्य बिंदु—

- **जिस भाषा से आपका संपर्क टूट चुका है, उसे फिर से पढ़ें :** हालाँकि आपको अपनी भाषा को पढ़े काफी समय बीत चुका है, लेकिन चूँकि वह आपकी मातृभाषा है, अत: उसमें पारंगत होने के लिए आपको बस थोड़ा अभ्यास करने की आवश्यकता है। इस दिशा में आपका पहला कदम **मातृभाषा में समाचार-पत्र पढ़ने की आदत** डालना होगा। अपनी भाषा में प्रतिदिन कुछ लेख पढ़ना आपको भाषा से परिचित कराएगा। उन **परंपरागत शब्दों की शब्दावली तैयार करें,** जिन्हें आप भूल चुके हैं और जिनका उपयोग आप अपने उत्तर को लिखने में कर सकते हैं, जैसे संविधान, महिला सशक्तीकरण, परीक्षा आदि।
- **उत्तर-लेखन :** कुछ दिन पढ़ने का अभ्यास करने के बाद **प्रतिदिन लिखना शुरू करें।** प्रतिदिन **कम-से-कम एक पेज** अवश्य लिखें। इससे आपकी लिखने की गति

में सुधार होगा। मुख्य परीक्षा में अकसर देखा गया है कि अभ्यर्थी अपनी लिखने की **गति कम होने के कारण प्रश्न-पत्र में पूछे गए सभी प्रश्नों का उत्तर नहीं लिख पाते।** इसलिए, लिखने का पूरा अभ्यास करें।

- **मॉक टेस्ट : विगत वर्षों के प्रश्न-पत्रों को** देखें और कम-से-कम दो-तीन साल के प्रश्न-पत्रों को हल करने का अभ्यास करें। इस अभ्यास का आपको बहुत अच्छा परिणाम मिलेगा, क्योंकि उन प्रश्न-पत्रों के विश्लेषण से आपको मालूम हो जाएगा कि प्रश्न-पत्र में पूछे गए प्रश्नों का उत्तर किस तरह से लिखना है। इसके लिए आपको अलग से मॉक टेस्ट देने की आवश्यकता नहीं है।
- **भाषा व शब्दावली का उपयोग :** भाषा या शब्दावली के अंतर्गत आने वाले शीर्षकों के प्रश्नों की अलग से सूची बनाएँ, जिन्हें विगत वर्षों के प्रश्न-पत्रों में पूछा गया है और उस तरह के कुछ प्रश्नों का रिवीजन भी कर लें।

भारतीय भाषा के प्रश्न-पत्र में अर्हता प्राप्त करने के लिए इतना करना काफी होगा।

अंत में आपको यह सलाह देना चाहूँगा कि अपनी तैयारी के दौरान इन प्रश्न-पत्रों को हल्के में न लें। **तैयारी से कुछ महीने पहले कम-से-कम विगत तीन वर्ष के प्रश्न-पत्रों को अवश्य देखें और यह भी सुनिश्चित करें कि उनको हल करने में आप कितने सहज हैं।** परीक्षा से एक महीने पहले आप इन टॉपिक्स पर अच्छी तरह से तैयारी कर सकते हैं। इतना करना आपके लिए पर्याप्त होगा।

- ➲ सामान्यत: अभ्यर्थी अर्हक प्रश्न-पत्र पर ध्यान नहीं देते और सिर्फ मुख्य परीक्षा के अन्य प्रश्न-पत्रों की तैयारी करते हैं।
- ➲ गंभीर अभ्यर्थी मुख्य परीक्षा से पहले अंतिम कुछ सप्ताह में अर्हक प्रश्न-पत्र के लिए तैयारी करते हैं।
- ➲ एक स्मार्ट अभ्यर्थी तैयारी के लिए विगत वर्षों के प्रश्न-पत्र का विश्लेषण करते हैं कि वे कितना सहज हैं और फिर इस प्रश्न-पत्र के लिए अपनी रणनीति तैयार करते हैं।

★★★

अध्याय

21

साक्षात्कार की तैयारी

अगर आपने प्रारंभिक एवं मुख्य परीक्षा में सफलता प्राप्त कर ली है तो फिर आपके लक्ष्य का अंतिम पड़ाव साक्षात्कार है, जिसे **पर्सनालिटी टेस्ट** भी कहते हैं। साक्षात्कार के **275 अंक** होते हैं। आपका चुनाव मुख्य परीक्षा और साक्षात्कार के संयोजित अंकों पर निर्भर करता है।

मुख्य परीक्षा और साक्षात्कार चरण में आगे बढ़ने से पहले आपको यू.पी.एस.सी. द्वारा निर्धारित समय-सीमा के अंदर दो **विस्तृत आवेदन-पत्र (DAF), पहला, मुख्य परीक्षा से पहले और दूसरा, साक्षात्कार से पहले** भरने होते हैं।

- **पहला आवेदन-पत्र (DAF)** इसमें नाम, वर्ग, माता-पिता से संबंधित जानकारी, शिक्षा आदि शामिल होते हैं।
- **दूसरा आवेदन-पत्र (DAF)** इस आवेदन-पत्र में शौक, पाठ्येतर गतिविधियाँ, सेवा तथा कैडर की प्राथमिकता आदि शामिल होते हैं।

आवेदन-पत्र में जानकारियाँ भरते समय **सावधानी बरतें** तथा कोई भी जानकारी भरने बाद उसको अच्छी तरह जाँच कर लें। सेवा और कैडर से संबंधित सभी जानकारियों को आवेदन-पत्र (DAF) में भरने से पहले उसे अच्छी तरह से पढ़ व समझ लें। एक बार जब आप फॉर्म में सारी जानकारियाँ भरकर जमा कर देंगे तो उनमें बदलाव संभव नहीं होगा।

साक्षात्कार की विस्तृत जानकारी

- **इंटरव्यू बोर्ड :** आमतौर पर एक बोर्ड में सक्षम और निष्पक्ष पर्यवेक्षक तथा एक अध्यक्ष जो केंद्र में बैठता है, सम्मिलित होते हैं।
- **डी.ए.एफ. :** बोर्ड के पास आपका भरा हुआ आवेदन-पत्र होता है।
- **प्रश्न :** बोर्ड के सदस्य आप से विभिन्न प्रकार के जैसे आपकी पृष्ठभूमि, शिक्षा, शौक और पाठ्येतर गतिविधियों, वैकल्पिक विषय तथा करंट अफेयर्स आदि से संबंधित कोई भी प्रश्न पूछ सकते हैं।
- **समय :** आमतौर पर साक्षात्कार 25-30 मिनट तक चलता है।
- **मनोविज्ञान :** साक्षात्कार के समय **आपके व्यवहार पर** कड़ी नजर रखी जाती है। साथ ही, तनावग्रस्त स्थिति में भी आप स्वयं को किस तरह से **शांत व स्थिर** रखते हैं, इस पर भी नजर रखी जाती है।

साक्षात्कार की तैयारी कैसे करें?

- **डी.ए.एफ./आवेदन-पत्र में दी गई जानकारी को तैयार करना :** आपका पहला और सर्वप्रथम काम यह है कि जो भी जानकारी डी.ए.एफ. में भरी है, जैसे **जन्मस्थान, शिक्षा ग्रहण करने के संस्थान, कार्यस्थल** (अगर आपने पहले कहीं काम किया है या अभी काम कर रहे हैं), **शौक, पाठ्येतर गतिविधियाँ** आदि, को पहले से ही तैयार कर लें।
- **अभ्यास :** बहुत से अभ्यर्थी **साक्षात्कार में जो उत्तर देने हैं, उनका आईने के सामने खड़े होकर अभ्यास करते** हैं कि उन्हें क्या और कैसे बोलना है। बहुत से ऐसे भी होते हैं, जो अपनी **आवाज को रिकॉर्ड करके** उसे सुनते हैं और यह देखते हैं कि वे उसमें आवश्यकतानुसार क्या और कैसे सुधार कर सकते हैं।
- **करंट अफेयर्स :** करंट अफेयर्स की जानकारी आपको अनिवार्य तौर पर होनी चाहिए।
- **साक्षात्कार की प्रतिलिपि :** साक्षात्कार में आप से किस तरह के प्रश्न पूछे जा सकते हैं, इसका अनुमान लगाने के लिए कुछ **पुराने साक्षात्कारों की प्रतिलिपि** देखें। स्वाभाविक है आप से भी उसी प्रकार के या मिलते-जुलते साक्षात्कार प्रश्न पूछे जाएँ। हालाँकि आपकी शैक्षिक पृष्ठभूमि और आवेदन-पत्र में आपने जो अन्य जानकारी भरी है, उससे संबंधित प्रश्न भी हो सकते हैं।
- **मॉक इंटरव्यू :** मेरी सलाह है कि साक्षात्कार में जाने से पहले **साक्षात्कार के माहौल से परिचित होने के लिए कुछ मॉक इंटरव्यू में बैठें।** इस तरह से आप **साक्षात्कार से संबंधित सॉफ्ट स्किल्स** (वे गुण जो आपको अच्छा कर्मचारी बनाते हैं, जैसे शिष्टता, बोल-चाल, दूसरों की बातों को ध्यान से सुनना आदि) **और हार्ड स्किल्स** (जिनके आधार पर आपकी योग्यता का आकलन किया जा सकता है, जैसे

लिखना, पढ़ना, गणित की समझ आदि।) **से परिचित होने का अवसर मिलता है।** आप किस तरह से बोलते हैं, अपनी बात को किस तरह से रखते हैं या अगर आपको उत्तर नहीं पता है तो आप **किस तरह नम्रतापूर्वक न बोलते हैं,** इसी तरह के बहुत-से अन्य कौशल। साक्षात्कार के परिदृश्य को समझने के लिए दो या तीन मॉक इंटरव्यू आपके लिए लाभदायक सिद्ध होंगे।

साक्षात्कार का उद्देश्य

बोर्ड आपके ज्ञान के स्तर की जाँच नहीं करता, वह तो आयोग द्वारा आयोजित परीक्षा में पहले जाँचा जा चुका है। साक्षात्कार का मुख्य उद्देश्य अभ्यर्थी के **संपूर्ण व्यक्तित्व की परख** उसके सामने रखे गए **प्रश्नों के उत्तर पर नजर रखकर** की जाती है।

उत्तर मालूम न होने की **असहज स्थिति में वह स्वयं को कैसे स्थिर रखता** है, उससे कैसे निपटता है, आदि बोर्ड के आकलन का महत्त्वपूर्ण आधार होता है समग्रत: अपने **तनाव, घबराहट और दबाव से निपटना यहाँ बहुत आवश्यक** होता है। आपका शांत और स्थिर व्यवहार ही वह गुण है जिसकी उनको तलाश है।

आत्म-विश्वास विकसित करने के उपाय

तनावग्रस्त स्थिति में अपने व्यक्तित्व को **शांत व स्थिर बनाए रखने का अभ्यास** आपके लिए साक्षात्कार की तैयारी का अच्छा कदम होगा। थोड़ा-बहुत घबराना तो स्वाभाविक है, इससे भी साक्षात्कार के दौरान आपके प्रदर्शन को बेहतर करने में मदद मिलती है।

आवेदन-पत्र या DAF की अच्छी तैयारी और कुछ मॉक इंटरव्यू आप में आत्म-विश्वास को विकसित करते हैं। साथ ही, अगर आप **मॉक इंटरव्यू में अच्छा प्रदर्शन नहीं कर पाए थे** तो जो भी फीडबैक आपको मिलता है, आप उस पर काम करके भी अपने आप में सुधार कर सकते हैं, ताकि **साक्षात्कार में बेहतर प्रदर्शन कर सकें।**

अंतत: आपका चयन साक्षात्कार में मिलने वाले अंकों पर निर्भर करता है। साक्षात्कार में मिले अच्छे अंक न केवल आपके चयन की संभावना को बढ़ाते हैं, बल्कि आपके **अच्छे रैंक को भी** सुनिश्चित करते हैं।

- सामान्यत: अभ्यर्थी साक्षात्कार की कोई तैयारी नहीं करते।
- एक गंभीर अभ्यर्थी साक्षात्कार की अच्छी तरह से तैयारी करता है।
- एक स्मार्ट अभ्यर्थी अच्छी तरह से तैयारी करता है, मॉक इंटरव्यू देता है, उनसे मिले फीडबैक पर काम करता है और फिर फाइनल इंटरव्यू का सामना करता है।

***

सफलता उनके कदम चूमती है, जो बाधाओं के बावजूद,
निरंतर कठिन परिश्रम करते हैं।
बाधाओं को पार करना परिश्रमी की आदत होती है।
इसलिए, अपने आप पर भरोसा रखें।

अध्याय

22

समसामयिकी

पिछले पाँच वर्षों में, परीक्षा में समसामयिकी ने बहुत ही महत्त्वपूर्ण भूमिका निभाई है। वर्ष-प्रति वर्ष **समसामयिकी के क्षेत्र से पूछे जानेवाले प्रश्नों की संख्या बढ़ती जा रही है।** इसलिए, तैयारी हेतु **उपयुक्त रणनीति** तैयार करना बहुत आवश्यक है, जिससे आप में आत्म-विश्वास विकसित हो। **समसामयिकी की तैयारी करना** न सिर्फ हाल में घटी घटनाओं से संबंधित प्रश्नों को हल करने में सहायक होता है, बल्कि अन्य प्रश्नों, विशेषत: नीतिशास्त्र, वैकल्पिक विषय और निबंध में उदाहरण के तौर पर भी जानकारी का प्रयोग करने में सहायक होता है।

आइए इसकी रणनीति को क्रमबद्ध तरीके से समझते हैं—

इस अध्याय के अंत में वेबसाइट स्रोतों को भी सम्मिलित किया गया है।

- **समाचार-पत्र :** आपके क्षेत्र में जो भी समाचार-पत्र उपलब्ध हो, उसे पढ़ें। ऐसा आवश्यक नहीं है कि आपको **द हिंदू** समाचार-पत्र ही पढ़ना है। आप कोई भी समाचार-पत्र जिसे पढ़ने में आप सहज हों, का चुनाव कर सकते हैं। **एक अलग नोटबुक** लेख के शीर्षकों, जो आपको लगता है कि परीक्षा के लिए प्रासंगिक हैं, को नोट करने के लिए बनाएँ। आप इन शीर्षकों को विषय के अनुसार भी लिख सकते हैं।

उदाहरण के लिए, राजव्यवस्था एवं शासन प्रणाली से संबंधित सभी शीर्षकों को एक स्थान पर रखें। याद रखें समाचार-पत्र से नोट कतई न बनाएँ।

- **समसामयिकी की वेबसाइट 1** इस वेबसाइट से **प्रतिदिन नोट्स तैयार करें।** खंड/विषय/प्रश्न-पत्र के अनुसार बनाए गए **सटीक और संक्षिप्त नोट्स।**
- **समसामयिकी की वेबसाइट 2 मासिक बुकलेट से** नोट्स तैयार करें। इस वेबसाइट से प्रतिदिन नोट्स तैयार न करें। इससे तभी नोट्स तैयार करें जब मासिक बुकलेट जारी हो। इसमें उन शीर्षकों को शामिल न करें जो वेबसाइट 1 से बने नोट्स में शामिल किए जा चुके हैं। इसके अलावा आप **सभी महत्त्वपूर्ण खबरों को** देख सकते हैं और वहाँ पर प्रत्येक शीर्षक को कितना महत्त्व दिया गया है, यह भी जान सकते हैं।
- **समाचार-पत्रों के शीर्षकों से मिलान करें :** एक बार जब आपका वेबसाइट 1 और 2 का काम पूरा हो जाए, फिर आप अलग से लिखे गए समाचार-पत्र के शीर्षकों से इनका मिलान करें। इसमें आपको अधिक समय नहीं लगेगा, क्योंकि आपने वेबसाइट और शीर्षकों से जो नोट्स तैयार किए हैं, वे दोनों ही खंड/शीर्षक के अनुसार व्यवस्थित हैं। **उदाहरण के लिए,** राजव्यवस्था व शासन प्रणाली विषय के लिए, विषय से संबंधित शीर्षक व नोट्स देखें। अपने नोट्स में उन शीर्षकों/लेखों को खोजें जिन्हें दोनों वेबसाइट द्वारा कवर नहीं किया गया है।
- **नोट्स की गुणवत्ता बढ़ाना : जिन शीर्षकों को दोनों वेबसाइट द्वारा शामिल नहीं किया गया है,** लेकिन आपको लगता है कि वे परीक्षा के लिए प्रासंगिक हैं। ऐसे शीर्षकों को आप समाचार-पत्र से पढ़कर उनके नोट्स तैयार करें। गूगल पर उन शीर्षकों से संबंधित खबर को खोजें, इसके लिए आपको थोड़ी अधिक मेहनत करनी होगी और अपने आप नोट्स तैयार करने होंगे।

साथ ही, यह भी न भूलें कि समसामयिकी के **नोट्स तैयार करने में निरंतरता** बनी रहे। अन्यथा इस रणनीति से आपको अपेक्षित परिणाम प्राप्त नहीं होगा। नोट्स बनाने के इस **प्रतिदिन व मासिक नियम का अनुसरण** आपको पूरी गंभीरता से करना होगा।

इस तरह, आपके नोट्स किसी **एक ही संस्थान द्वारा दिए गए नोट्स न होकर** विभिन्न स्रोतों का मिश्रित रूप होंगे तथा परीक्षा को लेकर आपका **आत्म-विश्वास** बढ़ेगा। चूँकि आपने नोट्स बनाने के लिए विभिन्न वेबसाइट के साथ समाचार-पत्र का भी विश्लेषण किया है, इससे आपकी परीक्षा की तैयारी और भी बेहतर हो जाएगी।

कोचिंग संस्थानों की वेबसाइट्स से ही नोट्स क्यों तैयार करें ?

जब भी आप किसी शीर्षक से संबंधित नोट्स समाचार-पत्र से तैयार करते हैं तो उसमें सारी जानकारी शामिल नहीं होती। ऐसे में आप गूगल पर सर्च करते हैं, उसके इतिहास व अन्य पहलुओं की छानबीन करते हैं, तब कहीं जाकर आपके नोट्स पूर्ण होते हैं। जबकि

शीर्षक की **पृष्ठभूमि से संबंधित** इस तरह का शोध इन संस्थानों द्वारा पहले ही किया जा चुका होता है जिससे बहुत-सा समय बच जाता है। ऐसा नहीं है कि यह काम आप नहीं कर सकते, निश्चित तौर पर कर सकते हैं, लेकिन यहाँ पर **समय की बचत आपकी प्राथमिकता** है। साथ ही, यह स्रोत **मुफ्त में उपलब्ध** होते हैं।

समसामयिकी के कितने वर्षों के नोट्स तैयार करने चाहिए?

एक वर्ष के समसामयिकी नोट्स तैयार करना पर्याप्त होता है। मूलतः पिछली प्रारंभिक परीक्षा से लेकर आने वाली प्रारंभिक परीक्षा तक का समय, जिसका अनुसरण अधिकतर अभ्यर्थियों द्वारा किया जाता है। मुख्य परीक्षा के लिए समसामयिकी की तैयारी करते हुए पिछले साल की प्रारंभिक परीक्षा से चालू वर्ष की मुख्य परीक्षा तक समसामयिकी की तैयारी करनी चाहिए।

जोखिम से लाभ सिद्धांत एक साल से अधिक के समसामयिकी की तैयारी करने की अनुमति नहीं देता। चूँकि समसामयिकी की तैयारी में **लगाए गए समय** की अपेक्षा आपके द्वारा पढ़े गए **शीर्षकों से संबंधित प्रश्न आने की संभावना बहुत कम** होती है, अतः एक वर्ष से अधिक के समसामयिक प्रश्नों की तैयारी के लिए मना किया जाता है।

अगर आप एक वर्ष की समसामयिकी की तैयारी अच्छी तरह से बहुत-से रिवीजन के साथ कर लेते हैं तो यह आपके लिए पर्याप्त होगा। पिछले साल के समसामयिकी प्रश्न अगर अब भी प्रासंगिक हैं तो वे अपने आप इस वर्ष के समसामयिकी में शामिल हो जाएँगे।

समसामयिकी का रिवीजन

समसामयिकी का रिवीजन महीने में एक बार अवश्य किया जाना चाहिए। मूलतः आप एक महीने में जो कुछ भी पढ़ते हैं, उसे महीने के बाद कुछ सप्ताह के अंतराल में दोहराया जाना चाहिए। समसामयिकी पर पकड़ बनाने के लिए निरंतरता बनाए रखना बहुत जरूरी है। बस नियमित बने रहें और अपनी सामान्य दिनचर्या से समय निकालने की कोशिश करें।

समसामयिकी की जानकारी के स्रोत : यहाँ जिन स्रोतों को शामिल किया गया है, वे केवल कुछ नाम हैं, जहाँ मुफ्त में जानकारी उपलब्ध है। लेकिन यह पूरी सूची नहीं है। आप अपना चुनाव अपने आप कर सकते हैं और अपने लिए सबसे बेहतर स्रोत चुन सकते हैं। नीचे दी गई इस सूची को बहुत से **चयनित अभ्यर्थियों** के फीडबैक के पश्चात् तैयार किया गया है—

- Insights on India
- Vision IAS
- Byjus

- Forum IAS
- Drishti IAS
- Vajiram and Ravi
- IAS Baba
- Civilsdaily
- Mrunal. Org
- IAS Parliament
- Pib

ऊपर जिस रणनीति की चर्चा की गई है, वह केवल **यहीं तक सीमित नहीं** है। अगर समय आपको अनुमति देता है तो आप **अपनी आवश्यकता और सहजता के अनुसार** निश्चित तौर पर अन्य संसाधनों से भी तैयारी कर सकते हैं।

- सामान्य अभ्यर्थी समसामयिकी की तैयारी समाचार-पत्र से करता है।
- गंभीर अभ्यर्थी समसामयिकी की तैयारी समाचार-पत्र और वेबसाइट्स दोनों से करता है।
- जबकि स्मार्ट अभ्यर्थी समसामयिकी की तैयारी समाचार-पत्र एवं वेबसाइट से करता है, नोट्स तैयार करता है और साथ ही नियमित तौर पर रिवीजन भी करता है।

★★★

अध्याय

23

नोट्स का महत्त्व

अगर आप अपनी **क्षमता से बढ़कर** इस परीक्षा में प्रदर्शन करने की इच्छा रखते हैं तो उसका सबसे बेहतर उपाय **नोट्स तैयार करना** है। परीक्षा की तैयारी के लिए यह **आवश्यक** शर्त है। यह परीक्षा एक मैराथन है जिसके लिए बहुत सारे विषयों और शीर्षकों का अध्ययन करना आवश्यक शर्त है। सामान्यत: **किसी भी व्यक्ति के लिए यह संभव नहीं** है कि वह महीनों या वर्ष भर पहले पढ़ी हर बात को याद रख सके। ऐसे में नोट्स याद रखने के काम को आसान करने में सहायता करते हैं। यही कारण है कि नोट्स बनाना बहुत आवश्यक व उपयोगी होता है। एक तरह से देखें तो नोट्स आपकी तैयारी हेतु पढ़ने के लिए मौजूद अनगिनत विषय/शीर्षकों से संबद्ध विशिष्ट जानकारी को सीमित कर आपके समक्ष रख देते हैं। इसके अतिरिक्त नोट्स आपकी तैयारी **विस्तृत पाठ्यक्रम से प्रासंगिक सामग्री तक** सीमित रखने में मदद करते हैं, क्योंकि उन्हें आप नोट्स के तौर पर अपने पास सहेजकर रख लेते हैं।

नोट्स बनाना मुश्किल तो होता है, लेकिन परीक्षा के दौरान समय की बचत हेतु लाभदायक सिद्ध होता है। शुरुआत में नोट्स बनाने के लिए काफी मेहनत करनी पड़ती है लेकिन इनका **महत्त्व** आपको परीक्षा के **अंतिम महीने में** की जानेवाली तैयारी के

दौरान समझ में आता है। **सुव्यवस्थित एवं संक्षिप्त नोट्स** बनाने से आपके सामने सब कुछ समेकित और व्यवस्थित ढंग से **एक ही स्थान पर** मौजूद होता है।

नोट्स बनाना कैसे शुरू करें ?

पहली बार जब आप किसी विषय/शीर्षक को पढ़ें तभी नोट्स बनाना शुरू न करें। किसी भी विषय/शीर्षक को पहली बार पढ़ते समय, उसे केवल एक कहानी या उपन्यास की पुस्तक की भाँति पढ़ें। लेकिन जब दोबारा उसे पढ़ें तो नोट्स तैयार करें।

नोट्स बनाने का सबसें बेहतर तरीका **अध्याय के अनुसार नोट्स तैयार करना** होता है। एक अध्याय पढ़ें, उसे समझें और जब आपको समझ में आ जाए तो उसके संक्षिप्त और सटीक नोट्स बनाएँ।

शुरुआती तौर पर हो सकता है कि आपके नोट्स कुछ लंबे बनें, लेकिन धीरे-धीरे **अभ्यास के साथ** आप केवल **प्रासंगिक बातों को ही** शामिल करना व अनावश्यक बातों को हटाना सीख जाते हैं।

इस पुस्तक में पहले भी कई बार बताया गया है कि आपको संक्षिप्त और सटीक नोट्स तैयार करने हैं। लेकिन इसका अर्थ यह बिलकुल नहीं है कि आप पहले दिन से ही अच्छे नोट्स बनाना शुरू कर देंगे। **शेष तैयारी की भाँति, अच्छे नोट्स बनाने की आदत को भी विकसित होने में समय लगेगा।**

नोट्स बनाने के लिए आपको पूरा वाक्य लिखने की आवश्यकता नहीं है। नोट्स में **केवल वे शब्द व संक्षिप्त वाक्य** शामिल होने चाहिए, जिनका उपयोग करके आप बाद में **अपनी भाषा/लेखन में उस वाक्य या पैराग्राफ को लिख सकें।** लेकिन एक बात ध्यान रखें **आपके द्वारा लिखे गए एवं मौलिक पैराग्राफ का अर्थ समान होना चाहिए।** अत: आपको बस उन बिंदुओं को नोट करना है, जिनके बारे में आपको लगता है कि याद रखने की आवश्यकता है, आपको पूरी विस्तृत व्याख्या को याद नहीं रखना है।

चूँकि अभ्यर्थी एक ही टॉपिक को विभिन्न स्रोतों से पढ़ते हैं, समझते हैं और फिर उसके बारे में जो कुछ समझ में आता है, उसे लिख लेते हैं। वे **जो कुछ पढ़ते हैं, सीधे उसकी नकल नहीं करते, बल्कि अपनी भाषा में लिखते हैं,** जो उनको उस विषय के बारे में समझ आता है। इस तरह जब वे अपनी भाषा में लिखते हैं तो उनकी **स्मरण शक्ति** भी बेहतर होती है।

आप अपने नोट्स को बेहतर ढंग से प्रस्तुत करने के लिए फ्लोचार्ट, डायग्राम्स और अलग-अलग रंग के पेन का भी इस्तेमाल कर सकते हैं। आपके नोट्स **जितने ज्यादा आकर्षक दिखेंगे, उनको याद करने की आपकी स्मरण शक्ति भी उतनी ही तीव्र होगी।** जब आप बार-बार उनको पढ़ेंगे तो आपको अच्छा महसूस होगा।

आपकी तैयारी इस पर निर्भर करती है कि आप अपने पाठ्यक्रम को किस तरह से व्यवस्थित करते हैं और नोट्स ऐसा करने में आपकी सहायता करते हैं। अभ्यर्थियों को अपने नोट्स **विषय के अनुसार** बनाने चाहिए जैसे राज्य-शासन-विधि, भूगोल, अर्थशास्त्र, अंतरराष्ट्रीय संबंध आदि। मैं सामान्य अध्ययन प्रश्न-पत्र 1, 2... आदि के लिए **अलग-अलग फाइल** बनाता था जिनमें टॉपिक्स के अनुसार नोट्स मौजूद होते थे मुख्य परीक्षा के पाठ्यक्रम में शामिल **सभी वाक्यांश के लिए अलग से नोट्स** बनाए जाने चाहिए। साथ ही, एक टॉपिक और विषय पर जितने भी नोट्स तैयार किए जाएँ, वे सभी एक जगह पर मौजूद हों। **इस तरह विषय/शीर्षक से संबद्ध जानकारियों का आपकी स्मृति में समावेशन बेहतर ढंग से विचारों की एक श्रृंखला के रूप में होगा।**

क्या नोट्स बनाते समय संक्षिप्तीकरण (Abbreviation) का प्रयोग करना चाहिए?

आपके लिए जितना संभव हो संक्षिप्त वाक्यांश या शब्दों के संक्षिप्त रूप का प्रयोग नोट्स बनाने के लिए करें। मेरे नोट्स ऐसे संक्षिप्त वाक्यांशों से भरे रहते थे, जिन्हें केवल मैं ही समझ सकता था। नोट्स की शुरुआत में पहले पेज पर आप यह भी लिख सकते हैं कि आप कौन-कौन से संक्षिप्त वाक्यांशों या शब्दों का प्रयोग कर रहे हैं, जिससे कि **भविष्य के संदर्भ में आसानी हो।** इसके अलावा नोट्स की शुरुआत या अंत में संक्षिप्त वाक्यांशों/शब्दों की अलग से शीट को शामिल कर सकते हैं। उदाहरण के लिए, मेरे मनोविज्ञान के नोट्स में बी का सांकेतिक अर्थ बिहेवियर था।

टॉपर्स के नोट्स का प्रयोग करना चाहिए अथवा अपने नोट्स तैयार करने चाहिए?

जैसाकि मैंने पहले भी कहा है कि मैं आपको किसी दूसरे के नोट्स से पढ़ने की सलाह नहीं दूँगा। **आपके अपने नोट्स ही आपके लिए सर्वाधिक उपयुक्त होते हैं।** चूँकि दूसरे ने नोट्स अपनी समझ के अनुसार तैयार किए होते हैं। ऐसे में **आप उनके नोट्स का उपयोग संदर्भ के लिए तो कर सकते हैं** लेकिन लंबे समय तक याद रखने के लिए आपके अपने नोट्स ही बेहतर होते हैं।

- **भाषा :** आपकी भाषा को केवल आप ही अच्छी तरह से समझ पाते हैं।
- **समेकन :** आपके बनाए नोट्स में विषय-वस्तु का बेहतर समेकन मौजूद होता है।
- **समझ :** अपने नोट्स को समझना आपके द्वारा भविष्य में किए जानेवाले रिवीजन के लिए आसान होगा।
- **रिवीजन :** अपने नोट्स को जल्दी व आसानी से दोहराया जा सकता है।
- **स्मृति :** अपने नोट्स को लेकर आपकी स्मृति और समेकन की शक्ति बेहतर होती है।

नोट्स ऑनलाइन बनाने चाहिए या ऑफलाइन ?

कई बार अभ्यर्थी इस बात को लेकर संदेह में पड़ जाते हैं कि उन्हें नोट्स ऑनलाइन तैयार करने चाहिए या ऑफलाइन (कॉपी में) ? तो उन्हें अपने इस संदेह को अवश्य दूर करना चाहिए। अपनी तैयारी के शुरुआती समय में मेरे पास लैपटॉप/टैबलेट जैसा कोई साधन उपलब्ध नहीं था जहाँ मैं नोट्स तैयार कर सकता, इसलिए मैंने नोट्स ऑफलाइन तैयार किए। लेकिन कुछ समय के बाद, मैंने ऑनलाइन नोट्स तैयार करना शुरू कर दिया।

ऑनलाइन नोट्स तैयार करने के बहुत से लाभ हैं—

- **संपादन :** अगर कभी आपको ऐसा लगता है कि शीर्षक के किसी भाग को बेहतर बनाने के लिए संपादित कर सकते हैं तो ऐसा किया जा सकता है।
- **गुणवत्ता बढ़ाना :** नोट्स में कुछ भी जोड़ना आसान होता है। इसके विपरीत जब हम कॉपी पर नोट्स तैयार करते हैं तो ऐसा करना कठिन हो जाता है।
- **सर्च :** आप जिन टॉपिक के बारे में जानना चाहते हैं, उनके बारे में सर्च करना आसान होता है।
- **अंतर-संबंध :** पाठ्यक्रम के विभिन्न भागों को जोड़ने के लिए आप हाइपरलिंक का उपयोग कर सकते हैं।
- **सहजता से कहीं भी उपलब्ध रहना संभव :** इनको साथ में रखना आसान होता है और आपका जहाँ भी मन करे, आप इन्हें पढ़ सकते हैं। आप इन्हें तब भी पढ़ सकते हैं जब बाहर हों या यात्रा कर रहे हों। रिवीजन करना भी आसान व सुलभ हो जाता है।
- **बैकअप :** नोट्स ऑनलाइन होने से आप इस बात को लेकर सुरक्षित महसूस करते हैं कि आपके पास बैकअप मौजूद है।

नोट्स तैयार करने के लिए **एवरनोट, वननोट और गूगलडॉक** जैसे प्लेटफॉर्म का उपयोग मुफ्त में किया जा सकता है। आजकल ये बहुत अच्छे व प्रचलित प्लेटफॉर्म हैं।

ऑफलाइन नोट्स

बहुत से अभ्यर्थी नोटबुक में नोट्स बनाने को प्राथमिकता देते हैं। उनका मानना होता है कि **अगर नोट्स हस्तलिखित होंगे तो उनको समझना आसान होगा** और एक हद तक यह सही भी है। कुछ भी **जिसे हम स्वयं पढ़ते या लिखते हैं, वह हमारे लिए बहुमूल्य हो जाता है।** लेकिन नोटबुक पर नोट्स बनाते समय आपको यह सुनिश्चित करना होता है कि आप बीच में पर्याप्त स्थान छोड़ें जिससे कि अगर आपको अपने नोट्स में कुछ जोड़ना अथवा संपादन करना हो तो वह संभव हो, अन्यथा नोट्स में बदलाव करना बहुत कठिन हो जाएगा।

ऑफलाइन नोट्स में फ्लोचार्ट और डायग्राम्स बनाना आसान होता है। हालाँकि यह ऑनलाइन भी कर सकते हैं लेकिन इसमें समय बहुत लगता है।

नोट्स तैयार करने का सबसे अच्छा तरीका

मेरे विचार से नोट्स तैयार करने का सबसे बेहतर तरीका ऑनलाइन और ऑफलाइन का मिश्रित रूप है।

- **ऑफलाइन :** आप पाठ्यक्रम के **अपरिवर्ती भाग** के नोट्स ऑफलाइन तैयार कर सकते हैं, क्योंकि उनमें ज्यादा बदलाव की आवश्यकता नहीं होती जैसे इतिहास, संस्कृति, राज्य शासन-विधि, भूगोल आदि। इन विषयों की विषय-वस्तु स्थिर होती है और इनमें थोड़े-बहुत बदलाव की ही आवश्यकता होती है।
- **ऑनलाइन :** इसके विपरीत **परिवर्ती विषयों के,** जिनमें गुणवत्ता वृद्धि व संपादन की दृष्टि से नियमित तौर पर बदलाव की आवश्यकता होती है, के लिए ऑनलाइन नोट्स तैयार कर सकते हैं। ऐसे विषयों में टॉपिक्स के अनुसार जैसे **समसामयिकी में विषय-वस्तु स्थिर नहीं होती और उनमें बाद में बदलाव की काफी आवश्यकता होती है।**

ठीक इसी तरह से वैकल्पिक विषय के लिए भी मिश्रित रूप में ऑनलाइन और ऑफलाइन नोट्स तैयार कर सकते हैं।

आशा है कि अब आप यू.पी.एस.सी. की परीक्षा के लिए नोट्स तैयार करने के महत्त्व को भली-भाँति समझ गए होंगे।

- ➲ एक साधारण अभ्यर्थी नोट्स तैयार नहीं करता।
- ➲ एक गंभीर अभ्यर्थी नोट्स तैयार करता है।
- ➲ एक स्मार्ट अभ्यर्थी शीर्षक और विषय के अनुसार नोट्स तैयार करता है और उनका बार-बार रिवीजन भी करता है।

★★★

अध्याय

24

रिवीजन

जब आप यू.पी.एस.सी. की परीक्षा की तैयारी करते हैं तो **विषय-वस्तु तैयारी का एक प्रमुख भाग** होती है और **सबसे बेहतर परिणाम** तब देती है, जब आप उसका बार-बार रिवीजन करते हैं। परीक्षा की तैयारी के दौरान चूँकि आप वर्ष-भर या कई वर्षों तक बहुत सारे विषय और शीर्षकों को पढ़ते हैं, जिसका एक ही उद्देश्य होता है कि **पढ़ी हुई जानकारी परीक्षा हॉल में आपको याद रहे**। अतः अगर आप चाहते हैं कि परीक्षा हॉल में प्रश्न हल करते समय पढ़ी गई जानकारी आपको याद आ जाए तो इसके लिए दिमाग में **रिवीजन की एक सटीक रणनीति** तैयार करें।

जैसाकि सर्वविदित है सभी में कुछ-न-कुछ सबसे अलग या खास विशेषता होती है, इसलिए **सबका रिवीजन करने का अपना अलग तरीका** होता है। मैं यहाँ कुछ रणनीतियाँ साझा कर रहा हूँ जिसके आधार पर अपनी समझ व उपयुक्तता के अनुसार आप अपनी रणनीति तैयार कर सकते हैं।

- **साप्ताहिक :** आपने पूरे सप्ताह में जो कुछ भी पढ़ा है, रविवार को उसे दोहराएँ। मूलतः सप्ताह में **एक दिन का चुनाव** आप **पूरे सप्ताह में पढ़ी गई सामग्री को दोहराने के लिए** कर सकते हैं। लेकिन इसका अर्थ यह कतई नहीं है कि पूरे दिन

केवल रिवीजन ही करना है। आपकी निर्धारित दिनचर्या वही रहेगी, केवल कुछ घंटे ही रिवीजन के लिए रखने हैं।

- **मासिक :** जो कुछ भी आपने पूरे माह में पढ़ा है, उसका **अगले माह में** रिवीजन करें यानी कि अपनी समय-सारणी में से कुछ समय पिछले माह में जो भी पढ़ा या नोट्स के रूप में तैयार किया था, उसके रिवीजन के लिए निकालें। **स्मार्ट अभ्यर्थी अपनी प्रतिदिन की समय-सारणी में किसी तरह का फेरबदल किए बिना** रिवीजन के लिए समय निकालते हैं।
- **टॉपिक के अनुसार : जब कोई टॉपिक समाप्त हो जाए** तो एक बार उसका रिवीजन अवश्य करें और फिर **कुछ समय के बाद जब भी आपके पास समय हो,** उसका पुन: **रिवीजन करें**।

सबसे बेहतर रणनीति

आप परिवर्ती (बार-बार बदलाव करनेवाले) और अपरिवर्ती पाठ्यक्रम के लिए अलग-अलग रणनीतियों का उपयोग कर सकते हैं।

अपरिवर्ती पाठ्यक्रम जैसे इतिहास, भूगोल, कला और संस्कृति आदि का रिवीजन टॉपिक के समाप्त होने के बाद किया जाना चाहिए।

जबकि **परिवर्ती पाठ्यक्रम** जैसे समसामयिकी का साप्ताहिक या मासिक तौर पर रिवीजन किया जाना चाहिए।

क्रमबद्ध रिवीजन के लिए नियमित अंतराल के बाद समय निकाला जाना चाहिए। विषय का नियमित अंतराल पर या बार-बार रिवीजन आपकी विषय-वस्तु को याद रखने में काफी मदद करेगा।

अतिरिक्त पुस्तक/पाठ्य सामग्री को पढ़ा जाना चाहिए या रिवीजन किया जाना चाहिए?

- किसी एक टॉपिक/विषय जिसे आप एक स्रोत से पहले पढ़ चुके हैं, के लिए अतिरिक्त स्रोत का चुनाव करने से पहले हमेशा यह **विश्लेषण** करें कि उस विषय-वस्तु का **रिवीजन करना** आपके लिए बेहतर है, **जिसे आपने पढ़ा है** या उसी समय में **विषय को दूसरे स्रोत से पढ़ना।**
- जब कभी आपको ऐसा कोई संदेह हो तो हमेशा सफलता के लिए **जोखिम से लाभ के सिद्धांत** का अनुसरण करें। यहाँ पर जोखिम आपके द्वारा दिया जानेवाला समय है और सफलता उससे यानी अतिरिक्त स्रोत से आपको कितने प्रश्न या उनके उत्तर मिल रहे हैं, वह है।

- **स्मार्ट अभ्यर्थी** इस संबंध में **बहुत सचेत रहता** है और बहुत सोच-समझकर कदम उठाता है।

अगर आपके पास समय कम है तो रिवीजन करना हमेशा बेहतर विकल्प होता है। **अगर रिवीजन के बाद आपको समय मिलता है** तो किसी विशेष टॉपिक/विषय के लिए निश्चित तौर पर **अतिरिक्त स्रोतों का अध्ययन** किया जा सकता है।

मेरी सलाह है कि पहली बार पढ़ते समय **किसी भी टॉपिक/विषय के लिए विभिन्न स्रोतों का चयन न करें।** पहले केवल एक स्रोत से ही विषय-वस्तु की तैयारी करें, फिर आप चाहें तो अलग-अलग स्रोतों से अध्ययन कर सकते हैं।

परीक्षा से एक महीने पहले रिवीजन का महत्त्व

कृपया सुनिश्चित करें कि पिछले एक वर्ष में आपने परीक्षा के लिए **जो कुछ भी पढ़ा है, परीक्षा के अंतिम एक माह के दौरान जितनी बार संभव हो, वह आपकी आँखों के सामने से बार-बार गुजरे।** जो कुछ भी पिछले एक साल में आपने पढ़ा है, उसे याद रखने के लिए यह बहुत ही आवश्यक है।

निरंतर किया जानेवाला यह प्रयास ही परीक्षा में सफल होने की कुंजी है। अंतिम माह में **विषय-वस्तु के समावेश व अनुकूलन के लिए ध्यान केंद्रित करते हुए रिवीजन** करना आवश्यक है। ऐसा करना उस जानकारी को याद रखने के लिए बहुत महत्त्वपूर्ण सिद्ध होता है, जो पिछले एक वर्ष में पढ़ा गया है।

रिवीजन की गुणवत्ता और महत्ता इस पर निर्भर करती है कि हमने **पाठ्य-सामग्री को कितने व्यवस्थित ढंग से नोट्स के रूप में सहेज कर रखा है।**

रिवीजन की कार्य-पद्धति

परीक्षा से पहले आप कई बार रिवीजन करते हैं लेकिन हर बार आपकी रिवीजन की कार्य-पद्धति अलग होनी चाहिए।

रिवीजन का चरण	कार्य-पद्धति
पहला	विषय-वस्तु के प्रत्येक भाग का रिवीजन सही तरीके से **विषय-वस्तु के प्रत्येक हिस्से पर समान ध्यान** केंद्रित करते हुए किया जाना चाहिए।
दूसरा	जो भाग हमें याद है, उस पर **कम ध्यान** देना चाहिए और जो हमें याद नहीं है, उस पर **अधिक ध्यान** देना चाहिए।

तीसरा	जो कुछ हमें याद है, उसे जल्दी से **दोहरा लें** और जो हमें याद नहीं है, उस पर **दोगुना ध्यान** दें।
चौथा	इस रिवीजन और इसके बाद किए जानेवाले रिवीजन के लिए समान प्रक्रिया का अनुसरण किया जाना चाहिए।

विषय-वस्तु → नोट्स → रिवीजन

- एक सामान्य या अगंभीर अभ्यर्थी रिवीजन पर ध्यान नहीं देता।
- एक गंभीर अभ्यर्थी पढ़े हुए का रिवीजन करता है।
- एक स्मार्ट अभ्यर्थी परीक्षा की तिथि को ध्यान में रखकर, नियमित तौर पर रिवीजन की योजना बनाता है और परीक्षा से एक महीने पहले सही तरीके से रिवीजन करने के लिए समय-सारणी तैयार करता है।

★★★

अपने उद्देश्य में सफलता के लिए आपको अपने लक्ष्य के प्रति समर्पित होना पड़ेगा; अतः मोबाइल अथवा ध्यान भटकाने वाली हर वस्तु को या कहें कि सब कुछ छोड़कर सारा ध्यान सिर्फ अपने लक्ष्य पर केंद्रित करें।

आपका अपना पूरा ध्यान व ऊर्जा कुछ माह के लिए परीक्षा की तैयारी में लगाना आपके जीवन में महत्त्वपूर्ण बदलाव ला सकता है।

अध्याय

25

प्रारंभिक परीक्षा और मुख्य परीक्षा के बीच संतुलन

इस विषय पर चर्चा **गत वर्ष के परीक्षा चक्र** के उदाहरण के आधार पर करेंगे। जैसे कि वर्ष 2022 में **प्रारंभिक परीक्षा** 5 जून, 2022 और **मुख्य परीक्षा** 16 सितंबर, 2022 से आरंभ थी, इसे चार चरणों में विभाजित करेंगे—

- **चरण 1 :** फरवरी के अंत तक अर्थात् 28 फरवरी, 2022 तक।
- **चरण 2 :** 1 मार्च से प्रारंभिक परीक्षा तक अर्थात् 5 जून, 2022 तक।
- **चरण 3 :** 6 जून, 2022 से 15 सितंबर, 2022 तक।
- **चरण 4 :** मुख्य परीक्षा के बाद।

अब इन पर क्रमबद्ध तरीके से चर्चा करेंगे।

चरण 1 : फरवरी के अंत तक अर्थात् 28 फरवरी 2022 तक

इस अवधि में आपके अध्ययन में प्रारंभिक परीक्षा और मुख्य परीक्षा **दोनों शामिल** हो सकते हैं। जब हम मुख्य परीक्षा की बात करते हैं, तो उसमें **वैकल्पिक विषय भी** शामिल होता है। प्रारंभिक परीक्षा के पाठ्यक्रम के साथ शुरुआत करें, क्योंकि **प्रारंभिक परीक्षा का संपूर्ण पाठ्यक्रम ही लगभग मुख्य परीक्षा का भी पाठ्यक्रम होता है,** इसलिए आप प्रारंभिक परीक्षा के लिए जो कुछ पढ़ रहे हैं, वह मुख्य परीक्षा में भी शामिल होगा।

शुरुआत में जब आप नोट्स बनाना शुरू करें तो प्रारंभिक परीक्षा और मुख्य परीक्षा दोनों को ध्यान में रखते हुए शुरुआत करें। वैकल्पिक विषय को उपयुक्त समय, जितना उसके लिए आवश्यक है, दिया जाना चाहिए। हालाँकि मुख्य परीक्षा अभी बहुत दूर है, लेकिन मेरे अनुसार **वैकल्पिक विषय को हल्के में न लें,** अन्यथा प्रारंभिक परीक्षा के बाद आपको काफी समय वैकल्पिक विषय को देना पड़ेगा।

आप जिसकी तैयारी कर रहे हैं, उस विषय-वस्तु को व्यवस्थित करने व उसके **नोट्स तैयार करने का यह सबसे बेहतर समय** है। यह **युद्ध से पहले अपने हथियार तैयार करने जैसा** है।

चरण 2 : 1 मार्च, 2022 से 4 जून 2022 तक (प्रारंभिक परीक्षा तक)

जैसाकि आप जानते हैं, आजकल प्रारंभिक परीक्षा में क्या पूछा जाएगा, इसका पूर्वानुमान बहुत कठिन होता जा रहा है और अधिकतर अभ्यर्थी इसमें बैठते समय विभिन्न प्रकार की आशंकाओं से घिरे रहते हैं। इसलिए **90 दिन** अर्थात् तीन महीने पूर्णरूपेण प्रारंभिक परीक्षा की तैयारी के लिए लगाएँ। इस चरण में आपका **पूरा ध्यान प्रारंभिक परीक्षा पर केंद्रित** होना चाहिए। यहाँ तक कि पढ़ाई का तरीका भी प्रारंभिक परीक्षा पर ही केंद्रित होना चाहिए।

अधिकतर अभ्यर्थी प्रारंभिक परीक्षा और मुख्य परीक्षा के लिए **साथ-साथ नोट्स तैयार** करते हैं। लेकिन जब प्रारंभिक परीक्षा के लिए पढ़ाई करते हैं तो **विषय-वस्तु में अपने मुताबिक काट-छाँट** कर लेते हैं, जो प्रारंभिक परीक्षा के लिए आवश्यक होती है। **उदाहरण** के तौर पर, मान लो मुख्य परीक्षा के लिए आधुनिक इतिहास विषय का अध्ययन कर रहे हैं, तो संपूर्ण धारणा की विस्तृत तौर पर पढ़ाई करनी होगी, न कि विशिष्ट पक्षों या शीर्षकों की। लेकिन जब बात प्रारंभिक परीक्षा की आती है तो विशिष्ट जानकारी बहुत महत्त्वपूर्ण हो जाती है।

(आप **प्रारंभिक परीक्षा और मुख्य परीक्षा के लिए अलग-अलग नोट्स** तैयार कर सकते हैं, लेकिन यह विषय से लेकर समय की उपलब्धता पर निर्भर करता है। मेरी सलाह है कि आप दोनों के लिए कॉमन नोट्स तैयार करें।)

चरण 3 : प्रारंभिक परीक्षा से लेकर मुख्य परीक्षा तक का समय

मेरी सलाह है कि प्रारंभिक परीक्षा के बाद आप कुछ दिन का ब्रेक ले लें और फिर मुख्य परीक्षा की तैयारी शुरू करें। हालाँकि ब्रेक समाप्त होते ही आपको **तुरंत ही वैकल्पिक विषय** के साथ-साथ उन विषयों की तैयारी शुरू कर देनी चाहिए, जो केवल मुख्य परीक्षा का हिस्सा हैं, जैसे **विश्व का इतिहास, नीतिशास्त्र** आदि। स्वाभाविक है अब आपका **सारा ध्यान** मुख्य परीक्षा पर होगा लेकिन अधिक फोकस उन विषयों पर होगा जिन्हें आपने

पहले नहीं पढ़ा है। साथ ही, आपको अपने व्यस्त समय में से उन विषयों के रिवीजन के लिए भी **समय निकालना** होगा, जिन्हें आपने पहले पढ़ा है।

चरण 4 : मुख्य परीक्षा के बाद

अधिकांश अभ्यर्थी मुख्य परीक्षा के बाद अपने **प्रदर्शन का आकलन करना और अपने आपको स्कोर देना** शुरू कर देते हैं। लेकिन उनको **शायद ही इस बात का अहसास** होता है कि अपने प्रदर्शन के आकलन से भी वे अब अपने प्रदर्शन में सुधार नहीं कर सकते। इसलिए प्रदर्शन के आकलन के बजाय अगर वे **अपनी कमजोरियों का आकलन करें** तो उनको अवश्य दूर कर सकते हैं। एक बार जब आप अपना आकलन कर लें तो आपको **अपनी कमजोरियों पर काम करना शुरू कर देना चाहिए,** बजाय इसके कि मुख्य परीक्षा के परिणाम की प्रतीक्षा करें। इस तरह आप अपने **समय का सही तरीके से इस्तेमाल** कर पाएँगे और **जिन विषयों में कमजोर** हैं, उन्हें अपनी **ताकत** बना पाएँगे।

इस चरण में याद रखें जानेवाले बिंदु

- **दृष्टिकोण :** आप मुख्य परीक्षा के बाद के समय को किस तरह व्यतीत करते हैं, उसके लिए आपका दृष्टिकोण बहुत महत्त्वपूर्ण स्थान रखता है। यह समय इस परीक्षा की ओर **आपके अभिप्रेरण और समर्पण के इम्तिहान का** होता है, इसलिए आपको अपना दृष्टिकोण सकारात्मक रखना चाहिए। मुख्य परीक्षा के बाद **दो संभावनाएँ** बनती हैं या तो साक्षात्कार या पुनः प्रयास।
- **मुख्य परीक्षा का परिणाम :** आमतौर पर मुख्य परीक्षा का परिणाम आने में दो या तीन महीने का समय लगता है। अधिकांश अभ्यर्थी **इस समय को इन पूर्वानुमानों में ही** बिता देते हैं कि क्या हो सकता है। मेरे विचार से इस **समय का उपयोग सावधानी से** किया जाना चाहिए। **कमजोर विषयों पर अधिक ध्यान** देने के लिए यह बिलकुल सही समय है।
- **मौके का लाभ उठाएँ :** चूँकि यह प्रतियोगितात्मक परीक्षा है, यहाँ यदि कुछ मायने रखता है तो वह यह कि **आप अपने दूसरे प्रतिभागियों को किस तरह से पछाड़ते** हैं। आपके पास ऐसा कुछ होना चाहिए जिसका लाभ उठाने का मौका केवल आपको मिले, दूसरों को नहीं। इस समय का उपयोग उस लाभ के लिए किया जा सकता है।
- **साक्षात्कार की तैयारी :** अगर आप मुख्य परीक्षा के परिणाम को लेकर पूर्णतः आश्वस्त हैं तो आपको साक्षात्कार की तैयारी आरंभ कर देनी चाहिए। चूँकि **मुख्य परीक्षा के परिणाम और साक्षात्कारों की तिथि में बहुत ही कम समय का अंतर** होता है, अतः अगर आप पहले से तैयारी नहीं करेंगे तो परेशानी में पड़ सकते हैं। क्या पता आपके साक्षात्कार की तिथि साक्षात्कार का चरण आरंभ होने के शुरुआती दिनों में ही पड़ जाए।

ऊपर दिए गए **चरणों की अवधि हर व्यक्ति के लिए अलग-अलग** हो सकती है और यह इस पर भी निर्भर करती है कि यह आपका कौन-सा प्रयास है। इस रूपरेखा को बहुत से चयनित अभ्यर्थियों के फीडबैक के आधार पर तैयार किया है। हालाँकि यह रूपरेखा **सांकेतिक मात्र** है और आप अपनी **आवश्यकता के अनुसार इसमें बदलाव कर सकते हैं।**

- सामान्य अभ्यर्थी मुख्य परीक्षा के लिए प्रारंभिक परीक्षा से पहले पढ़ाई नहीं करते।
- गंभीर अभ्यर्थी प्रारंभिक परीक्षा से पहले भी मुख्य परीक्षा के लिए पढ़ाई करता है।
- जबकि एक स्मार्ट अभ्यर्थी मुख्य परीक्षा और प्रारंभिक परीक्षा के बीच संतुलन बनाने का प्रयास करता है और जैसाकि ऊपर चर्चा की गई है चरणबद्ध तरीके से पढ़ाई करता है।

★★★

अध्याय

26

यू.पी.एस.सी. व अन्य परीक्षाओं के बीच संतुलन

यू.पी.एस.सी., राज्य सिविल सेवा व अन्य परीक्षाओं के बीच संतुलन कैसे बनाएँ

आमतौर पर पाया गया है कि जो अभ्यर्थी **यू.पी.एस.सी.** की आई.ए.एस. की परीक्षा, **राज्य स्तर की पी.एस.सी. व अन्य परीक्षाएँ** एक साथ दे रहे होते हैं, उनके लिए **इनके बीच संतुलन** बनाने की समस्या खड़ी हो जाती है।

अगर दोनों परीक्षाएँ एक ही समय पर हो रही हों तो स्वाभाविक है कि आपको निर्णय लेना होता है कि **आप किसे प्राथमिकता देना चाहते हैं।** इस परिदृश्य नें, आप राज्य स्तर पर होनेवाली या अन्य परीक्षा अपनी **क्षमता की जाँच करने के लिए** दे सकते हैं, ताकि यह यू.पी.एस.सी. परीक्षा की ओर आपके **बढ़ते हुए कदम को** इंगित करे। जब आपके हाथ में नौकरी होगी तो आपके आत्म-विश्वास में आमूलचूल वृद्धि होगी और आप यू.पी.एस.सी. की परीक्षा की तैयारी ज्यादा अच्छी तरह से कर पाएँगे। हालाँकि इसमें एक **समस्या** यह है कि संभवत: आपको अपनी उस नौकरी/सेवा को करते हुए ही यू.पी. एस.सी. की परीक्षा की तैयारी करनी पड़े।

उस समय आप यह भी तय कर सकते हैं कि आपको **केवल** यू.पी.एस.सी. की परीक्षा ही देनी है। यह समस्या आपको केवल पहले प्रयास के दौरान आएगी, क्योंकि बाद के प्रयासों में आपको **काफी समय** और अनुभव मिल जाएगा कि आप दोनों परीक्षाओं को एक साथ देने का चुनाव व व्यवस्था कर पाएँ।

अगर दोनों परीक्षाएँ अलग-अलग समय काल में हो रही हैं, तो आपको यह सुनिश्चित करना होगा कि पहले आप **यू.पी.एस.सी.** की परीक्षा पर अपना पूरा ध्यान केंद्रित करें। चूँकि **यू.पी.एस.सी. द्वारा आयोजित परीक्षा के पाठ्यक्रम में** राज्य स्तर पर होनेवाली **अधिकतर अन्य परीक्षाओं का पाठ्यक्रम सम्मिलित** हो जाता है। अतः एक संभावना यह भी हो सकती है कि आप जो दूसरी परीक्षा देने जा रहे हैं वह **यू.पी.एस.सी. की परीक्षा के पाठ्यक्रम का उप-विषय** हो। राज्य स्तर की पी.एस.सी. परीक्षा की तिथि से **एक माह पूर्व** आप केवल उस परीक्षा के पाठ्यक्रम पर अपना सारा ध्यान केंद्रित करें और उसके लिए तय की गई अपनी रणनीति के अनुसार आगे बढ़ें।

इस तरह, आप दोनों परीक्षाओं के लिए अपनी पढ़ाई पूरी कर लेंगे।

यहाँ पर राज्य स्तर की पी.एस.सी. या अन्य परीक्षा की रणनीति पर विस्तार से चर्चा नहीं की जाएगी, क्योंकि उन परीक्षाओं के पीछे जो प्रक्रिया काम करेगी, वह भी इसके समान ही होगी।

विभिन्न परीक्षाओं के बीच संतुलन को सुनिश्चित करने में जो **दो मानदंड** आपकी मदद करेंगे, उसमें एक **स्पष्टता** और दूसरा **समय-प्रबंधन** होगा। अगर आप अपने कार्य को लेकर सुनिश्चित रहते हैं तो किसी भी प्रकार का संदेह आपके मार्ग में बाधक नहीं बनेगा।

✱✱✱

अध्याय

27

नौकरी के साथ यू.पी.एस.सी. की तैयारी

अगर आप भी नौकरी के साथ-साथ यू.पी.एस.सी. की परीक्षा देने की तैयारी कर रहे हैं तो सबसे पहले आपको यह **विश्वास करना होगा कि नौकरी के साथ पहले भी बहुत से अभ्यर्थियों ने** इस परीक्षा में सफलता प्राप्त की है। आपके लिए इस सकारात्मक सोच को विकसित करना इसलिए बहुत आवश्यक है ताकि आप यह तय कर सकें कि **जो वे कर सकते हैं वो आप क्यों नहीं कर सकते।**

मैं एक आई.ए.एस. ऑफिसर से मिला था जिन्होंने नौकरी करते समय शौचालय में जाकर परीक्षा की तैयारी के लिए समय निकाला था। इसके साथ ही, परीक्षा के प्रति उनके समर्पण भाव का अंदाजा आप इस बात से लगा सकते हैं कि तैयारी के दौरान उन्होंने कभी किसी को नहीं बताया कि वे यू.पी.एस.सी. परीक्षा की तैयारी कर रहे हैं। ठीक इसी तरह का समर्पण भाव प्रत्येक अभ्यर्थी में परीक्षा के लिए होना चाहिए।

जब यू.पी.एस.सी. द्वारा आयोजित आई.ए.एस. परीक्षा की तैयारी नौकरी के साथ की जाए तो निम्न बिंदुओं को ध्यान में रखना चाहिए—

- **अनुशासन** : यह आपकी तैयारी में **निरंतरता** सुनिश्चित करता है तथा तब भी **कठिन परिश्रम** करने के लिए प्रेरित करता है, जब आपके मन में परीक्षा को लेकर शंका होती है। आपको **दैनिक, साप्ताहिक यहाँ तक कि मासिक समय-सारणी**

का अनुसरण भी **पूरे अनुशासन के साथ गंभीरता से** करना होगा, क्योंकि आपके पास उन अभ्यर्थियों की अपेक्षा समय का अभाव है जो दिन-रात केवल इसी लक्ष्य को साधने में लगे हैं।

- **समय प्रबंधन :** अपनी तैयारी को **प्रतिदिन**, जितना आपके लिए संभव हो, पर्याप्त समय दें तथा ऐसा करना तब तक न छोड़ें जब तक आप किसी आपातकालीन स्थिति में न फँस जाएँ। कोशिश करें कि **सुबह और शाम को कुछ घंटे** आप तैयारी के लिए अवश्य निकालें। अगर आप सप्ताह के काम के दिनों में **चार से पाँच घंटे** अपनी तैयारी के लिए निकाल लें, तो यह आपके लिए पर्याप्त होगा। इस समय को **सप्ताह के अंत और छुट्टी के दिनों में दोगुना** कर दें। हालाँकि इसके लिए आपको अपने प्रत्येक सप्ताहांत और छुट्टी के दिन का उपयोग बहुत ही समझदारी के साथ करना होगा।
- **संसाधनों/पाठ्य सामग्री का चुनाव :** समय के सीमित होने के कारण आप एक ही विषय को **विभिन्न स्रोतों से पढ़ने के लिए समय नहीं दे सकते।** इसलिए शुरुआत में पाठ्य-सामग्री का चुनाव करने में जितना आवश्यक हो, उतना समय अवश्य दें। आपको हर स्तर पर **सावधान रहना** होगा, क्योंकि आपके पास दूसरों की तुलना में समय की पर्याप्तता का विकल्प नहीं है।
- **ऑनलाइन नोट्स :** नोट्स बनाने का सबसे बेहतर तरीका ऑनलाइन नोट्स बनाना है, क्योंकि यह **हर समय आपके पास मौजूद होंगे।** आप जब भी समय मिले नए नोट्स बना सकते हैं और रिवीजन भी कर सकते हैं। इन्हें आप **ऑफिस में** या **यात्रा के दौरान** भी पढ़ सकते हैं, क्योंकि ऑनलाइन नोट्स किसी भी समय आपके मोबाइल या लैपटॉप पर उपलब्ध हो सकते हैं।
- **ध्यान भटकाने वाली वस्तुएँ/घटनाएँ :** आपको सुनिश्चित करना होगा कि आपकी पढ़ाई की इस यात्रा में ध्यान भटकानेवाली चीजें जैसे **मोबाइल, लैपटॉप** (इंस्टाग्राम या फेसबुक चलाने के लिए) आदि आपके आस-पास न के बराबर हों। आपका एक दिन में कुछ घंटे बरबाद करना भी सारी तैयारी को तहस-नहस कर सकता है। इसलिए, शुरुआत से ही अपने आपको इस तरह की **सारी बाधाओं से मुक्त कर** परीक्षा की तैयारी में लग जाएँ।

यहाँ पर **बहुत से बिंदुओं में से केवल कुछ को** ही सूचीबद्ध किया गया है, जोकि नौकरी के साथ-साथ की गई आपकी तैयारी को बिना किसी बाधा के पूर्ण करने में आपकी सहायता करेंगे। सबसे महत्त्वपूर्ण बिंदु अनुशासन है, जिसे मैं फिर से दोहराना चाहता हूँ।

अत: यह सुनिश्चित करें कि आप अपनी तैयारी को लेकर पूर्ण रूप से अनुशासित हैं, शेष चीजें अपने आप यथास्थान/यथासमय हो जाएँगी।

★★★

अध्याय

28

सीखने और याद करने की शैली

तैयारी के दौरान आपका सारा ध्यान परीक्षा पर केंद्रित रहता है, लेकिन आप यह कतई न भूलें कि आपके लिए **अपने आप पर ध्यान देना भी जरूरी** है। अगर आप ऐसा शुरुआती दिनों में ही कर लेते हैं तो यह चमत्कार कर सकता है।

इस परीक्षा में सफल होने के लिए, यहाँ पर दो पक्ष सम्मिलित किए गए हैं–

- **परीक्षा :** जिसे **पूर्णतः यानी समग्र रूप से** समझना आवश्यक है। आप विगत वर्षों के प्रश्न–पत्रों को पढ़ते हैं, कई तरह के विश्लेषण करते हैं और **बेहतर परिणाम पाने के लिए** बहुत सारी कोशिश एक साथ करते हैं।
- **आप स्वयं :** सदैव याद रखें कि परीक्षा के लिए सबसे महत्त्वपूर्ण आप हैं, अत: **अपने आपको समझना होगा**, अपने आप में **बदलाव करना होगा** और उस बदलाव को **परीक्षा की माँग के अनुसार** स्वीकार करना होगा। लेकिन अभ्यर्थी **स्वयं पर ध्यान न देने की भूल** करते हैं और इसका परिणाम यह निकलता है कि उन्हें इच्छित परिणाम नहीं मिलता।

यह बात सदैव दिमाग में रखनी चाहिए कि परीक्षा और व्यक्तित्व के बीच का संतुलन ही हमें परीक्षा की तैयारी में स्पष्टता देगा।

आप अपने आपको कितना समझते हैं ?

जब मुझे इसके बारे में पता चला तो मेरे लिए यह **आँखें खोलने वाला** था। लेकिन आपको इसकी समझ अभ्यास के साथ ही आएगी। यह उम्मीद बिलकुल न करें कि एक दिन में आपको सब समझ में आ जाएगा।

मूलत: मैं कहना चाहता हूँ कि आपको **अपनी सीखने व याद करने की शैली को समझने के लिए आत्म-विश्लेषण** करना होगा। एक बार जब आपको अच्छी तरह से समझ आ जाएगा, तो फिर बस **अपनी तैयारी को अपनी शैली के अनुसार व्यवस्थित करना** होगा।

आइए, इन पर एक-एक करके चर्चा करते हैं-

सीखने की शैली

सीखने की शैली में और कुछ नहीं, बस **आप कितने घंटे एक दिन में पढ़ते हैं,** किस तरह से **पढ़ाई के बीच में अंतर** रखते हैं अथवा कब क्या पढ़ते हैं, आदि आता है। तैयारी के कुछ महीने बाद, जब लंबे समय तक यानी **घंटों तक बैठकर** पढ़ने की आदत पड़ जाती है तब आप इस पर ध्यान केंद्रित करना शुरू कर देते हैं।

- **आप कितनी देर तक पढ़ते हैं :** आप **बिना ब्रेक लिए कितने लंबे समय तक बैठकर पढ़ सकते हैं ?** आमतौर पर अधिकतर अभ्यर्थी एक से डेढ़ घंटे तक बिना ब्रेक लिए पढ़ सकते हैं। जब भी आप पढ़ने के लिए बैठें **शुरुआत के इस समय को** उस विषय की पढ़ाई के लिए समर्पित करें जिसमें **सबसे अधिक ध्यान देने की आवश्यकता** है। इस अवधि के दौरान **अपनी क्षमता का सबसे अधिक उपयोग** कर बिना ब्रेक लिए बेहतर पढ़ाई की जा सकती है।
- **ब्रेक : यह 15 से 30 मिनट के बीच का** हो सकता है। इस अवधि के लिए अपने आपको **पढ़ाई से पूरी तरह से दूर** रखें। अन्यथा, यह अवधि आपके लिए लाभदायक सिद्ध नहीं होगी और आप वापस पढ़ाई शुरू करने पर तरोताजा महसूस नहीं करेंगे। इस अवधि के दौरान **किसी दोस्त से बात कर लें** या **गाना सुन लें** या फिर कुछ भी ऐसा करें जो उस दौरान आपको पढ़ाई से दूर रखे। लेकिन **उसके तुरंत बाद,** फिर से पढ़ाई में लग जाएँ। इस तरह आप **जापानी प्रोमोडोरो प्रणाली** के तहत अभ्यास कर रहे हैं।
- **मूड और थकान :** आपको अपनी शारीरिक प्रतिक्रिया के अनुसार पढ़ाई को व्यवस्थित करना चाहिए। जब आप **सबसे अधिक सक्रिय** रहते हों, उस समय वह विषय पढ़ें **जो आपको कठिन लगते हैं या तकनीकी हैं** या जिन्हें समझने में अधिक ध्यान लगाना होता है। इसी तरह जब आप थका हुआ महसूस करें, तो उन विषयों को पढ़ें जिन्हें **पढ़ना और समझना आसान** होता है। मैं अधिकतर राज्य शासन-विधि, अर्थशास्त्र, भूगोल को सुबह तब पढ़ता था जब मैं अत्यधिक सक्रिय

व तरोताजा महसूस करता था और इतिहास को एक कहानी की तरह शाम के समय जब मैं थका हुआ महसूस करता था।

याद करने की शैली

मूलत: यहाँ **उस तरीके के बारे में** बात की जा रही है जिसका उपयोग **आप जानकारी को लंबे समय तक याद रखने के लिए** करते हैं। कुछ लोग **एक बार पढ़ते** हैं और उसे लंबे समय तक याद रखते हैं, जबकि कुछ लोग कुछ ही दिनों पहले पढ़ी हुई बातों को **भूल जाते हैं। अधिकतर अभ्यर्थी दूसरे वर्ग में** आते हैं, जो **कुछ ही दिनों में अपना पढ़ा हुआ भूल जाते** हैं। ऐसे में, जब पता चल जाए कि आप किस वर्ग में आते हैं तो आपके लिए अपनी याद रखने की प्रक्रिया के अनुरूप **विषय-वस्तु को व्यवस्थित करना आसान** हो जाता है।

इसे समझने में कुछ समय लगता है, लेकिन एक बार जब आप इसे समझ लेते हैं, तो एक चमत्कार-सा हो जाता है। इसी क्रम में कुछ महीनों की तैयारी के बाद, मैंने महसूस किया कि जानकारियों को याद रखने के लिए मुझे उन्हें बार-बार पढ़ने की आवश्यकता होगी, यह और **कुछ नहीं मात्र रिवीजन** था। इसके लिए मैंने कुछ बिंदुओं का अनुसरण करना आरंभ कर दिया। वे इस प्रकार हैं-

- **नोट्स बनाना :** मैंने तैयारी करते हुए विषय-वस्तु के तहत **जो कुछ भी पढ़ा** था, उसको **नोट्स में** बदल लिया। अगर मुझे विषय संबंधी जानकारी को दोहराना होता था, तो मेरे लिए विषय-वस्तु **छोटे और सटीक रूप में** नोट्स के तौर पर मौजूद थी। चूँकि पूरी पुस्तक को बार-बार दोहराना बहुत कठिन काम है। ऐसे में नोट्स आपके लिए उपयोगी हो सकते हैं।
- **रचनात्मकता :** एक बार जब आप समझ लेते हैं कि किसी जानकारी को याद रखने के लिए आपको उसे **बार-बार** दोहराने की आवश्यकता है तो उसके लिए आपको हर तरह के रचनात्मक तरीके को अपनाना चाहिए-**उसे दीवारों पर लिख लें, रंगीन कागज पर लिखकर दीवारों पर चिपका दें, श्वेत बोर्ड पर लिख लें,** आदि। और जब भी समय मिले, उनको देखें। इस तरह कुछ दिनों में वह जानकारी आपके द्वारा लंबे **समय तक याद रखी जानेवाली** जानकारियों के संग्रहण में संगृहीत हो जाएगी।

उद्धरण, तथ्य व आँकड़े और अन्य महत्त्वपूर्ण जानकारियों को निम्न **तकनीक** का इस्तेमाल कर याद किया जा सकता है। उदाहरण के लिए, आपके पास 50-60 उद्धरणों की सूची है, जिनका इस्तेमाल आपको निबंध-लेखन और उत्तर लिखने के दौरान करना है। आपने उस सूची को दीवार पर चिपका दिया और सुबह-शाम एक बार पढ़ा, दस दिन के बाद आपको उनमें से अधिकतर कंठस्थ हो जाएँगे।

- **स्मृति-संकेत, स्मरण शक्ति बढ़ाने वाले, शॉर्टकट :** यह सब मनोवैज्ञानिक तकनीकें हैं, जिनका उपयोग इस प्रकार से किया जाता है कि एक छोटे शब्द या कुछ अक्षरों को याद कर पूरे शीर्षक को अपनी स्मृति में कैद कर लिया जाता है और आवश्यकता पड़ने पर फटाफट दिमाग के पिटारे से आसानी से निकाल लिया जाता है। **उदाहरण के लिए,** मैंने सुशासन में सम्मिलित मानदंड को याद रखने के लिए एक छोटा शब्द **एआरटीपीईसीईआर** बनाया था, जिसका अर्थ अकाउंटेबिलिटी, रिस्पॉन्सिबिलिटी, ट्रांसपेरेंसी, पार्टिसिपेटरी, एफिशिएंसी, कन्सेंसस ओरिएंटेड, इकोनॉमी तथा रूल ऑफ लॉ था। मुझे बस एआरटीपीईसीईआर शब्द याद रखना था और मुझे अच्छे शासन में सम्मिलित सभी आठ मानदंड याद आ जाते थे।
- **रिवीजन :** जब आपको यह समझ में आ जाए कि पढ़े हुए को याद रखने के लिए केवल रिवीजन करना ही एकमात्र समाधान है आपके पास; तो आप तुरंत ही यह सुनिश्चित करें कि प्रत्येक व समस्त विषय-वस्तु का रिवीजन आप कई बार करें। अब चूँकि आप अपनी याद रखने की शक्ति को अच्छी तरह से समझ चुके हैं, इसलिए आपके पास मात्र एक ही मार्ग है कि आप **जितना अधिक संभव हो उतना रिवीजन** करें।

जब भी आप **किसी पढ़े हुए विषय से संबंधित** किसी नए स्रोत या पाठ्य सामग्री को अपनी **पहले वाली पाठ्य-सामग्री या नोट्स का रिवीजन करने के बजाय** पढ़ रहे हों तो बहुत **सचेत रहें**। आप जानते हैं कि आप जितना अधिक रिवीजन करेंगे, उस विषय-सामग्री को पढ़ने में लगने वाला **समय स्वतः ही कम होता चला जाएगा।**

आशा है कि अब **आप समझ गए होंगे** कि क्यों बहुत से अभ्यर्थी यह कहते हैं—

- मैं बहुत ज्यादा पढ़ता/पढ़ती हूँ लेकिन मुझे याद नहीं रहता।
- मैं कुछ भी याद नहीं रख पाता/पाती।
- मैं जो कुछ पढ़ता/पढ़ती हूँ, उसे याद न रख पाने की स्थिति में अपने आपको कहीं खोया हुआ महसूस करता/करती हूँ।
- मेरा आत्म-विश्वास टूट चुका है, मैं कुछ भी याद नहीं रख पाता/पाती।

निष्कर्षतः अपनी याद करने व सीखने की शैली को जानने के लिए आपको **आत्म-विश्लेषण करना** होगा। यह भी सत्य है कि शुरुआत में इसमें आपको समय लगेगा। लेकिन मेरा विश्वास करें, एक बार जब आप अपने सीखने और याद करने की शैली को समझकर उस पर अपनी पकड़ बना लेंगे तो आपको **परीक्षा की तैयारी में मजा आने लगेगा।**

★★★

अध्याय

29

समय-प्रबंधन

अगर आपको यू.पी.एस.सी. की परीक्षा के महत्त्वपूर्ण पहलुओं में से **सबसे महत्त्वपूर्ण** को चुनना हो तो निश्चय ही वह समय-प्रबंधन होगा। तेजी से भागते इस **जीवन में आप** अपने **समय का प्रबंधन किस तरह से करते हैं, वही आपकी सफलता को निर्धारित करता है**। अत: यह अति आवश्यक हो जाता है कि आप अपने समय का सदुपयोग कैसे करते हैं, अन्यथा हर समय यही महसूस करेंगे जैसे **आपके हाथ कुछ भी सफलता नहीं लग रही है**।

चूँकि इस परीक्षा में वर्षों (कम-से-कम एक या उससे अधिक वर्षों) की तैयारी सम्मिलित होती है, ऐसे में आपको आप यह समझना होगा कि हरसंभव तरीके से अपने **समय का सदुपयोग करना** सीखें। आपके सीखने व याद रखने की शैली में **समय-प्रबंधन** एक महत्त्वपूर्ण भूमिका निभाता है।

समय का प्रभावशाली ढंग से उपयोग करते हुए अपनी तैयारी के लिए समय-प्रबंधन के दौरान कुछ बातों को ध्यान में रखना चाहिए—

- **पाठ्य-सामग्री :** पाठ्यक्रम को **इस तरह से याद करना** चाहिए कि वह पूरी तरह से याद हो जाए। इसके लिए उसे दीवार पर चिपका दें या एक बोर्ड पर लिख लें या पाठ्यक्रम की एक प्रति शुरुआत के कुछ सप्ताह या महीनों तक अपने पास हर समय रखें, ताकि आपको मालूम हो जाए कि **कौन-सा शीर्षक कहाँ पर है**। यह

विशेष तौर पर मुख्य परीक्षा के लिए लागू होता है। यह हमारी **समय-सारणी को व्यवस्थित करने में** मदद करेगा, क्योंकि हमें पता होगा कि हम कितना पढ़ चुके हैं और कौन-से विषयों को पढ़ना अभी शेष है।

- **समय का ईमानदारी से विश्लेषण :** पहले से योजना बनाएँ, आपके पास तैयारी के लिए **कितने महीने** हैं और प्रतिदिन आप पढ़ाई के लिए **कितने घंटे** दे सकते हैं। स्वाभाविक है शुरुआत में घंटों की संख्या कम होगी और बाद में बढ़ जाएगी। इस तरह वह अवधि, जिसमें आप **पूरा ध्यान लगाकर** पढ़ें, उसकी ईमानदार कोशिश की जा सकती है।
- **लक्ष्यों को वास्तविकता के करीब निर्धारित करें :** अधिकतर अभ्यर्थियों की आदत होती है कि वे पहले ही अपने लिए **आदर्श लक्ष्य** तय कर लेते हैं, भले ही वे अवास्तविक हों। मेरी आप से विनती है कि ऐसा करने से बचें। वास्तविक लक्ष्य निर्धारित करें, जो आपकी व्यक्तिगत समझ और प्राथमिकताओं को दरशाते हों। क्योंकि **वास्तविक लक्ष्यों को ही प्राप्त किया जाएगा,** न कि आदर्श लक्ष्यों को। उदाहरण के लिए, आधुनिक इतिहास को 10 मार्च तक, कला और संस्कृति को 30 मार्च तक। हमारी सीखने और याद करने की शैली हमारे द्वारा निर्धारित लक्ष्यों को पूरा करने में मदद करती है।
- **इष्टतम लक्ष्य को प्रतिदिन के छोटे-छोटे लक्ष्यों में बाँट दें :** अपनी प्रतिदिन की समय-सारणी के आधार पर प्रतिदिन के लक्ष्य **उप-शीर्षकों के आधार पर** तय करें, जिससे कि आप उस विषय को अपनी लक्षित तिथि के अनुसार समाप्त कर पाएँ। **उदाहरण के लिए,** यदि आपने कला और संस्कृति को 20 दिन दिए हैं तो फिर आप प्रतिदिन के लिए कुछ इस तरह के लक्ष्य तय करें—वास्तुकला (1 दिन), नृत्य (1 दिन), संगीत (1 दिन) इत्यादि।
- **आकलन :** प्रतिदिन के लक्ष्य तय करने के बाद यह भी आवश्यक है कि आप प्रति **सप्ताह** अथवा **पंद्रह दिनों के अंतर के आधार पर स्वयं का आकलन करें** कि आप अपनी तय की गई समय-सारणी के अनुसार कार्य कर रहे हैं अथवा नहीं। यह आपके लक्ष्यों को **और भी वास्तविक बनाने में मददगार** साबित होगा। आप आवश्यकता के अनुसार समय-सारणी में बदलाव भी कर सकते हैं। अगर आप समय-सारणी पर नजर नहीं रखेंगे तो अपने लक्ष्यों के बीच में ही कहीं खोकर रह जाएँगे।
- **ध्यान भटकाने वाली चीजों/बातों से बचें :** कोई भी चीज या कोई व्यक्ति जो आपकी **परीक्षा के मार्ग में बाधा उत्पन्न करता** है, वो आपका ध्यान भटकाने वाला तत्त्व है। वह कोई मोबाइल ऐप या कोई व्यक्ति कुछ भी हो सकता है। आप सिर्फ इतना ध्यान रखें कि आपको बड़ा लक्ष्य साधना है, ऐसे में अगर आप इन छोटी-छोटी बाधाओं को पार नहीं कर सकते तो **अपने आप से यह उम्मीद कैसे कर सकते हैं** कि कल जब परीक्षा में सफल होने के बाद **एक पूरे शहर की व्यवस्था सँभालने का** उत्तरदायित्व आपको सौंपा जाएगा तो आप उसे पूरा कर लेंगे।

बेहतर होगा कि आप अपनी **सारी आदतों को इस तरह से रूपांतरित कर लें** कि वे परीक्षा की तैयारी के लिए लाभकारी साबित हों। **सोशल मीडिया का उपयोग बहुत सीमित या पूरी तरह से बंद** कर दें। हालाँकि उसका इस्तेमाल आप **अपने आपको प्रोत्साहित करने के लिए** कर सकते हैं। मैं जब पढ़ रहा होता था तो अपने मोबाइल को स्विच ऑफ कर देता था, केवल ब्रेक के समय उसे ऑन करता था।

- **ब्रेक लेने के संकेत को पहचानें :** पढ़ाई के दौरान ऐसा समय भी आता है, जब हमें ऐसा लगता है कि **अब कुछ देर नहीं पढ़ना।** दरअसल, जब आप लंबे समय तक बिना ब्रेक लिए पढ़ते रहते हैं, या आप कोई ऐसा विषय पढ़ रहे होते हैं, जो एक समय के बाद **आपको बोरिंग लगने लगता है** तब भी कई बार ऐसा होता है। आपको बस उस स्थिति को पहले से समझना है और उस समय ब्रेक लेना है अथवा कोई ऐसा विषय पढ़ना शुरू करना है जो आपको रोचक लगता है।
- **ब्रेक लेना बहुत आवश्यक है :** पूरे ध्यान से एक विषय को पढ़ने के बाद **उचित समय पर ब्रेक लेना** बहुत आवश्यक है, ताकि तैयारी में निरंतरता को सुनिश्चित किया जा सके। **ब्रेक न केवल आपको फ्री समय देते हैं बल्कि फिर से तैयारी में जुट जाने के लिए आपके भीतर नई ऊर्जा का संचार भी करते हैं।** ब्रेक के दौरान कोशिश करें कि आप पढ़ाई के अलावा कोई अन्य काम करें जिससे आपको ख़ुशी मिलती हों।
- **निश्चित समय-सारणी पर टिके रहें :** सब दिन एक समान नहीं होते, **कोई दिन बहुत अच्छा तो कोई बहुत खराब बीतता है।** लेकिन आपको हमेशा यह कोशिश करनी है कि आपने जो योजना बनाई है, आप उस पर कायम रहें। यही वह समय है जब हमारे जीवन में **अनुशासन का प्रवेश** होता है। कई बार जब प्रोत्साहन हमें आगे बढ़ने के लिए प्रेरित नहीं कर पाता, तब वहाँ आगे बढ़ने में अनुशासन हमारी मदद करता है।
- **ईमानदारी : अपने आप से हमेशा ईमानदार रहें।** अकसर ऐसा होता है कि अभ्यर्थी अपने आप से अथवा दूसरों से झूठ बोलते हैं कि वे पढ़ रहे हैं जबकि वास्तव में ऐसा नहीं हो रहा होता। आपको अपने निर्णयों के प्रति वफादार रहना होगा, क्योंकि **परिणाम जो भी हो उसका सामना आपको स्वयं ही करना है।** अतः अपनी कमजोरियों को **छुपाने के बजाय** आपका ध्यान **उनको दूर करने पर** होना चाहिए।

> आलसी लोग थोड़ा-सा काम करते हैं और सोचते हैं कि वे सारी जंग जीत लेंगे, जबकि विजेता जितना संभव हो उतना कठिन परिश्रम करते हैं और फिर भी सोचते हैं कहीं वे आलस तो नहीं कर रहे।

तैयारी के लिए अपने दिन को समय-सीमा में कैसे बाँधें

तैयारी की शुरुआत में, सबसे आम आशंका यह होती है कि **प्रतिदिन की समय-सारणी** क्या होनी चाहिए। समय-सारणी और कुछ नहीं, केवल यह होती है कि आप अपनी तैयारी

को **किस तरह से योजनाबद्ध** करते हैं। जैसेकि पहले भी चर्चा की गई है कि **वास्तविक समय-सारणी** सबसे बेहतर होती है, लेकिन इसकी आदत आपको तैयारी के पहले दिन से नहीं पड़ती, इसमें समय लगता है। लेकिन जब आप अपनी तैयारी की शैली को समझ लेते हैं तो तुरंत ही आपको अपनी समय-सारणी में **बदलाव करना शुरू** कर देना चाहिए, जिससे कि जितना संभव हो वह **व्यवहारमूलक** बन सके।

एक अच्छी समय-सारणी वह होती है जो आपके साथ क्या हो रहा है, उसके प्रति आपको सदैव सचेत रखती है। इसमें निम्न तत्त्व सम्मिलित होने चाहिए-

- **पढ़ाई की गतिविधियाँ :** नियमित ब्रेक के साथ हम जितने घंटे पढ़ने वाले हैं।
- **पढ़ाई के अतिरिक्त अन्य गतिविधियाँ :** ब्रेक, खाना, परिवार व मित्रों को कॉल करना, सोशल मीडिया आदि।

दरअसल, आपको अपनी समय-सारणी में **हर एक चीज को संक्षेप में लिख लेना** चाहिए। आपको ऐसा क्यों करना है? **स्वयं को सही दिशा में आगे बढ़ते हुए** देखने के लिए, एक बार जब आप स्वयं को सही दिशा में आगे बढ़ा देते हैं तब आप यह समझने में सक्षम होते हैं कि **आपका समय कहाँ जा रहा है** या आप अपने समय का उपयोग कैसे कर रहे हैं अथवा आप उसका उपयोग **सही अथवा गलत किस तरीके से** कर रहे हैं।

स्वयं पर नजर रखना ही सफलता की कुंजी है, विशेष तौर पर तब जब आप **पढ़ाई के अलावा दूसरे काम** कर रहे हों। संभव है कि आप अपना बहुमूल्य समय बरबाद कर रहे हों। लेकिन जब आप स्वयं पर नजर रख रहे होते हैं, तो आपके पास आपकी **अधिकतर समस्याओं का समाधान मौजूद होता है।**

समस्या असल में तब खड़ी होती है जब हमें **यह नहीं पता होता कि हमें अपने समय का विभाजन किस तरह करना है।** मान लेते हैं कि आपने अपने दिन की योजना शाम को 4 बजे तक के लिए बनाई है और उसके बाद आप किसी समय-सारणी का अनुसरण नहीं करते। ऐसे में यही वह समय है जहाँ से समस्या शुरू होगी। चूँकि उस समय के लिए आपने कुछ निर्धारित नहीं किया है अत: आप में से बहुत से अभ्यर्थी उस समय को कुछ नहीं करके बरबाद कर देंगे, क्योंकि उन्हें नहीं पता कि उस **समय का उपयोग कैसे करना है।** इसलिए, सबसे बेहतर तरीका यह है कि आप **पूरे 24 घंटों को** अपनी समय-सारणी में शामिल करें।

समय-सारणी दैनिक, साप्ताहिक और मासिक हो सकती है, जिसमें आप अपने लक्ष्य को छोटे-छोटे लक्ष्यों में बाँट सकते हैं। अपनी समय-सारणी में बदलाव करने के प्रति हमेशा लचीले बने रहें, विशेष तौर से शुरुआती दिनों में, क्योंकि उन दिनों में आप अपनी **तैयारी के तरीकों में बदलाव भी अपना बेहतर प्रदर्शन पाने के लिए** कर रहे होते हैं।

अगर मैं **यू.पी.एस.सी. की परीक्षा की तैयारी करनेवाले अभ्यर्थी के एक साधारण दिन की** समय-सारणी तैयार करूँ तो उसमें निम्न टाइम स्लॉट को शामिल करूँगा-

- समसामयिकी
- वैकल्पिक विषय
- सामान्य अध्ययन के विषय-एक या दो
- उत्तर-लेखन (शुरुआती समय में नहीं, बाद में)
- शाम के समय ब्रेक लेना-एक घंटा

यह केवल **सांकेतिक** है। चूँकि **आप अपने आपको बेहतर जानते हैं,** अत: आप ही अपने लिए सबसे बेहतर समय-सारणी तैयार कर सकते हैं।

तैयारी के लिए एक दिन में कितने घंटे पढ़ना पर्याप्त है?

हर वर्ष यू.पी.एस.सी. की परीक्षा का परिणाम आने के बाद **टॉप करनेवालों की कहानियाँ** सुनने को मिलती हैं। कोई कहता है- **"मैं एक दिन में बारह घंटे पढ़ता/पढ़ती थी"** या **"मैं एक दिन में केवल पाँच घंटे पढ़ता/पढ़ती थी।"** 12 घंटे पढ़ने वाली कहानी आपको **डरा देगी** और पाँच घंटे वाली स्वाभाविक है कि **आपका ध्यान आकर्षित करेगी।** हालाँकि **दोनों ही आपको प्रेरित करेंगी।**

सबसे पहले, आपको **यह समझना होगा** कि हो सकता है कि जब उन्होंने तैयरी की हो, उनके **समय विभाजन में अंतर** हो। हो सकता है कि उनमें से एक ने **तैयारी** कॉलेज की पढ़ाई के दौरान आरंभ कर दी हो और दूसरे ने **कॉलेज समाप्त होने या जॉब के बाद** शुरू की हो।

इस तरह **टाइम-फ्रेम में अंतर के कारण** हर एक के लिए **पढ़ने में लगनेवाले घंटों की संख्या में बदलाव** आता है। एक व्यक्ति जो **कॉलेज के समय से तैयारी** कर रहा है, उसे **पढ़ने के लिए कम घंटों की आवश्यकता** होगी क्योंकि उसने अधिकतर विषयों की तैयारी पहले से ही कर ली होगी।

दूसरा, उसकी **याद करने की शैली में अंतर** हो सकता है। उदाहरण के लिए, किसी के लिए एक या दो बार किसी जानकारी को पढ़ लेने के बाद ही याद रखना संभव हो जाता है, लेकिन वहीं दूसरी तरफ कोई ऐसा भी होता है जिसे याद करने के लिए कई बार रिवीजन करना पड़ता है। स्वाभाविक है कि **ऐसे व्यक्ति को अधिक समय चाहिए,** जिससे कि वह **अच्छी तरह से रिवीजन कर सके** और इस तरह उसके पढ़ाई के घंटे भी दूसरों की तुलना में अधिक हो जाएँगे।

इसलिए, आप यू.पी.एस.सी. या अन्य किसी भी दूसरी परीक्षा में टॉप करनेवाले **दो अभ्यर्थियों की तुलना उनके पढ़ने के घंटों के आधार पर नहीं कर सकते।** चूँकि **सभी के अनुभव, सीखने और याद करने की शैली अलग-अलग** होती है। अत: आपको यह सुनिश्चित करना होगा कि आप **प्रतिदिन अपने प्रदर्शन में सुधार करें,** ताकि निश्चित समय में अपने अपेक्षित प्रदर्शन पर पहुँच पाएँ।

★★★

'मन के हारे हार है मन के जीते जीत'
अतः परिस्थितियाँ कितनी भी कठिन हों, कभी निराश न हों।

अध्याय

30

अभिप्रेरणा

अधिकतर अभ्यर्थियों का एक ही प्रश्न होता है कि **लंबे समय तक स्वयं को पढ़ाई के प्रति प्रेरित कैसे रखें,** जिससे कि परीक्षा की तैयारी अच्छी तरह से कर पाएँ। इस स्थिति में आपको **अपने आप से कुछ प्रश्न करने होंगे,** जैसे-

- मैं अपने आपको लंबे समय तक पढ़ाई के लिए प्रेरित नहीं रख पाता/पाती।
- मेरा **ध्यान भटकने लगता है** और मैं पढ़ने के दौरान **निरंतरता बनाए रखने में सफल नहीं** हो पाता/पाती।
- कैसे अपने आपको **हमेशा अपने लक्ष्य के प्रति प्रेरित** रखूँ?
- मैं एक सप्ताह तक पढ़ाई कर लेता/लेती हूँ लेकिन फिर मेरा **आत्म-विश्वास डगमगाने लगता है।**

सबसे पहले आपको यह समझना होगा कि जब आपने यह तय किया था कि आप इस परीक्षा की तैयारी करेंगे तब **क्या आपको यह मालूम नहीं था** कि यह परीक्षा क्या है या आप किस चीज की तैयारी करने जा रहे हैं। जब आपने यह निर्णय लिया, आप आने वाली परिस्थितियों के बारे में अच्छी तरह से जानते थे, **तो फिर अब परेशान होने का क्या कारण है?**

मूलतः अब **आपको अपने 'क्यों' का उत्तर मिल जाना चाहिए।** सबसे पहले आपको यह पता होना चाहिए कि आप इस परीक्षा को क्यों देना चाहते हैं? अगर इस सवाल

का जवाब आपको मिल गया तो फिर कोई समस्या नहीं होगी। यह 'क्यों' ही आपको आगे लेकर जाएगा और यह सुनिश्चित करेगा कि आप सही ट्रैक पर आगे बढ़ें।

जब 'क्यों' स्पष्ट हो जाएगा तो 'कैसे' की राह स्वतः आसान हो जाएगी।

लक्ष्य के प्रति प्रेरित रखने में महत्त्वपूर्ण भूमिका निभाने वाले कारक

- **प्रेरणा का स्त्रोत :** सबसे पहले आपको **अपने प्रेरणा स्त्रोत** को तलाशना होगा। आपको पता होना चाहिए कि आप यह क्यों करना चाहते हैं— **अपने आपको व अपने माता-पिता को साबित करने के लिए या उन अवसरों के लिए जो इन सेवा क्षेत्र में काम करके प्राप्त होते हैं,** आदि। जैसे मैं यह परीक्षा अपनी माँ के लिए पास करना चाहता था और पूरी तैयारी के दौरान वे मेरी प्रेरणा-स्त्रोत बनी रहीं। जब कभी मैं हतोत्साहित होता तो उनसे बात करता या अपनी आँखें बंद करके महसूस करता जैसे वो मेरे सामने हैं और यह सोचते ही मेरी सोच स्वत: ही सकारात्मक हो जाती थी। यही **मेरा प्रेरणा-स्त्रोत** था। इसी तरह आपको भी अपने प्रेरणा-स्त्रोत की तलाश करनी है और यह सुनिश्चित करना है कि वह **आपके लिए सबसे महत्त्वपूर्ण और अमूल्य है।**
- **लागत-आगत :** यहाँ पर 'लागत' का अर्थ आपकी **तैयारी** है और 'आगत' परीक्षा-**परिणाम** है। कई बार ऐसा होता है कि अभ्यर्थी परिणाम पर तो ध्यान केंद्रित करना शुरू कर देते हैं लेकिन यह भूल जाते हैं कि आपका प्रमुख कार्य **'लागत' यानी पढ़ाई पर ध्यान केंद्रित करना** है। जबकि एक स्मार्ट अभ्यर्थी सिर्फ और सिर्फ 'लागत' यानी पढ़ाई पर ध्यान केंद्रित करता है जोकि उसके नियंत्रण में है और **'आगत'** यानी **परिणाम जोकि उसके नियंत्रण में नहीं होता,** को **पूरी तरह से भूल जाता है।** यह कारक आपके पढ़ाई के प्रति फोकस रहने में काफी मदद करेगा।
- **अपनी दिनचर्या पर ध्यान केंद्रित करें :** आपको सारा ध्यान सिर्फ अपनी दिनचर्या का पूरे अनुशासन के साथ अनुसरण करने पर लगाना चाहिए और उन चीजों की ओर अपना **ध्यान भटकने नहीं देना चाहिए,** जो आपको कर्तव्य-पथ से विमुख करती हैं।
- **भँवर में फँसना :** कई बार आपके कुछ दिन किसी कारणवश बरबाद हो जाते हैं और आप उस समय के बरबाद होने की **दुविधा में फँसकर अपना और समय बरबाद कर देते हैं।** ऐसे में आपको 'बीत गई सो बात गई' का अनुसरण करते हुए पुन: अपने लक्ष्य की ओर तेजी से बढ़ना चाहिए। चूँकि आप अपने **बीते कल को बदल नहीं सकते लेकिन भविष्य का नियंत्रण आपके हाथ में** होता है। इसलिए जो कुछ आपके हाथ में है, उस पर ध्यान केंद्रित करना चाहिए और जो कुछ भूतकाल में हो चुका उसे भूल जाना चाहिए, क्योंकि आप चाहकर भी उसे बदल नहीं सकते।
- **ध्यान भटकाने वाली बातें/चीजें :** आपको **हतोत्साहित करनेवाला** जो वास्तविक स्त्रोत होता है, वह ध्यान भटकाने वाली बातें/चीजें होती हैं, **जो आपको नियंत्रित कर रही होती हैं** और आप उनके फेर में पड़कर उस तरह से अपनी तैयारी को आगे नहीं बढ़ा पाते जैसे कि उसे बढ़ाना चाहते हैं। अगर आप अपनी तैयारी के शुरुआती

दौर में ही इन बाजों/चीतों से दूर रहना सीख लेंगे तो अपने लक्ष्य के प्रति और अधिक केंद्रित होकर चमत्कार कर सकते हैं, अन्यथा यह **ध्यान भटकाने वाली बातें/चीजें न केवल आपकी तैयारी को बरबाद करेंगी, अपितु आपके जीवन के कुछ अमूल्य वर्ष/वर्षों को भी नष्ट कर देंगी।**

- **सही आदतें :** जब आप तैयारी आरंभ करते हैं तो अपने आपको **उन सही आदतों के लिए तैयार करना** चाहिए, जिनकी परीक्षा में सफल होने के लिए आवश्यकता है। आप उन आदतों के साथ आगे नहीं बढ़ सकते जो तैयारी से पहले आपके व्यक्तित्व का हिस्सा थीं और आप यह अपेक्षा भी नहीं कर सकते कि उन पुरानी आदतों के साथ आप अपनी तैयारी को सुचारू रूप से जारी रख सकते हैं। अत: परीक्षा की माँग के अनुसार आदतों में बदलाव करना आपके लिए आवश्यक शर्त है। **यह बदलाव ही तय करेगा** कि आप कितनी जल्दी व तेजी से परीक्षा में सफलता प्राप्त करेंगे।
- **सकारात्मक दृष्टिकोण :** जितना संभव हो यह कोशिश करनी चाहिए कि आप अपने आपको **नकारात्मकता से दूर** रखें। यह सत्य है कि ऐसा आप एक दिन में नहीं कर सकते लेकिन इस दिशा में क्रमबद्ध तरीके से आगे बढ़ते हुए आप ऐसा अवश्य कर सकते हैं। ऐसा इसलिए क्योंकि इस परीक्षा में **सफल होनेवालों का अनुपात** बहुत कम होता है। संभवत: बहुत सारे लोग जो आई.ए.एस. बनना चाहते थे, लेकिन अपने लक्ष्य को प्राप्त करने में सफल नहीं हो पाए, उनके विचार व्यक्तिगत तौर पर अथवा सोशल मीडिया के माध्यम से **आपको हतोत्साहित करें।** ऐसे में आपको पहले से इसके प्रति सचेत रहना है और **अपना दृष्टिकोण सकारात्मक बनाए रखना है** कि अगर दूसरे लोग कठिन परिश्रम से इसमें सफलता प्राप्त कर सकते हैं तो आप भी प्राप्त कर सकते हैं।
- **नवीन ऊर्जा के संचार के लिए समय-समय पर स्वयं को प्रेरित करते रहें :** मेरे पास **प्रेरित करनेवाले गानों की एक सूची** थी और इसी तरह के कुछ यूट्यूब वीडियो भी थे, जिन्हें मैं उस समय सुनता और देखता था जब मैं हतोत्साहित हो जाता था। आप भी ऐसा कर सकते हैं। इसके अतिरिक्त नियमित तौर पर अपने परिवार और दोस्तों से बातें करते रहें **ताकि आपके अंदर नई ऊर्जा का संचार हो** जिसकी उस क्षण बहुत आवश्यकता होती है।
- **स्वयं पर विश्वास : जब सारा संसार आप पर संदेह कर रहा हो, उस समय आपका आत्म-विश्वास ही होता है जो आपको आगे ले जाता है।** अत: आत्म-विश्वासी बने रहें और अपने उन प्रयासों पर विश्वास रखें जो आप लक्ष्य प्राप्ति के लिए कर रहे हैं।

यदि आप कठिन परिश्रम करेंगे और अपनी प्रेरणा के स्तर को ऊँचा रखेंगे तो **वह दिन दूर नहीं** जब **आप स्वयं प्रेरणा तलाश करनेवालों में से निकलकर बहुत से लोगों के लिए प्रेरणा स्त्रोत बनने के क्रम में शामिल** हो जाएँगे।

★★★

मजबूत इरादों वाले लोग कभी हार नहीं मानते,
जरूरत होती है तो बस कुछ देर ठहरकर अपनी कमजोरियों/
गलतियों पर नजर डालकर फिर से एक नई उड़ान भरने और
मजबूती से वापस लौटने की।

अध्याय

31

तनाव-प्रबंधन

हमारे देश में यू.पी.एस.सी. की परीक्षा को **सबसे कठिन परीक्षाओं में से एक** माना जाता है और इसमें सफल होना सबके वश की बात नहीं होती। तैयारी की शुरुआत से ही **दबाव बनना शुरू** हो जाता है। बहुत से अभ्यर्थी एक नई जीवन-शैली, जो उनकी तैयारी के अनुकूल हो, की शुरुआत करने के लिए दिल्ली के **करोल बाग या मुखर्जी नगर** जैसे क्षेत्रों (जिन्हें इन परीक्षाओं की तैयारी करनेवालों का गढ़ माना जाता है) में जाकर बस जाते हैं। जबकि कुछ अपने घर पर रहकर ही इस परीक्षा की तैयारी करते हैं, हालाँकि दबाव सभी झेलते हैं।

अचानक जीवन में **बहुत से बदलाव** (जैसे-अनुशासन, निश्चित निर्धारित दिनचर्या, अपने आस-पास और घर के लोगों से अलग होना या खुद को अलग कर लेना आदि) आ जाते हैं। **नई आदतों** को डालने के साथ ही प्रतिदिन की दिनचर्या पूरी तरह से बदलकर जीवन में एक तरह का भूचाल ला देती है। इन बदलावों के साथ-साथ इस परीक्षा के साथ जो **अनिश्चितता** जुड़ी होती है, वह भी आपको **डराती** है। कुल मिलाकर, यह सब आप पर जो दबाव होता है, उसके स्तर को और अधिक बढ़ा देते हैं और आप **तनावग्रस्त** रहने लगते हैं।

अगर प्रत्येक परिस्थिति में आपको अपने परिवार, दोस्तों और रिश्तेदारों का साथ मिल रहा है, तब तो बहुत अच्छा है लेकिन **स्थिति तब खराब हो जाती है जब परिवार के सदस्यों, मित्रों और रिश्तेदारों की आँखें** हर समय आप पर टिकी रहती हैं और वे प्रति क्षण **आपकी क्षमता पर सवाल खड़े कर रहे होते हैं** या परीक्षा के परिणाम के बारे में

ही पूछते रहते हैं। अपनों का थोड़ी-बहुत चिंता करना तो जायज है, लेकिन उनमें से कुछ ऐसे होते हैं जो आवश्यकता से **अधिक चिंता दिखाकर** आपको परेशान कर देते हैं।

लेकिन एक अभ्यर्थी के तौर पर आपके पास अपनी **परेशानियों को किसी के साथ साझा करने का विकल्प नहीं** होता, **आपको सब कुछ अपने मन में ही रखना होता** है, जो आगे चलकर आपके **तनाव का कारण** बनता है। इसका परिणाम यह निकलता है कि आपके **प्रदर्शन में गिरावट** आने लगती है और आप जो परिणाम प्राप्त करना चाहते हैं, उससे दूर होते जाते हैं।

उपर्युक्त कहानी लगभग हर उस अभ्यर्थी की है, जो यू.पी.एस.सी. की परीक्षा की तैयारी कर रहा है।

आइए देखते हैं कि जब हम तनावग्रस्त हों तो हमें क्या करना चाहिए—

- **जो चीज हमें तनाव दे रही है, उसे पहचानें :** आपको तनाव देनेवाली चीज/व्यक्ति कुछ भी हो सकता है। वह सोशल मीडिया या कोई दोस्त या सगा-संबंधी हो सकता है। इस संबंध में सबसे महत्त्वपूर्ण है, जिस क्षण हमें यह पता चले कि हमें तनाव हो रहा है, **उसी क्षण तनाव देनेवाली चीज/व्यक्ति की पहचान** करना।
- **उससे दूरी बनाएँ :** आपको **तनाव देनेवाली प्रत्येक चीज/व्यक्ति से दूरी** बना लें। अगर वह सोशल मीडिया है तो आपको सचेत हो जाना चाहिए कि आपको उसका प्रयोग कैसे करना है या फिर उसका **पूर्णतः त्याग** कर देना चाहिए। अगर किसी व्यक्ति के कारण आपको तनाव हो रहा है तो आप धीरे-धीरे उससे दूरी बना सकते हैं। अगर आप ऐसा नहीं कर सकते हैं तो उससे बातचीत को **सीमित** कर लें और परीक्षा से संबंधित किसी विषय पर बात न करें। अगर वे ऐसा करते हैं तो उनको ऐसा करने से मना करें। मेरे एक दोस्त ने हम सब से दो साल तक दूरी बनाए रखी, क्योंकि उसको ऐसा लगता था कि वह दोस्तों के साथ बहुत ज्यादा समय व्यतीत करता है और परीक्षा की तैयारी करने के लिए **सारे दोस्तों से पूरी तरह से संपर्क समाप्त कर देना ही** उसके लिए श्रेष्ठ है। उसने ऐसा ही किया और अंततः अपनी मनचाही सफलता प्राप्त कर ली।
- **नियंत्रण :** अपने **आस-पास के वातावरण पर** नियंत्रण रखें। यह वह समय है जब आपको **सकारात्मक सोच वाले लोगों को** अपने आस-पास रखना है जो आपको प्रोत्साहित करें। इसलिए अपने वातावरण को बहुत सोच-समझकर अपने लिए तैयार करें।
- **'न' कहना सीखें :** बहुत बार ऐसा होता है कि आप सामने वाले को **न नहीं कह पाते** और अंततः **उनकी आवश्यकता के अनुसार अपनी समय-सारणी को संशोधित** करने लगते हैं। इसलिए जितनी जल्दी आप इस 'न' कहने की कला को सीख लेंगे, उतना ही आपके लिए बेहतर होगा। एक अच्छा अभ्यर्थी वही होता है जो अपना बहुमूल्य **समय नष्ट होने का अहसास** होने पर तत्क्षण सामने वाले को **मना करने की कला** सीख लेता है। बेहतर होगा कि आप इस कला को शुरुआती दौर में ही सीख लें, अन्यथा **आगे चलकर यह स्थिति आपके लिए तनाव का कारण** बन जाएगी।
- **नए दोस्त बनाना :** बहुत से अभ्यर्थी जब तैयारी कर रहे होते हैं, तो नए दोस्त बनाते हैं। नए दोस्त बनाना अच्छी बात है, लेकिन यू.पी.एस.सी. में जो दोस्त आप बनाएँ, वे **केवल पढ़ाई के लिए ही** होने चाहिए। अगर आप मस्ती व पार्टी करने के लिए दोस्त बनाते हैं तो ऐसा करके केवल अपना समय बरबाद कर रहे हैं।

- **भावनाओं को साझा करना :** जब आप हतोत्साहित या उदास होते हैं तो अपनी उन तकलीफ देनेवाली **भावनाओं को साझा करने के लिए आपके पास कई विकल्प** होते हैं, जैसे माता-पिता, भाई-बहन या कोई बहुत करीबी। लेकिन मेरी सलाह मानें तो अपने आप से बातें करना ऐसी स्थिति में सबसे बेहतर विकल्प होता है। जो कुछ हमारे भीतर चल रहा होता है, उसे अपने आप से कहना या अभिव्यक्त करना सबसे बेहतर विकल्प है। दूसरा बेहतर विकल्प **नियमित तौर पर डायरी लिखना** है। आप जो कुछ भी महसूस कर रहे हों, वह सबकुछ डायरी में लिख दें। **आपके दोस्त** भी अच्छा स्रोत बन सकते हैं। मेरे कुछ ऐसे दोस्त हैं, जिनसे मैं उस समय बात करना पसंद करता था जब भी मैं हतोत्साहित होता था। **अपनी भावनाओं को साझा करना** हमेशा बेहतर विकल्प होता है, बजाय उसे अपने भीतर दबाकर रखने के।
- **दृष्टिकोण में दूरदर्शिता लाना :** जब भी मैं किसी IAS अफसर के बारे में सोशल मीडिया और वेबसाइट्स पर पढ़ता था, तो हमेशा मेरे दिमाग में यह बात रहती थी कि हम जिस नौकरी को पाने के लिए तैयारी कर रहे हैं, **उसमें चुनौतीपूर्ण स्थितियों का सामना करने के लिए हमेशा तैयार रहना होगा।** इसलिए अपने आपको परीक्षा की तैयारी के दौरान ही इस तरह **(जैसेकि कोविड की महामारी के दौरान)** की स्थिति से निपटने के लिए तैयार करें, जब आपको बहुत से लोगों की जान बचाने की जिम्मेदारी सँभालनी होगी। मैं सोचता था कि **अगर मैं अभी अपनी जिम्मेदारियों को सही ढंग से नहीं निभा पा रहा हूँ** तो कल जब मेरा चयन एक अधिकारी के तौर पर होगा, तब मैं अपने दायित्वों का निर्वहन कैसे करूँगा ? यह सोच मेरे भीतर यह सुनिश्चित करने में मदद करती थी कि मैं अभी जिन परिस्थितियों का सामना कर रहा हूँ, वह **आने वाले समय की परिस्थितियों के आगे कुछ भी नहीं हैं।** अपनी इस सोच का लाभ मुझे यह होता था मैं अपनी तैयारी में पहले से भी अधिक जोश व उत्साह के साथ जुट जाता था।
- **आप अकेले नहीं हो :** जितने भी अभ्यर्थी इस परीक्षा के लिए बैठते हैं, **लगभग सभी की स्थिति एक जैसी** ही होती है। **अंतर बस समय का** होता है, किसी को पहले तो किसी को बाद में इस तरह की भावनाओं का सामना करना पड़ता है आप सभी अपनी तैयारी के दौरान **घबराहट, उदासी, हतोत्साहन और तनाव जैसी भावनाओं का** शिकार अलग-अलग समय पर होते हैं। इसलिए, सिर्फ यह याद रखें कि आप सबसे अलग नहीं हैं। सभी अभ्यर्थी परीक्षा पास करने से पहले और बाद में इस तरह की स्थितियों का **सामना** करते हैं। इन सब का सामना करते हुए अगर वे **सफल** हो सकते हैं तो हम क्यों नहीं हो सकते ?

यू.पी.एस.सी. की परीक्षा की तैयारी करते समय मैंने **सबसे बड़ा सबक** सीखा कि कैसे **नकारात्मक चीजों से कम-से-कम प्रभावित होकर, उनका सामना करने व उनसे निपटने की क्षमता को अपने अंदर विकसित किया जाए।** एक अच्छे अभ्यर्थी की तरह आपका लक्ष्य बस परीक्षा पर ध्यान केंद्रित करना होना चाहिए और जैसाकि मैंने पहले कहा **जो कुछ भी या जो कोई भी आपके और परीक्षा के बीच में आता है, उसे अपने आप से पूरी तरह अलग कर दें।**

★★★

कभी-कभी संदेह की अवस्था में किया गया काम भी सार्थक सिद्ध होता है; क्योंकि समय स्वतः सारे संदेह मिटा देता है, अतः स्वयं पर भरोसा रखें।

अध्याय

32

परीक्षा के दिन की तैयारी

आपकी पूरे साल की तैयारी पर निर्भर करता है कि आप उस खास दिन यानी **प्रारंभिक परीक्षा का एक दिन और मुख्य परीक्षा के पाँच दिन** कैसा प्रदर्शन करते हैं। अभ्यर्थियों के लिए **ये दिन उनका भविष्य बना या बिगाड़ सकते** हैं।

बहुत से अभ्यर्थी परीक्षा के दौरान **जरूरत से ज्यादा घबरा जाते हैं या भयभीत हो जाते हैं,** जिससे उनकी वर्ष भर की मेहनत बरबाद हो जाती है। उनकी घबराहट उस हद तक चली जाती है कि **अच्छी तैयारी करने के बावजूद वे प्रश्न-पत्र हल नहीं कर पाते,** जिसे वे परीक्षा से पहले सामान्य स्थिति में हल करने में सक्षम थे। इसे ही परीक्षा का दबाव कहते हैं।

प्रारंभिक व मुख्य परीक्षा के दिनों में हमें निम्न बातों को ध्यान में रखना चाहिए-

- **लागत-आगत :** आगत अर्थात् **परिणाम** पर ध्यान केंद्रित न करें। आपका सारा ध्यान **लागत** यानी आप परीक्षा में कितना अच्छा प्रदर्शन कर सकते हैं, पर केंद्रित होना चाहिए। आपको बस इस पर ही अडिग रहना है।
- **परीक्षा को आवश्यकता से अधिक महत्त्व देना :** कई बार अभ्यर्थी इन परीक्षाओं को अपने **जीवन में बहुत बड़ा बदलाव लाने वाला साधन** मान लेते हैं। उनका ऐसा मानना सही भी है, लेकिन **यह इस हद तक नहीं होना चाहिए** कि इससे आप **तनाव** में आ जाएँ और आपके लिए उस **तनाव और घबराहट** को सँभालना

मुश्किल हो जाए। स्कूल-कॉलेज की परीक्षा के दौरान आप इस तरह के तनाव का अनुभव कभी नहीं करते थे, जैसाकि इस परीक्षा के दौरान करते हैं। जबकि आपको सोचना चाहिए कि **आप बस एक परीक्षा देने जा रहे** हैं, जैसेकि आप स्कूल और कॉलेज के दौरान देते थे।

- **बाहरी नकारात्मकता से निपटना :** यू.पी.एस.सी. की परीक्षा की तैयारी के दौरान आमतौर पर आपको **नकारात्मकता से बचना** चाहिए, लेकिन परीक्षा से पहले तो यह उससे भी ज्यादा जरूरी है। अत: जितना संभव हो सके **परीक्षा से पहले हर प्रकार की नकारात्मकता से दूर** रहें। हर व्यक्ति के लिए नकारात्मकता के स्रोत अलग-अलग हो सकते हैं।
- **प्रेरणा :** आपको अपनी तैयारी इस तरह से करनी चाहिए कि आप सदैव प्रेरित रहें और **प्रेरणा का यह स्तर परीक्षा के दिनों में ऊँचा बना रहे।** इस तरह **आपको आगे बढ़ते रहने** में मदद मिलेगी और आप **अपना सबसे बेहतर प्रदर्शन** करेंगे।
- **विश्वास :** अगर आपने अच्छी तरह से पढ़ाई की है और जी-जान से प्रयास किया है तो **अपने आप पर** विश्वास रखिए। अपने आप पर भरोसा करके आप इस **विश्वास** को पक्का करते हैं कि **मेरे साथ बस अच्छा ही होगा।** नकारात्मक चीजों के बारे में परीक्षा समाप्त होने के बाद सोचें।
- **व्यावहारिक :** जिस समय आप परीक्षा हॉल में बैठकर प्रश्न-पत्र लिख रहे हों उस समय व्यावहारिक रहें। **अगर आप कुछ प्रश्नों को हल नहीं भी कर पा रहे हैं तो तुरंत ही दूसरे प्रश्न को हल करने की कोशिश करें। अपनी भावनाओं पर पूर्ण नियंत्रण** रखें, क्योंकि उनसे तो आप बाद में यानी परीक्षा समाप्त होने पर भी निपट सकते हैं।
- **योग :** परीक्षा से कम-से-कम एक माह पूर्व **प्रतिदिन 30 मिनट** के लिए योग का अभ्यास करें, जिससे कि आप **शांत और स्थिर** बने रहें। हो सकता है कि यह आपको अजीब लगे, लेकिन मेरा विश्वास करें जैसाकि हम सब जानते हैं जब हम तनाव में होते हैं तो योग **शांत और स्थिर रहने में** हमारी मदद करता है।
- **समय-प्रबंधन :** अगर आप सही तरीके से समय-प्रबंधन करेंगे तो आपकी घबराहट स्वत: कम हो जाएगी। **उदाहरण के लिए,** अगर आपने तय कर लिया है कि 10 अंक के प्रश्न को **7 मिनट** देने हैं और 15 अंक के प्रश्न को **11 मिनट** में लिखना है तो फिर आपकी पृष्ठभूमि तैयार है। अब, आपको बस यह सुनिश्चित करने की आवश्यकता है कि योजना के अनुसार आपकी **निरंतरता बनी रहे।** परीक्षा के दौरान यह आपके आत्म-विश्वास के स्तर को ऊँचा रखने में मदद करेगा।
- **आप अकेले नहीं हैं :** परीक्षा के दौरान मैं जब कभी भी घबराहट महसूस करता था तो हमेशा यह सोचता था कि मैंने तैयारी तो अच्छी तरह से की है; उसके बाद भी मैं

घबरा रहा हूँ तो इसका मतलब यह है कि परीक्षा को लेकर **हर किसी को घबराहट महसूस** होती होगी। ऐसा महसूस करनेवाला मैं अकेला नहीं हूँ और अगर वे कर सकते हैं तो मुझे भी इसे करके दिखाना है।

- **सकारात्मक सोच :** आप सभी जानते हैं कि इस परीक्षा में सफल होने की संभावना बहुत कम होती है, फिर भी आप इस परीक्षा की तैयारी कर रहे हैं और परीक्षा में बैठने भी जा रहे हैं यानी आप बहाव के विपरीत तैरना जानते हैं या आपको उसमें मजा आता है। इस तरह, **सभी विपरीत परिस्थितियों के बावजूद आपके जैसे ही कुछ अभ्यर्थी परीक्षा में सफलता का परचम लहराते हैं।** चूँकि आप भी उनमें से एक हैं इसलिए हमेशा अपने आपको भाग्यशाली मानें कि मुझे कम-से-कम इस परीक्षा को लिखने का मौका तो मिला। क्योंकि ऐसे भी बहुत से उम्मीदवार हैं जो परीक्षा में बैठना तो चाहते हैं, लेकिन **परिस्थितियाँ उन्हें ऐसा करने की अनुमति नहीं देतीं।** 'अगर मैं पूरी ईमानदारी से अपनी तैयारी करूँगा तो मुझे अच्छे परिणाम अवश्य मिलेंगे', यह **सकारात्मक दृष्टिकोण** यह सुनिश्चित करता है कि परीक्षा को लेकर आपकी घबराहट कभी आप पर हावी नहीं होगी।
- **अपना सबसे बेहतर बाहर आने दें :** आपका सबसे बड़ा लक्ष्य परीक्षा में **अपना सबसे बेहतर प्रदर्शन** करना है। अगर आप दूसरी चीजों जैसे घबराहट, परेशानी, आदि पर अपना ध्यान केंद्रित करेंगे तो परीक्षा में अपनी क्षमता के अनुसार प्रदर्शन कभी नहीं कर पाएँगे। आपको अपने **सबसे बेहतर प्रदर्शन के लिए अपने आपको प्रोत्साहित करना है, न कि सबसे खराब प्रदर्शन के लिए कहते हैं न कि जब हालात मुश्किल हों तो हमें और भी मजबूत बन जाना चाहिए।**

★★★

हर मजबूत इनसान के पीछे एक कहानी होती है,
जिसमें उसके पास कोई अन्य विकल्प नहीं होता।

अध्याय

33

विषय संबंधित पत्रिकाएँ ('योजना' व 'कुरुक्षेत्र' आदि)

'योजना' व 'कुरुक्षेत्र' वे मासिक पत्रिकाएँ हैं, जिनका प्रकाशन भारत सरकार द्वार किया जाता है। **तैयारी के शुरुआती दौर में मैं आपको यह सलाह नहीं दूँगा** कि आप इन पत्रिकाओं को पढ़ें, लेकिन जब आप तैयारी पर अपनी पकड़ बना लें तब आप समय की उपलब्धता के अनुसार इन पत्रिकाओं को अवश्य पढ़ें।

पहले प्रयास में इन पत्रिकाओं को पढ़ना कठिन होता है, लेकिन आगे के प्रयासों में आप इनको समय दे सकते हैं। साथ ही, **अगर आप कॉलेज की पढ़ाई के दौरान** अपनी तैयारी शुरू करते हैं तब भी आप पर समय का दबाव नहीं होता और आप अपने हिसाब से इनको पढ़ सकते हैं।

ऐसी बहुत सी **वेबसाइट्स** भी हैं, जो इन पत्रिकाओं में जो कुछ छपता है, उसका **सार प्रस्तुत करती** हैं, आप उस सार को पढ़ सकते हैं और अपने नोट्स में सम्मिलित कर सकते हैं।

चूँकि इनका प्रकाशन भारत सरकार द्वारा किया जाता है। अत: इन पत्रिकाओं की **विषय-वस्तु गुणवत्तापूर्ण और प्रामाणिक** होती है।

जब कभी आप अतिरिक्त पाठ्य-सामग्री को पढ़ रहे हों तो आपको कुछ महत्त्वपूर्ण कारकों को ध्यान में रखना चाहिए—

- **जोखिम से लाभ सिद्धांत :** आप **जो समय किसी शीर्षक** को दे रहे हैं और उसमें से जितनी संख्या में प्रश्न परीक्षा में आने की संभावना है, उसका प्रतिशत क्या है। आपको **इस सिद्धांत का आकलन दूसरी पाठ्य-सामग्री की तुलना में** करना चाहिए और फिर यह निर्णय लेना चाहिए कि आपको उस सामग्री को पढ़ना है अथवा नहीं।
- **समय की उपलब्धता :** इस तरह की पत्रिकाएँ आपकी तैयारी के स्तर को बढ़ाती हैं। इसलिए, यह केवल **समय तय करेगा** कि आपको इन्हें पढ़ना और **अपने नोट्स में शामिल करना चाहिए अथवा नहीं।**

पत्रिकाओं की उपयोगिता

'योजना' व 'कुरुक्षेत्र' जैसी पत्रिकाओं को आप समय की उपलब्धता के अनुसार पढ़ सकते हैं। इन पत्रिकाओं में **विषय के अनुसार लेख** शामिल होते हैं, साथ ही इनके **विषय-वस्तु आधारित संस्करण** भी प्रकाशित होते हैं। उदाहरण के लिए, कई बार इनका एक पूरा संस्करण कृषि, स्वास्थ्य या शिक्षा आदि के विषय पर आधारित होता है। इनका उपयोग कर आप अलग-अलग विषयों पर संक्षिप्त नोट्स बना सकते हैं और उनका उपयोग मुख्य परीक्षा के उत्तर या निबंध में कर सकते हैं।

यह पत्रिकाएँ आपकी तैयारी की **गुणवत्ता को बढ़ाने में बहुत अधिक सहायता कर सकती हैं,** अर्थात् आप ने इनसे जो नोट्स तैयार किए हैं, वे आपके लिए बहुत महत्त्वपूर्ण सिद्ध हो सकते हैं।

★★★

अध्याय

34

रुचि समाप्त होने पर क्या करें

यू.पी.एस.सी. की परीक्षा की तैयारी में मन न रमने पर क्या करें?

मेरा यू.पी.एस.सी. की परीक्षा की तैयारी से मन **उचट** गया है, क्या मुझे परीक्षा की तैयारी छोड़ देनी चाहिए? जब आप यू.पी.एस.सी. की परीक्षा की तैयारी करते हैं तो **इस तरह की भावनाओं का मन में आना आम है।**

जब कभी आप ऐसी परिस्थिति का सामना करें, तो हमेशा उस समय के बारे में फिर से सोचें **जब आप ने इस परीक्षा की तैयारी करने का निर्णय लिया था।** मुझे अपना उत्तर मिल जाता था और फिर यह मेरी मदद अपने लक्ष्य अर्थात् परीक्षा में सफल होने पर ध्यान केंद्रित करने में करता था।

कई बार आप **कठिन परिश्रम से बचने के रास्ते तलाशने लगते हैं।** तैयारी से भागने के रास्तों में से एक यह भी है। जब आप लंबे समय तक तैयारी के लिए एक कमरे में बैठे रहते हैं तो आपके मन में इस तरह के विचार आते हैं–

- **मैं यहाँ पर क्या कर रहा/रही हूँ?**
- **इससे परे भी जीवन में बहुत कुछ है।**
- **मैं यह करने के लिए नहीं बना/बनी हूँ।**
- **मैं यह और नहीं कर सकता/सकती।**

उपर्युक्त विचारों का मन में आना **स्वाभाविक** है। हमेशा याद रखें, **उस समय निर्णय न लें** जिस समय आपके मन में नकारात्मक विचार आ रहे हैं या आप पूरी तरह निराश हैं। **अपने आपको कुछ समय दें** और देखें कि किस तरह से आपका मन वापस अपने आप पढ़ाई की ओर आ जाता है।

इसलिए महत्त्वपूर्ण है कि जब आप इस परीक्षा की तैयारी कर रहे हों तो **समय-समय पर ब्रेक अवश्य लें या कुछ और रचनात्मक कार्य भी करते रहें।** क्योंकि हो सकता है कि इसमें सफल होने में आपको एक साल से अधिक का समय लग जाए।

शाम के समय एक घंटे का ब्रेक लेकर दोस्तों के साथ समय बिताना, कभी-कभी फिल्म देखना या जब भी आपको समय मिले अपने घर चले जाना (अगर आप घर से दूर रहते हैं तो) **अच्छे विकल्प** होते हैं और यह आपकी तैयारी पर काफी **सकारात्मक प्रभाव** डाल सकते हैं।

रुचि समाप्त होना कोई अनोखी बात नहीं है, लेकिन हमें **उसके पीछे का सुनिश्चित कारण** पता होना चाहिए और उसी के अनुसार हमारी सोच की प्रक्रिया को आगे बढ़ना चाहिए। अन्यथा, **अगर आप इस परीक्षा की तैयारी छोड़कर जीवन में कुछ और करने का प्रयास भी करेंगे तो भी पूरी संभावना है कि आपको इसी तरह की परिस्थिति का सामना दोबारा करना पड़ेगा।**

इसलिए, **जब आपको अपने 'क्यों' का उत्तर मिल जाए, तो फिर आपके लिए 'कैसे' आसान हो जाता है।** इसका अर्थ है जब आपको पता होता है कि आप इस परीक्षा की तैयारी क्यों कर रहे हैं, तो फिर 'आप इस तैयारी को कैसे करें।' यह आपके लिए आसान हो जाता है।

★★★

अध्याय

35

लिखावट

यू.पी.एस.सी. की परीक्षा में खराब लिखावट का क्या प्रभाव पड़ेगा ?

कल्पना करें आप मुख्य परीक्षा की उत्तर-पुस्तिकाएँ जाँच रहे हैं और आपके सामने एक ऐसी उत्तर-पुस्तिका आती है, जिसे पढ़ना आपको बहुत कठिन लग रहा है। चूँकि अभ्यर्थी की अस्पष्ट लिखावट के कारण आपके लिए **उत्तर में सही बिंदुओं का पता लगाना** बहुत मुश्किल हो रहा है, अतः इसका **आपके द्वारा दिए जानेवाले अंकों पर भी प्रभाव पड़ेगा।** हो सकता है कि कुछ समय के पश्चात् **परेशान होकर आप (परीक्षक)** अभ्यर्थी को कम अंक दे दें। (कुछ मामलों में ऐसा होता है।)

लेकिन लिखावट अच्छी न होना हमेशा ही हानिकारक साबित होगा, ऐसा नहीं है। आप **कुछ युक्तियों का प्रयोग कर** अपनी लिखावट को ऐसा बना सकते हैं कि किसी को भी उसे समझने में कोई परेशानी न हो। इस तरह परीक्षक को भी जो कुछ आपने लिखा है, उसे पढ़ने में मुश्किल नहीं होगी।

1. **शब्दों को दूर-दूर लिखें :** सीधे और समानांतर दोनों तरह से शब्दों व पंक्तियों के बीच में सही अंतर देते हुए लिखें। परीक्षा में उत्तर लिखने के लिए आपको पर्याप्त स्थान मिलता है और कई बार आप दिए गए संपूर्ण स्थान का इस्तेमाल नहीं कर पाते।

अत: मेरी सलाह है कि अपनी लिखावट को **स्पष्ट व सुपाठ्य बनाने के लिए एक पंक्ति में सीमित शब्द** ही लिखें और अगली पंक्ति शुरू करने से पहले पर्याप्त जगह छोड़ें।

2. **बड़े-बड़े अक्षर लिखें :** जो कुछ लिखें **बड़े अक्षरों में लिखें,** जिससे कि आप जो भी लिखें वह स्पष्ट हो। कई बार आप अक्षर इतने छोटे-छोटे लिखते हैं जिनको पढ़ना असंभव हो जाता है।

3. **रेखांकित करें :** जहाँ भी संभव हो, महत्त्वपूर्ण बातों को रेखांकित कर दें। एक प्रश्न का उत्तर लिखने के लिए आप जितना समय निर्धारित करते हैं, इसे भी **उसका हिस्सा** बनाएँ।

4. **कैपिटल लैटर्स का प्रयोग :** जब आप अंग्रेजी भाषा में उत्तर लिख रहे हों तो जहाँ भी आपके लिए संभव हो कैपिटल अक्षरों का प्रयोग करें। अपनी बात को शीर्षक के साथ लिखें।

5. **फ्लो-चार्ट और डायग्राम का उपयोग :** कुछ प्रश्नों के उत्तर में खाली जगह का उपयोग करने के लिए (जहाँ पर संभव हो) फ्लो-चार्ट और डायग्राम्स का उपयोग करें और यह कोशिश करें कि इनके उपयोग से आपका **उत्तर और भी आकर्षक** लगे।

बहुत से अभ्यर्थियों ने उपर्युक्त रणनीति को अपनाया है और उसका लाभ भी उठाया है। अगर आप अपनी उत्तर-पुस्तिका की **जाँच करनेवाले परीक्षक के काम को आसान बना देंगे** तो निश्चित तौर पर उसका लाभ आपको अंकों के रूप में प्राप्त होगा।

कई बार आपके **उत्तरों का आकलन संबंधित स्तरों पर** किया जाता है, न कि उस सटीक उत्तर पर जो आपने उत्तर-पुस्तिका में लिखा है। इस तरह की परिस्थिति में **उत्तर की अच्छी प्रस्तुति** आपके लिए **कारगर सिद्ध हो सकती है।**

★★★

अध्याय

36

परीक्षा संबंधी रहस्य

यू.पी.एस.सी. परीक्षा की तैयारी के कुछ रहस्य

यू.पी.एस.सी. की परीक्षा की तैयारी में तीन वर्ष और फिर परीक्षा देनेवाले अभ्यर्थियों का मार्गदर्शन करते हुए छह वर्ष बिताने के बाद, मेरे अनुभव से मैंने इस परीक्षा के बारे में कुछ रहस्यों का पता लगाया है। **इन रहस्यों को आपके साथ साझा करने का एकमात्र उद्देश्य आपको मनोवैज्ञानिक तौर पर प्रेरित करना और सकरात्मकता से भर देना है।**

1. **केवल स्मार्ट अभ्यार्थियों का ही चयन होता है :** यू.पी.एस.सी. की परीक्षा ऐसी परीक्षा है, जिसमें **कड़ी मेहनत प्रतिभा को मात दे देती है।** यानी यह बात कि केवल पढ़ने में बहुत तेज अभ्यर्थियों का ही चयन होता है, पूरी तरह से मिथक है। आपकी सफलता इस पर निर्भर करती है कि आप अपने जीवन में एक **लक्ष्य निर्धारित कर** उसके लिए **गंभीरता से काम करना कब शुरू करते हैं।** आपका पिछला रिकॉर्ड इस बात की गारंटी बिलकुल नहीं दे सकता कि आप इस परीक्षा में सफलता प्राप्त कर ही लेंगे। परीक्षा में सफलता सिर्फ आपकी कड़ी मेहनत और प्रतिकूल परिस्थितियों को पार कर दोगुनी ताकत के साथ वापसी करने से ही संभव होगी।

2. **गुणवत्ता का महत्त्व पहचानें :** आप सदैव परीक्षा में सभी प्रश्नों के उत्तम उत्तर लिखने पर अपना ध्यान केंद्रित करते हैं, लेकिन आपको **शायद ही यह अहसास** होता है कि जो समय आपको मिला है उसमें सारे प्रश्नों के **गुणवत्तापूर्ण उत्तर** लिख पाना लगभग असंभव है। साथ ही, यह भी असंभव है कि आपको सबकुछ और प्रत्येक प्रश्न का उत्तर ज्ञात हो। अगर प्रश्न में A बिंदु/परिस्थिति के बारे में पूछा गया है और सटीक उत्तर ज्ञात न होने की स्थिति में आप उसके आस-पास के बिंदुओं B, C या D के विषय में लिख देते हैं तो यह शायद उतना हानिकारक नहीं होगा जितना कि A बिंदु के बारे में पूछे जाने पर उसके बिलकुल विपरीत Z बिंदु के बारे में लिखना या उत्तर ही न देना होगा।

   जिन प्रश्नों का सटीक उत्तर आपको ज्ञात नहीं है, उनमें अपने **सहज ज्ञान का प्रयोग** करें तथा तथ्यात्मक जानकारी को शामिल न करें, ऐसा करके आप स्वयं को परेशानी में डाल सकते हैं। परीक्षक को यह संकेत बिलकुल न दें कि आपको सही उत्तर ज्ञात नहीं है, क्योंकि उत्तर-पुस्तिका पढ़ते समय उत्तर तक पहुँचने की कोशिश में परीक्षक आपको कम-से-कम **कुछ अंक** अवश्य देगा और जैसी कि कहावत है कि कुछ नहीं से कुछ मिल जाना बेहतर होता है।

3. **परीक्षक साधारण व्यक्ति :** जब आप उत्तर लिख रहे हों तो यह मानकर लिखें कि परीक्षक को उसके बारे में कुछ नहीं पता है। मान लें कि वह एक साधारण व्यक्ति है और आपको अपनी बात उसे साधारण शब्दों में समझानी है। यह धारणा **सरल शब्दों में उत्तर** लिखने में आपकी मदद करेगी जो समझने में आसान होंगे। यह मानकर मत लिखें कि परीक्षक को सब कुछ पता है, इसलिए शीर्षक से इतर इधर-उधर की बातें लिखने का कोई मतलब नहीं है। अगर आप परीक्षक के काम को आसान बना देंगे तो परीक्षक निश्चित तौर पर अंकों के रूप में आपको पुरस्कार देगा।

4. **प्रस्तुतीकरण :** आपके पास जानकारी होना एक बात है और उसे प्रदर्शित करना अलग बात। जब आप मुख्य परीक्षा में उत्तर लिखते हैं तो आपको **जाँचकर्ता को यह दिखाना होता है** कि आपको विषय-वस्तु की जानकारी है। अत: यह बात अच्छी तरह से समझ लें कि परीक्षा इस बारे में नहीं है कि आपने कितना पढ़ा है, यह इस बारे में है कि जो आपको मालूम है (उत्तर) उसे **आप कितनी अच्छी तरह से प्रस्तुत करते हैं।** मैंने बहुत से अभ्यर्थियों को देखा है, जो पढ़ाई को सीमित समय देते हैं लेकिन उत्तर लिखने के अभ्यास को पर्याप्त समय देते हैं और उन्हें अच्छी तरह से मालूम होता है कि अपने उत्तर को कैसे लिखना है। वे **परिचय, मुख्य भाग और निष्कर्ष** जैसे बिंदुओं यानी उत्तर की संपूर्ण सरंचना पर पूरा-पूरा ध्यान देते हैं। ऐसी स्थिति में, जब उनके पास किसी प्रश्न से संबंधित कम जानकारी होती है, फिर भी

उनका **उत्तर प्रस्तुति के कारण अच्छा बन जाता है, क्योंकि प्रस्तुतीकरण का भी उत्तर-लेखन में विशेष महत्त्व है।** लिखने का अभ्यास करना किसी विषय को बार-बार दोहराने से अधिक फलदायक साबित होता है। इसलिए, जितना संभव हो उत्तर लिखने के अभ्यास को समय दें।

5. **अनौपचारिक सरंचना :** कभी-कभी ऐसा होता है कि हमें सटीक बिंदु याद नहीं आ रहा होता और संपूर्ण जानकारी बस टुकड़ों में ही हमारे दिमाग में घूम रही होती है। ऐसी स्थिति में **अपनी बात छोटे-छोटे बिंदुओं में लिख लें और फिर बिखरे हुए उन बिंदुओं को जोड़कर अपने अर्थ को स्पष्ट कर दें।** प्रश्न को छोड़ने से बेहतर होता है कि आप उत्तर को इस तरह लिखने का विकल्प चुनें। इसका अभ्यास आप उत्तर लिखने के अभ्यास या टेस्ट सीरीज के दौरान कर सकते हैं।

6. **सहज ज्ञान :** कुछ प्रश्न ऐसे होते हैं जिनका **कोई सटीक उत्तर नहीं** होता। इसलिए उनका आकलन आपके सहज ज्ञान के आधार पर किया जाता है। इन प्रश्नों का उत्तर देते समय महत्त्व यह नहीं रखता कि आपने उत्तर सही लिखा है अथवा गलत, बल्कि आप **प्रश्न में माँगी गई जानकारी के कितना करीब** पहुँचे; साथ ही, आपका उत्तर दूसरों से कितना बेहतर है, महत्त्वपूर्ण होता है। हो सकता है कि आपको उसके लिए काफी अच्छे अंक प्राप्त हो जाएँ। यहाँ पर आपका **उत्तर लिखने का अभ्यास** बहुत लाभकारी सिद्ध होता है।

   मुझे अब भी याद है, टेस्ट सीरीज में मुझे उन प्रश्नों में अच्छे अंक मिलते थे जिनका **कोई सटीक उत्तर नहीं** होता था और हमें **उसी समय अपना उत्तर तैयार करना** होता था, जबकि जिनके उत्तर पूर्वानुमानित होते थे, उनमें मुझे केवल औसत अंक ही मिलते थे। ऐसा इसलिए होता था क्योंकि **पूर्वानुमानित प्रश्नों के उत्तर** अधिकतर अभ्यर्थी **एक जैसे ही** लिखते थे, जबकि परीक्षक मेरे उन प्रश्नों के उत्तर को पूर्वानुमानित उत्तरों से बेहतर पाते थे, **जिन्हें मैं परीक्षा में उसी समय बनाता था।** उन प्रश्नों का उत्तर मैं अपने सहज-ज्ञान का उपयोग करके देता था और परीक्षा की तैयारी के लिए जो कुछ भी पढ़ा होता था, उस सारी जानकारी का उपयोग करता था।

7. **आत्म-विश्वास :** अधिकतर अभ्यर्थी परीक्षा से पहले अपने अंदर आत्म-विश्वास की कमी महसूस करते हैं। लेकिन आपको याद रखना चाहिए कि **परीक्षा के उन चंद घंटों को कोई भी आप से नहीं छीन सकता।** अतः इस आधार पर **अपना आकलन करना छोड़ देना चाहिए** कि कोई हमारे उत्तरों की जाँच करनेवाला है। चूँकि परीक्षा में गोपनीयता बरती जाती है इसलिए किसी को भी पता नहीं चलेगा कि उत्तर किसने लिखे हैं। अतः आपको बस वह लिखना है जो आप महसूस करते हैं।

परीक्षा के समय, मुझे ऐसा महसूस होता था जैसे **मैं सबसे बेहतर उत्तर लिख रहा हूँ** और मेरी **सकारात्मक सोच के कारण मेरा दिमाग** हमेशा सही दिशा में काम करता था। परीक्षा के दौरान मैं अपने आपको शांत, स्थिर और प्रसन्नचित्त रखने का हरसंभव प्रयास करता था; क्योंकि मेरा मानना है कि आपका सबसे बेहतर प्रदर्शन उसी स्थिति में बाहर आ सकता है।

8. **नीतिशास्त्र और निबंध :** नीतिशास्त्र और निबंध ये दोनों प्रश्न-पत्र पूरे खेल यानी परीक्षा परिणाम की दिशा बदलनेवाले होते हैं। चूँकि **आपकी अधिकतर ऊर्जा** पहले तीन सामान्य-अध्ययन के पेपरों और वैकल्पिक विषय में ही खर्च हो जाती है, अत: अधिकतर अभ्यर्थी इन दो प्रश्न-पत्रों में अपनी **सबसे कम ऊर्जा** लगाते हैं। जबकि यहाँ पर **जोखिम से लाभ का अनुपात** सबसे अधिक होता है। जोखिम से लाभ से मेरा अर्थ उस समय से है जो अभ्यर्थी किसी टॉपिक को पढ़ने के लिए देते हैं और उसके आधार पर जितने अंक उनको प्राप्त होते हैं। इसलिए, मेरा सुझाव यह है कि इन दो प्रश्न-पत्रों को **अधिक समय देकर** आप अन्य प्रश्न-पत्रों की तैयारी में लगाए गए समय की तुलना में अधिक अंक प्राप्त कर सकते हैं।

9. **स्पष्टता की कमी**- यू.पी.एस.सी. की परीक्षा उन कुछ परीक्षाओं में से एक है, जिसको लेकर अभ्यर्थियों के मन में परीक्षा के दिन तक 'क्या आएगा- क्या नहीं' को लेकर **संशय की स्थिति** बनी रहती है। प्रारंभिक परीक्षा की बात करें तो मैंने ऐसे बहुत-से अभ्यर्थियों को प्रारंभिक परीक्षा देकर आते देखा है, जो बहुत परेशान हो रहे होते हैं और उन्हें **बिलकुल भी नहीं पता होता** कि उनका पेपर कैसा हुआ है। लेकिन जब परिणाम आता है तो पता चलता है कि उन्होंने प्रारंभिक परीक्षा में 130 या उससे अधिक अंक प्राप्त किए हैं। ठीक इसी तरह से साक्षात्कार में **सर्वोच्च रैंक पानेवाला** यह तक नहीं तय कर पाता कि उसका नाम पहले 100 अभ्यर्थियों में आनेवाला है। इस परीक्षा के साथ बहुत अधिक **असंभाव्यता** जुड़ी हुई है। आप इस असंभाव्यता को **अपने लाभ के लिए** प्रयोग कर सकते हैं और परीक्षा में अपने आत्म-विश्वास को बढ़ा सकते हैं। मूलत: जिसे ऐसा महसूस होता है मैं अकेला नहीं हूँ, मुझसे पहले जितने भी अभ्यर्थी इस परीक्षा में बैठे हैं, **वे सभी इस परिस्थिति से गुजर चुके हैं,** वह परीक्षा को तनाव का कारण नहीं बनने देता।

10. **याद करना :** हमारा दिमाग केवल उन बातों या जानकारियों को याद करने की कोशिश करता है, **जिन्हें हम याद नहीं रख पाते हैं।** वह उस जानकारी को कभी याद नहीं करेगा जो हम जानते हैं। चूँकि परीक्षा के दौरान हम और आप बहुत अधिक पढ़ते हैं और उसमें से कुछ जानकारी को भूल जाना पढ़ने की ही प्रक्रिया है, **आप इससे नहीं बच सकते।** इसलिए अपनी नियमित समय सारणी से समय निकालकर

जल्दी से उन अध्यायों या शीर्षकों को दोहरा लें या एक बार फिर से पढ़ लें और फिर जो कर रहे थे, **अपने उस काम पर लौट जाएँ।** जितनी जल्दी आप दोहराव/रिवीजन के महत्त्व को समझ लेंगे, उतना अच्छा रहेगा। बाद में यह, परीक्षा के दौरान **आप निराश न हों** और **न ही आपके अंदर आत्म-विश्वास की कमी आए,** यह सुनिश्चित करने में सहायता करेगा।

11. **परीक्षा का दिन :** जिस दिन आपकी परीक्षा हो, उससे **एक दिन पहले शाम को छह बजे के बाद** पढ़ना बंद कर दें और अगले दिन परीक्षा हॉल में बिना किसी पाठ्य-सामग्री पर नजर डाले जाएँ। परीक्षा से एक रात या बिलकुल पहले पाठ्य-सामग्री को बार-बार दोहराते हुए अपने-आपको तनाव देने से बेहतर होगा कि **अपने आपको शांत रखें** ताकि परीक्षा के दौरान प्रश्न-पत्र को देखने पर आपका आत्म-विश्वास न डगमगाए। हालाँकि **अपने आपको शांत रखने का तरीका** हर किसी के लिए अलग हो सकता है लेकिन अगर आप परीक्षा से पहले **घबराहट और परेशानी** महसूस कर रहे हैं तो फिर अपने आपको शांत और स्थिर रखने के लिए यह तरीका आपके लिए कारगर हो सकता है।

अध्याय में जिन गोपीय **रहस्यों** के बारे में बताया गया है उन्हें मैंने अपने **नौ वर्ष के अनुभव के आधार पर** आप से साझा किया है। हर किसी का परीक्षाओं का सामना करने का तरीका अलग होता है। सबसे महत्त्वपूर्ण यह है कि अगर कोई चीज **मनोवैज्ञानिक तौर पर आपके आत्म-विश्वास को बढ़ाने और तैयारी को और अच्छा करने में** मदद कर रही है तो फिर उस पर विश्वास करने में तब तक कोई बुराई नहीं है, जब तक वह पूरी तरह से झूठ न हो। आप भी इस परीक्षा के दौरान **प्राप्त अनुभवों के आधार पर नये रहस्यों को** समझ सकते हैं।

★★★

जब आप अपने विचलित होने का कारण जानकर उसे नियंत्रित करना सीख जाते हैं तो आप अपने जीवन के विधाता स्वयं बन जाते हैं; अतः जिस लक्ष्य के प्रति आप अपना समय व ऊर्जा लगा रहे हैं, उसे महत्त्व दें।

अध्याय

37

आत्म-विश्वास

यू.पी.एस.सी. की तैयारी के दौरान आत्म-विश्वास की कमी

जब आप तैयारी शुरू करते हैं तब आपके अंदर आत्म-विश्वास और परीक्षा के बारे में समझ की कमी होना स्वाभाविक है, जो आपको **हर समय संदेह** में रखती है। लेकिन तैयारी की प्रक्रिया में यह **अनिश्चितता** न केवल आप पर **दबाव** बनाती है, बल्कि आपके **आत्म-विश्वास** को भी डगमगा देती है।

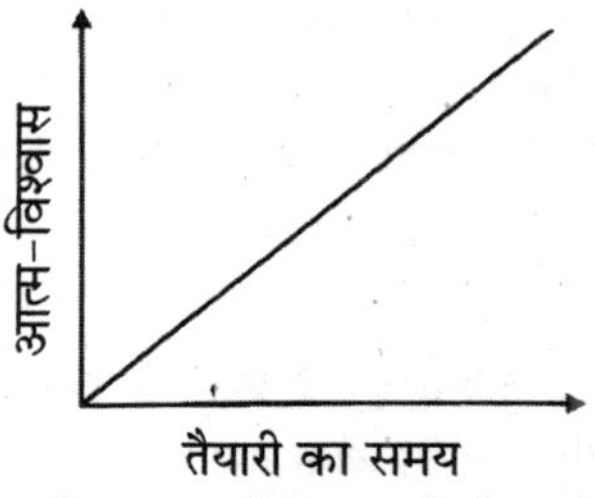

अगर तैयारी के समय और आत्म-विश्वास को लेकर एक ग्राफ तैयार किया जाए, तो ग्राफ साफ तौर पर यह प्रदर्शित करता है कि आप तैयारी में जितना समय लगाते हैं वह सीधे तौर पर **आपके आत्म-विश्वास के अनुपात** में होता है। स्वाभाविक है कि जब आप

तैयारी शुरू करते हैं तो आपका आत्म-विश्वास डगमगाया हुआ होता है लेकिन **समय के साथ-साथ** वह विकसित होने लगता है।

जितना अधिक आप परीक्षा की पाठ्य-सामग्री को समझने लगते हैं, उसके बारे में **जितना अधिक जानने लगते हैं, आपका आत्म-विश्वास बढ़ने लगता है।** संक्षेप में कहें तो इस **पुस्तक को लिखने का उद्देश्य** भी यही है कि तैयारी के दौरान जब भी आपका आत्म-विश्वास डगमगा रहा हो, तब सबसे बेहतर संभावित मार्ग द्वारा **आपका मार्गदर्शन** किया जाए।

ऐसा नहीं है कि मार्गदर्शन के बाद आपका आत्म-विश्वास डगमगाएगा नहीं, लेकिन तब **उसका स्तर कुछ भिन्न** होगा। उस समय स्थिति निश्चित तौर पर पहले से बेहतर होगी। हालाँकि इस स्तर पर जो समस्याएँ हमारे भीतर के आत्म-विश्वास को कम करेंगी वे हमारी **बेहतर तैयारी और परीक्षा के बारे में संपूर्ण जानकारी के बावजूद** उत्पन्न होंगी। उनमें से एक समस्या जो कुछ पढ़ा है उसे याद न रख पाने की होगी।

आत्म-विश्वास विकसित करने के कुछ तरीके

कुछ बिंदु जिन पर पहले भी चर्चा की गई है, संकेत करते हैं कि यू.पी.एस.सी. की परीक्षा की तैयारी में महत्त्वपूर्ण भूमिका निभाने वाले **कारकों को** आप नजरअंदाज नहीं कर सकते, क्योंकि वे परीक्षा की तैयारी के **बहुत से पहलुओं से जुड़े** होते हैं।

- **स्वयं पर विश्वास :** आपको अपने आप पर तब भी भरोसा करना चाहिए जब दूसरों को आप पर भरोसा न हो, क्योंकि सबसे बेहतर तरीके से **अपनी क्षमताओं का आकलन** आप स्वयं ही कर सकते हैं।
- **परीक्षा के लिए उचित जीवन-शैली को विकसित करना :** जिस जीवन-शैली की आवश्यकता आपकी तैयारी के लिए है, उसे विकसित करने की कोशिश करें। यह किसी के लिए भी संभव नहीं है कि वह अचानक से एक दिन में आठ से दस घंटे पढ़ना शुरू कर दे। इसका **अभ्यास करने में समय लगता है,** इसलिए जितना जल्दी संभव हो, इस ओर ध्यान दें।
- **ध्यान भटकाने वाली चीजें :** जो भी आपके और आपकी परीक्षा की तैयारी के बीच में आता है, वह आपके लिए बाधा है। आप जितना उन पर **नियंत्रण करना** अथवा उनसे दूर रहना सीखेंगे, उतना ही आप अपनी तैयारी को लेकर **आत्म-विश्वास** से भर जाएँगे।
- **तुलना :** आपको **अपनी तुलना दूसरों के साथ नहीं** करनी चाहिए, इससे आपके आत्म-विश्वास में कमी आएगी। चूँकि हम सब की पृष्ठभूमि व अनुभव अलग-अलग होते हैं, इसलिए अपनी तुलना दूसरों के साथ करने का कोई औचित्य नहीं है। हालाँकि आपको अपनी तुलना उन अभ्यर्थियों के साथ करनी है जिन्होंने **आपकी**

तरह ही अनेक बाधाओं का सामना कर इस परीक्षा में सफलता प्राप्त की है। अगर वे इस परीक्षा में सफलता प्राप्त कर सकते हैं तो आप भी कर सकते हैं।

- **आपकी ताकत व कमजोरियाँ :** अधिकांश अभ्यर्थी हर समय केवल अपनी **कमजोरियों पर** ध्यान देते हैं लेकिन वे यह भूल जाते हैं कि उनके भीतर कमजोरियों के साथ-साथ एक **ताकत** भी विद्यमान है और यह उस ताकत का ही कमाल है जिसके बल पर वे न जाने कितनी ही परेशानियों का सामना करके जीवन में यहाँ तक पहुँचे हैं। इसलिए आपको अपनी ताकत से आपने **आत्म-विश्वास को बढ़ाना** चाहिए और **अपनी कमजोरियों को अपनी ताकत में बदलने के लिए** उनमें सुधार का प्रयास करना चाहिए।
- **आभारी रहें :** जब कभी मुझे ऐसा महसूस होता था कि मेरे अंदर आत्म-विश्वास की कमी हो रही है तो मैं हमेशा यह सोचता था कि मेरे जैसे बहुत से ऐसे अभ्यर्थी हैं जो इस परीक्षा की तैयारी तो करना चाहते हैं लेकिन उनकी **परिस्थितियाँ** उनको ऐसा नहीं करने देतीं। इस तरह, मैं अपने आपको **सौभाग्यशाली** मानता था कि कम-से-कम मैं इस स्थिति में हूँ कि इस परीक्षा की तैयारी बिना किसी बाधा के कर सकूँ। **यह सोच मेरा आत्म-विश्वास** बढ़ा देती थी और मैं वापस अपनी तैयारी में लग जाता था।
- **अपनी छवि :** आपकी छवि वैसी ही बनती है, जैसी आप बनाना चाहते हैं। उसमें **वे सारे विचार सम्मिलित** होते हैं जो आपके अपने बारे में होते हैं। **सकारात्मक आत्म-छवि** आपके आत्म-विश्वास को बढ़ाती है जबकि नकारात्मक आत्म-छवि उसे कम करती है। अगर आप अपना **अधिकतर समय बुरे पहलुओं के बजाय अच्छे पहलुओं के बारे में सोचते हुए** व्यतीत करते हैं तो सकारात्मक आत्म-छवि को विकसित किया जा सकता है।
- **आगे बढ़ने की मानसिकता :** सबसे जरूरी है कि आपकी मानसिकता आगे बढ़ते रहने की हो। यह मानसिकता सुनिश्चित करेगी कि आप अपना ध्यान **अपने आप में सुधार करने पर** केंद्रित करें और नकारात्मक विचारों को पार करते जाएँ।
- **समस्याओं का हल तलाशने वाले :** आपके समक्ष जो भी परिस्थितियाँ आएँ। उन्हें एक **पहेली** की तरह देखने की कोशिश करें। उस समय आपका काम सिर्फ **उनका हल तलाशना** होना चाहिए। आपको **सिर्फ उसका समाधान तलाशने के काम पर** लगे रहना चाहिए। यह दृष्टिकोण आपको किसी भी बाधा का सामना करने की स्थिति में अपने व्यक्तित्व में जुझारूपन के गुण को बनाए रखने के लिए प्रेरित करता है। जब कभी आपके सामने कोई समस्या खड़ी हो, उसे आप एक समस्या की तरह देखें और उसके हल के लिए जो भी सबसे बेहतर संभावित मार्ग हो, उसे तलाशने की कोशिश करें।

- **सकारात्मकता :** वास्तव में आपके सकारात्मक दृष्टिकोण से ही आपके अंदर आत्म-विश्वास उत्पन्न होता है। सकारात्मक दृष्टिकोण **चमत्कार** कर सकता है और यह भी सुनिश्चित कर सकता है कि आप **अपनी इष्टतम क्षमता तक** पहुँचें। इसलिए आपको **नियमित तौर पर उन लेखों व वीडियोज को देखना** चाहिए, जो आपके अंदर **सकारात्मकता का संचार** करते हों।
- **भावनात्मक समझ :** यह दु:खद है कि अधिकांश अभ्यर्थी अपनी तैयारी में भावनात्मक समझ को सबसे कम महत्त्व देते हैं जबकि **इसे सबसे ऊपर रखना** चाहिए। अपनी भावनाओं और यह किस तरह से आपकी तैयारी को प्रभावित करती हैं, को समझना ही सफलता की कुंजी है। उदाहरण के लिए, **परीक्षा से पहले आप घबरा जाते हैं,** लेकिन अगर आपको पता हो कि यह पूर्णत: सामान्य है और सबके साथ होता है तो फिर आप अपने आपको और **बेहतर ढंग से समझेंगे** और इस समझ के साथ आपकी दुविधा अपने आप दूर हो जाएगी। इसके अतिरिक्त जब आपकी घबराहट बहुत अधिक बढ़ जाती है तो यह आपके प्रदर्शन को भी प्रभावित करती है। इसलिए, **ऐसा कभी न सोचें कि आप इसमें अकेले हैं।** दरअसल परीक्षा देनेवाले

सभी अभ्यर्थी अपनी यात्रा की शुरुआत इसी तरह से करते हैं। अत: **अपने आप पर भरोसा करें** और सुनिश्चित करें कि परीक्षा में सफल होने के लिए आपको जो करना चाहिए, वह आप अवश्य करेंगे।

★★★

अध्याय

38

परीक्षा से एक सप्ताह पूर्व

परीक्षा से एक सप्ताह पहले आपकी जो मानसिकता होती है, वही परीक्षा देते समय आपके दृष्टिकोण को निर्धारित करती है। **पचास प्रतिशत से अधिक अभ्यर्थी ऐसा महसूस करते हैं, जैसे वे जंग लड़ने से पहले ही हार चुके हैं।** आपको पढ़कर आश्चर्य होगा, लेकिन यह सच है। परीक्षा से एक सप्ताह पूर्व आपकी सोच या दृष्टि उस रास्ते पर होनी चाहिए जिस पर चलकर आप अपनी तैयारी को इतना उत्तम बना सकें कि जब आप परीक्षा भवन में पहुँचें तो **आपका आत्म-विश्वास चरम पर हो।**

परीक्षा से एक सप्ताह पूर्व आप निम्न बिंदुओं पर ध्यान केंद्रित कर सकते हैं—

- **दिनचर्या :** ऐसी दिनचर्या का अनुसरण करने की कोशिश करें जो परीक्षा के समय के अनुरूप हो। बहुत से अभ्यर्थी परीक्षा के दिनों में देर रात तक पढ़ते हैं, **कई बार ऐसा करना** परेशानी खड़ी कर सकता है। इसलिए **अपनी दिनचर्या में परीक्षा के समय के अनुसार बदलाव** करें। जैसे सुबह छह बजे उठने और रात को ग्यारह बजे तक सोने की आदत डालें, अन्यथा परीक्षा के दिन आप सुबह **तरोताजा महसूस नहीं करेंगे।**
- **समाचार-पत्र पढ़ना छोड़ दें :** सच कहूँ तो परीक्षा के **पंद्रह दिन पहले** मैंने भी समाचार-पत्र पढ़ना छोड़ दिया था। ऐसा आपको इस बात को ध्यान में रखकर करना

है कि उस समय तक **प्रश्न-पत्र** तैयार हो चुका होगा। अगर आपके लिए समाचार-पत्र पढ़ना बहुत जरूरी है तो केवल **सरसरी नजर** डालें।

- **इस समय किसी नए विषय के बारे में न सोचें :** परीक्षा से पूर्व का यह एक सप्ताह किसी भी नई चीज के बारे में जानने और सीखने का नहीं है। यह समय आपने अब तक जो कुछ भी पढ़ा है, उसे **संचित करने और उन विषयों को फिर से दोहराने का** है।
- **इस समय मॉक टेस्ट पेपर हल न करें :** अगर आप मॉक टेस्ट पेपर हल करना चाहते हैं, तो उन्हें परीक्षाएँ शुरू होने से दो-तीन सप्ताह पहले हल करने की कोशिश करें। परीक्षा से पूर्व के अंतिम सप्ताह में मॉक टेस्ट पेपर हल करने की कोशिश से हो सकता है कि **परीक्षा को लेकर आपका आत्म-विश्वास डगमगाने लगे** कि 'मैंने यह नहीं पढ़ा', या 'मैंने इसकी तैयारी नहीं की'। मॉक टेस्ट पेपर में अच्छा प्रदर्शन न कर पाना वास्तव में **आपको निराश कर देता** है इसलिए मॉक टेस्ट का जितना भी अभ्यास करना है परीक्षा से कुछ दिन पहले तक ही करें।
- **अब तक आपने जो कुछ पढ़ा है, उसे दोहराएँ :** अंतिम पंद्रह दिनों की मेरी रणनीति यह सुनिश्चित करने की होती थी कि मैंने अब तक **जो कुछ भी पढ़ा था उसे कम-से-कम एक बार दोहरा लूँ।** संभव है कि शायद आपने जो पहले पढ़ा था **उसे याद करने में आपको थोड़ा समय लग जाए,** इसलिए इस समय ऐसा करना आवश्यक है। अत: परीक्षा के अंतिम पंद्रह दिनों में आपने तैयारी के दौरान जो कुछ भी पढ़ा है, उसका **रिवीजन या दोहराव आपके लिए बहुत जरूरी है।**
- **यहाँ तक आकर हार न मानें :** परीक्षा से पहले का अंतिम सप्ताह अपेक्षाकृत अधिक **तनावपूर्ण** होता है और इस दौरान कई अभ्यर्थी परीक्षा से अपने कदम पीछे खींचने के विकल्प पर विचार करने लगते हैं। इसका अभ्यर्थियों की **मानसिक स्थिति** से भी काफी गहरा संबंध है और इतने महीनों की तैयारी के बावजूद यह वो वक्त होता है जब परीक्षा का दबाव न झेल पाने के कारण अंतिम पड़ाव पर आकर आपके हार मान लेने की बहुत अधिक संभावना रहती है। अत: अपने आप से कहते रहें कि आप अकेले इस स्थिति में नहीं हैं, जो भी इस परीक्षा को देने जा रहे हैं कमोबेश **सभी की यही स्थिति है,** इसलिए मैं हार नहीं मानूँगा/मानूँगी।
- **व्यावहारिक दृष्टिकोण :** अपने दिमाग में यह बात बैठा लें कि **यह परीक्षा** परीक्षार्थियों द्वारा **200 में से 200 अंक प्राप्त करने के लिए नहीं** ली जा रही है इसका उद्देश्य है कि परीक्षार्थी कम-से-कम **पचास प्रतिशत सवालों का उत्तर सही दें।** साथ ही अभ्यर्थी के सहज ज्ञान, समस्या निर्धारण एवं उसके समाधान के प्रति उसके प्रयास, नीति-नियमों की जानकारी एवं उनके पालन के प्रति उसके दृष्टिकोण तथा समाज के प्रति उत्तरदायित्व की समझ को परखना है। इसलिए, गलती

करना व पढ़ी हुई जानकारी को भूल जाना **बड़ी समस्या नहीं** है; मुख्य मुद्दा है आपकी सोच या आपका परिस्थितियों की तरफ दृष्टिकोण। यदि परीक्षा के बारे में आपका दृष्टिकोण सकारात्मक होगा तो आप **और अधिक व्यावहारिक तरीके से** सोच पाएँगे।

- **स्वयं पर ध्यान केंद्रित करें :** किसी भी तरह की **तुलना** को अपने मन में न आने दें, याद रखें कि इस परीक्षा में **अपने सबसे बड़े प्रतिद्वंद्वी आप स्वयं** हैं। अत: **अपनी ताकत** को पहचानें। वैसे भी अंतिम कुछ दिनों में रातोंरात तो कुछ भी नहीं बदलने वाला, इसलिए **अपना मानसिक संतुलन बनाए रखें** और परीक्षा के लिए जिन बिंदुओं को आवश्यक मानकर यहाँ चर्चा की गई है, उन्हीं के आधार पर देखना आरंभ करें।
- **अपेक्षाएँ :** अपने आप से बहुत बड़ी-बड़ी अपेक्षाएँ रखकर **अपने आप पर अतिरिक्त बोझ न डालें,** मेरा हमेशा यह मानना रहा है कि मैं यह नहीं चाहता कि परीक्षा का दिन मेरे लिए सौभाग्यशाली या दुर्भाग्यशाली दिन सिद्ध हो। मैं बस चाहता हूँ कि **मेरी जो भी तैयारी है मुझे उसके अनुसार ही परिणाम प्राप्त हो।** न उससे कम न उससे अधिक। कम-से-कम मुझे उतने अंक प्राप्त होने चाहिए **जितने के मैं योग्य हूँ।** अत: स्वयं से कहें 'अगर मैंने अच्छी तरह से तैयारी की है तो फिर निश्चित तौर पर मैं परीक्षा में सफलता प्राप्त कर लूँगा'।

आशा है उपर्युक्त बिंदुओं पर ध्यान केंद्रित कर परीक्षा की तरफ आपकी जो **सोच** होगी, वह निश्चित तौर पर **आवश्यकता के अनुरूप** होगी। आप सिर्फ सकारात्मक सोच का आँचल थामे अपने साथ सबसे बेहतर होने की प्रतीक्षा करें।

★★★

अगर आप स्वयं को विचलित करनेवाली चीजों से दूर नहीं कर पाते हैं तो यह भटकाव आपको अपने लक्ष्य व आपके अपेक्षित जीवन से दूर कर देता है।

अध्याय

39

अन्य विकल्प/प्लान 'बी'

क्या अन्य विकल्प रखना आवश्यक है ?

यह चर्चा का एक ऐसा विषय है जो अभ्यर्थियों के **मन में हमेशा** घूमता रहता है कि क्या किसी अन्य विकल्प की भी तैयारी रखनी चाहिए अथवा नहीं। आपने **सफलता की** ऐसी बहुत-सी **कहानियाँ** सुनी होंगी जिसमें सफल अभ्यर्थियों ने कहा कि जब वे यू.पी.एस.सी. की परीक्षा की तैयारी कर रहे थे तो उन्होंने अपने लिए एक अतिरिक्त विकल्प (कुछ इसे **प्लान 'बी'** कहते हैं) भी सुनिश्चित किया था और कुछ चयनित उम्मीदवार कहते हैं कि उन्होंने बिना किसी प्लान 'बी' के इस परीक्षा में सफलता प्राप्त की। कुछ के लिए **अतिरिक्त विकल्प/प्लान 'बी'** राज्य स्तर की पी.एस.सी., एस.एस.सी. या आर.आर. बी की परीक्षाएँ तो कुछ के लिए उच्च शिक्षा या कोई अन्य नौकरी कुछ भी हो सकता है।

दुविधा : बैकअप प्लान के साथ या उसके बिना आगे बढ़ना सही ?

आइए, इस अवधारणा का विश्लेषण करते हैं और इस समस्या को हल करने की कोशिश करते हैं।

सबसे पहले, अतिरिक्त विकल्प या प्लान 'बी' का प्रश्न ही क्यों उठता है ?

इसका कारण यह है कि एक अभ्यर्थी के तौर पर कभी-कभी आप ऐसा महसूस करते हैं कि अगर मैं यू.पी.एस.सी. सी.एस.ई. की परीक्षा में सफलता प्राप्त नहीं कर पाया तो मेरे पास **सुरक्षा के तौर पर एक प्लान** अवश्य होना चाहिए। यह कुछ ऐसा है जो आपको **बिना किसी डर के परीक्षा की तैयारी करने की स्वतंत्रता देता** है। इस सोच के साथ आपके भीतर का **सबसे बेहतर** निकलकर आता है।

मूलतः यह **अपने सबसे अच्छे प्रदर्शन को बाहर लाने या स्वयं को निचोड़ने जैसा** है। यह दोनों तरह से हो सकता है- पहला, प्लान 'बी' कुछ अभ्यर्थियों को वह **आत्म-विश्वास** देता है, जिसके सहारे वह अपना सबसे बेहतर प्रदर्शन कर पाते हैं और कुछ जिनके पास कोई प्लान 'बी' नहीं होता उस स्थिति में ही वह अपना सबसे बेहतर प्रदर्शन करते हैं। आइए दोनों पर विस्तार से चर्चा करते हैं—

प्लान 'बी' आपको चयन न होने की स्थिति में **सुरक्षा का अहसास** देता है। यह विचार अभ्यर्थियों को **बिना किसी डर के तैयारी करने के लिए प्रोत्साहित** करता है और वे अपना सबसे बेहतर प्रदर्शन करने में सक्षम हो पाते हैं। **उदाहरण के लिए,** अगर मैं यू.पी.एस.सी. की परीक्षा के साथ-साथ राज्य स्तर की पी.एस.सी. की परीक्षा के लिए भी तैयारी करता हूँ तथा यू.पी.एस.सी. की परीक्षा में सफल नहीं हो पाता हूँ तो कम-से-कम पी.सी.एस. की परीक्षा में तो सफल हो ही सकता हूँ। इस विचार से **मेरे आत्म-विश्वास में बढ़ोतरी** होगी और मैं यू.पी.एस.सी. की परीक्षा के लिए बिना किसी डर के बेहतर ढंग से तैयारी कर पाऊँगा, क्योंकि मेरे पास एक अतिरिक्त विकल्प मौजूद है।

क्या हो अगर प्लान 'बी' हमारे आगे बढ़ने के मार्ग में बाधा बन जाए?

कई बार प्लान 'बी' एक समस्या भी बन सकता है। मान लीजिए मैंने राज्य स्तर की पी.एस.सी. परीक्षा की तैयारी यू.पी.एस.सी. की परीक्षा के साथ-साथ की और सौभाग्य से मैंने पी.एस.सी. की परीक्षा में सफलता प्राप्त कर ली। फिर बस इसलिए कि **मेरे पास नौकरी मौजूद थी,** मैंने परीक्षा की **तैयारी को हल्के में लेना** शुरू कर दिया। इस तरह, अपने **लक्ष्य** (यू.पी.एस.सी. की परीक्षा में सफलता प्राप्ति) **की प्राप्ति की इच्छा में कमी** महसूस की, क्योंकि मैं पहले ही पी.एस.सी. की परीक्षा में सफलता प्राप्त कर चुका था। जब कभी भी मैं अपनी तैयारी को लेकर निराश होता तो सोचता कि कोई बात नहीं, **मेरे पास नौकरी तो है ही।** जब मैं ऐसा सोचता था तो अपने आपको यू.पी.एस.सी. की परीक्षा की **तैयारी से और भी ज्यादा दूर कर लेता** था। अगर मैंने पी.एस.सी. की परीक्षा में सफलता प्राप्त नहीं की होती तो शायद मेहनत करने के अतिरिक्त मेरे पास और कोई विकल्प नहीं होता।

कुछ अभ्यर्थियों का **सबसे बेहतर प्रदर्शन उसी स्थिति में निकलकर सामने आता है; जब उनके पास कोई अन्य विकल्प या आत्मसंतुष्टि का कोई दूसरा उपाय नहीं**

होता। ऐसे में, उनकी सोच होती है कि यू.पी.एस.सी. की परीक्षा में सफलता प्राप्त करना ही उनका एकमात्र लक्ष्य है, जिसे उन्हें हर हाल में पूरा करना है।

आशा है कि आप समझ गए होंगे कि **आपकी प्रेरणा का स्रोत कहाँ निहित है।** कुछ लोग **अतिरिक्त विकल्प या प्लान 'बी' के साथ** अपने आपको प्रेरित महसूस करते हैं जबकि कुछ के लिए **बिना प्लान 'बी' के ही अपना सबसे बेहतर प्रदर्शन करना संभव** हो पाता है। अत: हम में से हर एक के लिए स्थिति अलग-अलग होती है।

आपके लिए बेहतर यह है कि आप **परीक्षा की तैयारी की शुरुआत में ही** इसका **विश्लेषण** कर लें। फिर स्वयं तय करें कि आपको प्लान 'बी' के साथ परीक्षा की तैयारी करनी है अथवा उसके बिना।

उस इनसान को हराना बहुत कठिन है,
जो कभी हार नहीं मानता।
आपको भी वैसा ही बनना है।

अध्याय

40

सामान्य गलतियाँ

इस पुस्तक में शुरू से लेकर अब तक कई बार इस बात पर चर्चा की गई है कि आप किस तरह से अपना सारा ध्यान परीक्षा की तैयारी को बेहतर बनाने में लगाएँ। लेकिन परीक्षा की तैयारी के दौरान **कुछ ऐसी गलतियाँ** होती हैं, जो **अधिकतर अभ्यर्थी दोहराते हैं**। उनमें से **बहुत से अभ्यर्थियों को तो अपनी इन गलतियों का अहसास वर्षों बाद होता है** और तब केवल पछतावे के कुछ नहीं किया जा सकता; जबकि कुछ को उन गलतियों को सुधारने का मौका मिलता है।

यहाँ पर उन गलतियों की सूची दी जा रही है जिनसे यू.पी.एस.सी. सीएसई की परीक्षा की तैयारी करते समय बचना चाहिए–

- **परफैक्ट शुरुआत :** आपने देखा होगा कि बहुत से अभ्यर्थी शुरुआत के **कुछ महीनों का समय** तैयारी की परफैक्ट शुरुआत करने का इंतजार करने में ही बरबाद कर देते हैं। वे सबसे बेहतर तरीके की खोज करते रहते हैं, जबकि **शुरुआत करने का कोई बेहतर तरीका नहीं** होता। इसलिए अपना कीमती समय बेहतर तरीके खोजने में बरबाद न करें। बस शुरुआत कर दें। आगे बढ़ने के साथ आपकी तैयारी में परफैक्शन अपने आप आता जाएगा।

- **बेतरतीबी से पढ़ना :** बहुत से अभ्यर्थी अपनी पढ़ाई **बिना किसी समय-सारणी अथवा रणनीति** के करते हैं। बाद में अपनी इसी आदत के कारण उनको परेशानी झेलनी पड़ती है। समय-सारणी के अनुसार पढ़ाई करना आपको एक सिस्टम में लेकर आता है और आगे चलकर यह सिस्टम ही **आपकी आदत बन जाता है।** इसलिए कभी भी बिना उपयुक्त समय-सारणी के पढ़ाई न करें।
- **काल्पनिक टाइम टेबल :** अधिकतर अभ्यर्थियों की आदत होती है कि जब वे टाइम-टेबल या समय-सारणी तैयार करते हैं तो **अपने आपको परफैक्ट मानकर** आगे बढ़ते हैं, जैसे 'मैं एक दिन में बारह घंटे पढ़ाई करूँगा/करूँगी'। लेकिन कुछ ही दिनों में उन्हें अहसास होता है कि **वे स्वयं की बनाई गई समय-सारणी का ही अनुसरण करने में सक्षम नहीं** हैं। अतः जब भी आप समय-सारणी बनाएँ तो सावधान रहें और उसे बनाते समय **अपनी वास्तविक क्षमता का ध्यान रखें।** शुरुआत कुछ घंटों की पढ़ाई के साथ करें और धीरे-धीरे साप्ताहिक आधार पर उसमें सुधार करें।
- **ट्रैकिंग न करना :** स्वयं पर **नजर रखना** भी आवश्यक है। इसका अर्थ है आपने जो भी योजना पढ़ाई के लिए बनाई है, उसके अनुसार आगे बढ़ रहे हैं अथवा नहीं। बहुत बार ऐसा होता है कि आप **स्वयं पर नजर नहीं रखते** और यह शिकायत करते हैं कि **तैयारी ठीक से नहीं चल रही है।** अगर आप स्वयं पर नजर नहीं रखेंगे तो आप यह कैसे जान पाएँगे कि आपकी तैयारी ठीक चल रही है अथवा नहीं। साथ ही, यदिं आप **शुरुआत में ही अपने रास्ते से भटक जाएँगे तो आप अपने अंदर सुधार कैसे करेंगे?**
- **पाठ्यक्रम को न समझ पाना :** आपको यूँ ही कोई भी पुस्तक उठाकर बस पढ़ाई करना शुरू नहीं कर देना चाहिए। पहले **विषय व शीर्षक की प्रासंगिकता** की विस्तार से जाँच कर लेनी चाहिए। किसी भी विषय/शीर्षक के बारे में **पढ़ाई शुरू करने से पूर्व** विषयगत **संक्षिप्त योजना** भी आपके दिमाग में होनी चाहिए। मैं यहाँ पर केवल सतही जानकारी की बात कर रहा हूँ।
- **मॉक टेस्ट को हल करने की कोशिश न करना :** जब बात मॉक टेस्ट की आती है तो अधिकतर अभ्यर्थी **टाल-मटोल** करते रहते हैं, क्योंकि उनके दिमाग में होता है कि पहले वे **सारे सिलेबस को अच्छी तरह से पढ़कर अपना आत्म-विश्वास बढ़ा लें,** तब मॉक पेपर्स हल करेंगे। ऐसा प्रारंभिक व मुख्य दोनों परीक्षाओं के दौरान होता है। लेकिन आपको समझना होगा कि यह परीक्षा आपके स्कूल या कॉलेज की परीक्षा नहीं है, जहाँ पर आप अपना सिलेबस पढ़ने के बाद **आत्म-विश्वास** से भर जाएँगे। इस परीक्षा की तैयारी की यह विडंबना है कि तैयारी के दौरान आपको ऐसा कभी महसूस नहीं होगा कि आपने सारा पाठ्यक्रम समाप्त कर लिया है। इसलिए, समय-समय पर मॉक टेस्ट हल करने की कोशिश अवश्य करें।

- **नोट्स न बनाना :** यू.पी.एस.सी. सीएससी की परीक्षा की तैयारी के दौरान **सबसे मुश्किल काम** नोट्स बनाना होता है। लेकिन उससे **मिलने वाले लाभ का अहसास** हमें परीक्षा से पहले तब होता है जब हमारे पास बहुत कम समय बचता है और हमें बहुत सारी चीजों को दोहराना होता है। इसलिए, नोट्स बनाना बिलकुल न भूलें।
- **नोट्स को न दोहराना :** सामान्यत: अभ्यर्थी पढ़ाई करने में इतना तल्लीन हो जाते हैं कि **रिवीजन करना लगभग भूल जाते हैं** और अंत में उन्हें अहसास होता है कि जैसे वे एक अंधे कुएँ में खड़े हैं जहाँ उन्हें कुछ भी दिखाई नहीं दे रहा या कुछ भी समझ नहीं आ रहा। अत: नोट्स अवश्य बनाएँ और यह भी सुनिश्चित करें कि आप **साप्ताहिक या मासिक तौर पर** अपने नोट्स का रिवीजन अवश्य करें। अन्यथा आपको महसूस होगा कि जैसे **मैंने इसके बारे में पढ़ा तो था लेकिन अब कुछ याद नहीं आ रहा।**
- **बहुत सारी पुस्तकों को एकत्र कर लेना :** अभ्यर्थियों की आदत होती है कि तैयारी के लिए जो कुछ भी **अच्छा और सही** लगता है, उसे अपने पास संगृहीत कर लेते हैं। लेकिन **शायद उन्हें यह अहसास नहीं होता** है कि उनके पास समय सीमित है। मैं आप से कहना चाहूँगा कि भले ही आपने पुस्तकों/पाठ्य-सामग्री को खरीद लिया हो लेकिन उनको पढ़ते समय सावधान रहें। आपका **मुख्य उद्देश्य** होना चाहिए कि आप सीमित अध्ययन व अधिकतम याद रखने पर अपना ध्यान केंद्रित करें।
- **अप्रासंगिक खबर/लेख :** बहुत से **अभ्यर्थियों की आदत** होती है कि वे उन लेखों या खबरों को पढ़ते रहते हैं जो **परीक्षा से संबंधित नहीं** होते। परीक्षा की तैयारी की शुरुआत में ही पाठ्यक्रम को अच्छी तरह से पढ़ लें और यह सुनिश्चित कर लें कि आप **केवल उस पाठ्य-सामग्री को ही** पढ़ें जो परीक्षा के लिए प्रासंगिक हो।
- **वैकल्पिक विषय :** वैकल्पिक विषय का चुनाव करते समय अभ्यर्थी **दूसरों के संदर्भों अथवा अपनी सीमित जानकारी के आधार पर** चुनाव करने के लिए बाध्य होते हैं। वैकल्पिक विषय का **चयन करने संबंधी मानदंडों** पर पहले भी विस्तार से चर्चा की जा चुकी है जिनका ध्यान आपको **वैकल्पिक विषय का चुनाव करते समय** रखना है। अन्यथा संभावना है कि एक वर्ष के बाद भी आप अपने वैकल्पिक विषय को लेकर असहज महसूस करेंगे।
- **प्रारंभिक परीक्षा पर केंद्रित तैयारी :** अधिकतर अभ्यर्थी यह लक्ष्य निर्धारित करके चलते हैं कि उनके लिए **प्रारंभिक परीक्षा ही सब कुछ** है। वे **मुख्य परीक्षा पर बिलकुल ध्यान नहीं** देते। लेकिन आपको याद रखना होगा कि प्रारंभिक परीक्षा मात्र शुरुआती चरण है। **फाइनल सिलेक्शन** के समय आपको जो स्कोर या अंक प्राप्त होते हैं, उनमें **इस परीक्षा के अंकों को** सम्मिलित नहीं किया जाता। इसलिए आपको अपनी तैयारी में मुख्य परीक्षा को भी पर्याप्त समय देकर अपनी तैयारी को **संतुलित** करना होगा।

- **लिखने का अभ्यास न करना :** अभ्यर्थी भूल जाते हैं कि मुख्य परीक्षा विषय-वस्तु के बारे में जानना और **अपनी जानकारी को अच्छी लेखन कला के साथ प्रदर्शित करना** है। जब तक आप लिखने का अभ्यास नहीं करेंगे तब तक लिखने को लेकर आप में आत्म-विश्वास विकसित नहीं होगा। इसी कारण बहुत से अभ्यर्थी **मुख्य परीक्षा में लिखते समय असमंजस की स्थिति में** रहते हैं, क्योंकि उन्होंने पहले कभी इसका अभ्यास नहीं किया होता। वे मानते हैं कि उन्होंने पढ़ाई बहुत अच्छी तरह से की है तो वे परीक्षा में अवश्य लिख लेंगे।
- **यू.पी.एस.सी. ही क्यों, नहीं पता :** कई अभ्यर्थी इस परीक्षा की तैयारी बिना यह जाने करते हैं कि क्या वे सचमुच यह करना चाहते हैं अथवा नहीं। आप इस परीक्षा की तैयारी केवल इसलिए नहीं कर सकते कि **समाज या आपका परिवार ऐसा चाहता है कि आप आई.ए.एस. ऑफिसर बनें।** आपके **दिमाग में इस प्रश्न का उत्तर** तैयारी के **पहले दिन से ही स्पष्ट** होना चाहिए कि आप **यू.पी.एस.सी. सी.एस.ई. की परीक्षा क्यों देना चाहते हैं,** अन्यथा आपके लिए इस लक्ष्य के प्रति स्वयं को **प्रति क्षण प्रेरित रखना** संभव नहीं हो पाएगा। अगर आपको यह मालूम न हो कि आप यह 'क्यों' करना चाहते हैं तो 'कैसे' करना है पर भी एक प्रश्नचिन्ह लग जाएगा।

आमतौर पर यह गलतियाँ अधिकतर अभ्यर्थी अपनी तैयारी के दौरान करते हैं। इसलिए, **सावधान रहें और इन गलतियों को करने से बचें।**

★★★

अध्याय

41

परीक्षा व स्वास्थ्य

परीक्षा की तैयारी और सेहत की बीच संतुलन बनाए रखें

मैंने अपनी पुस्तक में इस अध्याय को अंत में स्थान दिया है। लेकिन सच कहूँ तो यह इस **पुस्तक का सबसे महत्त्वपूर्ण अध्याय** है। अभ्यर्थियों द्वारा की गई सभी गलतियों में यह सर्वोपरि होती है कि वे अपनी सेहत (जो उनके लिए अमूल्य होती है) के प्रति लापरवाह रहते हैं। तैयारी के दौरान अधिकतर अभ्यर्थी अपनी सेहत पर बिलकुल भी ध्यान नहीं देते।

जब भी मेरी किसी अभ्यर्थी से इस बारे में बात होती है कि क्या वे परीक्षा की तैयारी के साथ-साथ अपनी सेहत पर ध्यान दे रहे हैं तो उनका उत्तर होता है **बिलकुल नहीं!** इस इनकार के साथ ही वे इस बात पर भी जोर देते हैं कि अगर वे अपनी सेहत पर ध्यान देते रहेंगे तो वे परीक्षा के लिए पढ़ाई कब करेंगे। उनको लगता है कि परीक्षा की तैयारी के दौरान सेहत पर ध्यान देना समय की बरबादी है और वे ऐसा बिलकुल भी नहीं कर सकते।

संभवत: **उन्हें यह अहसास नहीं होता** है कि अपनी तैयारी के स्तर को सुधारने के लिए सेहत पर ध्यान देना कितना आवश्यक है। इसे इस तरह समझते हैं—

जब आप यू.पी.एस.सी. सीएसई की परीक्षा की तैयारी करते हैं तब **अपने दिमाग के साथ-साथ अपने पूरे शरीर पर बहुत जोर डाल रहे होते हैं।** आप सारा दिन पढ़ते

हैं और आपका सारा ध्यान इस पर ही केंद्रित रहता है कि आप **जितना ज्यादा संभव हो** सके अपने **दिमाग में जानकारियों को जमा कर लें।**

आपका **दिमाग** जो भी काम करता है वह **शरीर में मौजूद खाने से प्राप्त ऊर्जा के आधार पर ही** करता है। यहाँ मैं दिमाग की कार्य-पद्धति के बारे में बात नहीं करूँगा। मैं मात्र यह कहने की कोशिश कर रहा हूँ कि **दिमाग की कार्य-प्रणाली आप जो कुछ अपने शरीर में डालते हैं,** अर्थात् खाना, उसकी गुणवत्ता पर निर्भर करती है। यह बिलकुल साधारण-सी बात है।

अगर आप **पौष्टिक खाना** खाते हैं तो फिर स्वाभाविक है कि आपका **दिमाग** भी **सेहतमंद तरीके से काम** करेगा। इसलिए, खान-पान की आदत इस परीक्षा में आपके प्रदर्शन में निश्चित तौर पर महत्त्वपूर्ण भूमिका निभाती है।

परीक्षा की तैयारी के समय आपको लंबे समय तक बैठे रहना होता है इसलिए कुछ महीनों के समय-अंतराल में ही बहुत से अभ्यर्थियों को **सेहत संबंधी समस्याएँ** शुरू हो जाती हैं। **पीठ में दर्द, सिर में दर्द आदि समस्याएँ परीक्षार्थियों के लिए आम** होती हैं। आपको याद रखना होगा कि अगर आप **संपूर्ण क्षमता के साथ** सबसे बेहतर प्रदर्शन करना चाहते हैं तो आपको शारीरिक व मानसिक दोनों तरह से स्वस्थ रहना होगा।

इसलिए, अपनी **प्रतिदिन की आदत** बनाएँ कि आप अपने आप को स्वस्थ रखने के लिए भी समय देंगे। अगर आप दिन भर में केवल **30-40 मिनट का समय भी व्यायाम के लिए** निकालते हैं तो यह आपके लिए पर्याप्त होगा। इस समय के दौरान आप कुछ भी हल्का व्यायाम जैसे दौड़ना, योग, जिम, जूंबा या मात्र टहल भी सकते हैं।

खराब सेहत बहुत-सी समस्याओं की जड़ होती है जो न केवल आपकी फिटनेस को प्रभावित करती है, बल्कि इससे आपकी दिमागी प्रक्रिया भी प्रभावित होती है।

इसलिए, अपने सर्वोत्तम प्रदर्शन को सुनिश्चित करने के लिए **अच्छा सेहतमंद खाना तथा व्यायाम** अपने **शरीर व दिमाग दोनों की तंदुरुस्ती के लिए** सुनिश्चित करें।

मेरा आप से आग्रह है कि **अपनी सेहत के प्रति लापरवाही कतई न बरतें।** उस पर उतना ध्यान अवश्य दें जितना आपको देना चाहिए।

★★★

परिशिष्ट

महत्त्वपूर्ण वेबसाइट्स

- www.insightonindia.com
- www.visionias.com
- www.byjus.com
- www.forumias.com
- www.drishtias.com
- www.vajiramandravi.com
- www.iasbaba.com
- www.civilsdaily.com
- www.mrunal.org
- www.iasparliament.com
- www.clearias.com
- www.gktoday.in
- www.unacademy.com
- www.iassquad.in
- www.jagranjosh.com
- www.pmfias.com
- www.studyiq.com
- www.iasscore.com
- www.lotusarise.com
- www.dhyeyaias.com

- www.afeias.com
- www.iasexamportal.com
- www.eliteias.com
- www.upscpathshala.com

उपर्युक्त वेबसाइट्स को बिना किसी क्रम के शामिल किया गया है, इस सूची को तैयार करते समय किसी तरह के प्राथमिकता मानदंड का ध्यान नहीं रखा गया है। आप अपनी आवश्यकता व समय की उपलब्धता के अनुसार इनका उपयोग कर सकते हैं। इन वेबसाइट्स पर बहुत से मुफ्त संसाधन उपलब्ध रहते हैं, जो आपकी तैयारी में सहायता कर सकते हैं।

भारत सरकार की महत्त्वपूर्ण वेबसाइट्स-

मंत्रालय/विभाग	उद्देश्य	लिंक
प्रेस सूचना ब्यूरो	समसामयिकी	www.pib.nic.in
विदेश मंत्रालय	अंतरराष्ट्रीय संबंध	www.mea.gov.in
गृह मंत्रालय	शासन, सुरक्षा व राज-व्यवस्था	www.mha.nic.in
विधि एवं न्याय मंत्रालय	राज-व्यवस्था संबंधी जानकारी	www.lawmin.nic.in
भारतीय रिजर्व बैंक	अर्थव्यवस्था से संबंधित रिपोर्ट व नीतियाँ	www.rbi.org.in
सामाजिक न्याय मंत्रालय	सामाजिक मुद्दे	www.socialjustice.nic.in
संस्कृति मंत्रालय	संस्कृति	www.indiaculture.nic.in
भारत का राष्ट्रीय पोर्टल	भारत सरकार से संबंधित सारी जानकारी	www.goc.in
प्रशासनिक सुधार व लोक शिकायत विभाग	शासन व उससे संबंधित नीतियों पर प्रशासनिक सुधार आयोग की रिपोर्ट	www.arc.gov.in
पर्यावरण, वन एवं जलवायु परिवर्तन मंत्रालय	पर्यावरण	www.moef.nic.in
जलवायु परिवर्तन से संबंधित अंतर-सरकारी पैनल	जलवायु परिवर्तन	www.ipce.ch
आरएसटीवी अर्थात् संसद टीवी	करंट अफेयर्स, आईआर, एसएंडटी आदि	www.sansadtv.nic.in

पत्रिकाएँ

नाम	विवरण
योजना	सूचना व प्रसारण मंत्रालय द्वारा समाजिक-आर्थिक मामलों पर प्रकाशित मासिक पत्रिका
कुरुक्षेत्र	ग्रामीण विकास मंत्रालय द्वारा कृषि व ग्रामीण विकास से संबंधित विभिन्न मामलों पर प्रकाशित मासिक पत्रिका
प्रतियोगिता दर्पण	समसामयिकी
डाउन टू अर्थ	विज्ञान एवं पर्यावरण
इकोनॉमिक व पॉलिटिकल वीकली	समसामयिकी
इंडिया ईयर बुक	सूचना व प्रसारण मंत्रालय द्वारा प्रकाशित वार्षिक पत्रिका, जिसमें विभिन्न मंत्रालय व विभाग के क्रम अनुसार अध्याय शामिल होते हैं।

पुस्तक सूची

विषय	पुस्तकें
आधुनिक इतिहास	इंडियांज स्ट्रगल फॉर इंडिपेंडेंस, बिपिन चंद्र स्पैक्ट्रम, राजीव अहीर
स्वतंत्रता प्राप्ति के बाद	इंडिया आफ्टर इंडिपेंडेंस, बिपिन चंद्र
प्राचीन भारत	कक्षा ग्यारह, आर.एस. शर्मा एनशिएंट एंड मिडीवल हिस्ट्री, पूनम दलाल दहिया
मध्यकालीन इतिहास	कक्षा नौ, सतीश चंद्र एनशिएंट एंड मिडीवल हिस्ट्री, पूनम दलाल दहिया
कला एवं संस्कृति	इंडियन आर्ट एंड कल्चर, नितिन सिंघानिया
भारतीय राजव्यवस्था	एनसीईआरटी, नौवीं-बारहवीं इंडियन पॉलिटी, एम. लक्ष्मीकांत इंट्रोडक्शन टू द कॉन्स्टीट्यूशन ऑफ इंडिया, डी.डी. बासु
अर्थव्यवस्था	एनसीईआरटी, ग्यारहवीं इंडियन इकोनॉमी, नितिन सिंघानिया

	इंडियन इकोनॉमी, राजीव वर्मा इंडियन इकोनॉमी, रमेश सिंह
अंतरराष्ट्रीय संबंध	एनसीईआरटी-बारहवीं-समकालीन विश्व राजनीति इंटरनेशनल रिलेशंस, पुष्पेंद्र पंत इंडियन फॉरेन पॉलिसी, वी.पी. दत्त इंडियन फॉरेन पॉलिसी, राजीव सीकरी
प्रारंभिक परीक्षा सॉल्व्ड	मृणाल पटेल
भूगोल	फिजिकल ज्योग्राफी, जी.सी लियोंग छठी से दसवीं तक पुरानी एनसीईआरटी नौवीं से बारहवीं तक नई एनसीईआरटी वर्ल्ड एटलस, ओरिएंट ब्लैक स्वान ज्योग्राफी ऑफ इंडिया, माजिद हुसैन वर्ल्ड ज्योग्राफी, माजिद हुसैन इंडियन ज्योग्राफी, डी.आर. खुल्लर
पर्यावरण	शंकर आई.ए.एस. पीएमएफ आई.ए.एस.
आंतरिक सुरक्षा	चैलेंजेस टू इंटरनल सिक्योरिटी ऑफ इंडिया, अशोक कुमार
नीति	एथिक्स, इंटीग्रिटी एंड एप्टीट्यूड फॉर सिविल सर्विसेज मेन एग्जामिनेशन, सुब्बा रॉय व पी.एन. रॉय चौधरी लैक्सीकॉन, क्रॉनिकल पब्लिकेशन एथिक्स इन गवर्नेंस, एआरसी रिपोर्ट
विश्व का इतिहास	द स्टोरी ऑफ सिविलाइजेशन, अर्जुन देव समकालीन विश्व का इतिहास-कक्षा बारहवीं पुरानी एनसीईआरटी मास्टरिंग मॉर्डन वर्ल्ड हिस्ट्री, नॉर्मन लॉ
सामाजिक मुद्दे	एनसीईआरटी-ग्यारहवीं और बारहवीं सोशल प्रॉब्लम्स इन इंडिया, राम आहूजा
निबंध व उत्तर-लेखन	फंडामेंटल्स ऑफ ऐसे एंड आंसर राइटिंग, अनुदीप दुरीशेट्टी मास्टरिंग ऐसे एंड आंसर राइटिंग, डॉ. अवधेश सिंह ऐसेज, पुलकित खरे

(यह पुस्तक सूची सांकेतिक है, अतः अभ्यर्थियों से अनुरोध है कि इन्हें पढ़ने से पूर्व यू.पी.एस.सी. द्वारा प्रदान किए गए पाठ्यक्रम का गहन अध्ययन अवश्य कर लें।)

***

मुख्य परीक्षा पाठ्यक्रम

सामान्य अध्ययन-1

भारतीय विरासत और संस्कृति, विश्व का इतिहास एवं भूगोल व समाज

1. भारतीय संस्कृति में प्राचीन काल से आधुनिक काल तक के कला के रूप, साहित्य और वास्तुकला के मुख्य पहलू शामिल होंगे।
2. 18वीं सदी के लगभग मध्य से लेकर वर्तमान समय तक का आधुनिक भारतीय इतिहास—महत्त्वपूर्ण घटनाएँ, व्यक्तित्व, विषय।
3. स्वतंत्रता संग्राम—इसके विभिन्न चरण और देश के विभिन्न भागों से इसमें अपना योगदान देनेवाले महत्त्वपूर्ण व्यक्ति/उनका योगदान।
4. स्वतंत्रता के पश्चात् देश के अंदर एकीकरण और पुनर्गठन।
5. विश्व के इतिहास में 18वीं सदी तथा बाद की घटनाएँ यथा औद्योगिक क्रांति, विश्व युद्ध, राष्ट्रीय सीमाओं का पुन:सीमांकन, उपनिवेशवाद, उपनिवेशवाद की समाप्ति, राजनीतिक दर्शन जैसे साम्यवाद, पूँजीवाद, समाजवाद आदि शामिल होंगे, उनके रूप और समाज पर उनका प्रभाव।
6. भारतीय समाज की मुख्य विशेषताएँ, भारत की विविधता।
7. महिलाओं की भूमिका और महिला संगठन, जनसंख्या एवं संबद्ध मुद्दे, गरीबी और विकासात्मक विषय, शहरीकरण, उनकी समस्याएँ और उनके रक्षोपाय।

8. भारतीय समाज पर भूमंडलीकरण का प्रभाव।
9. सामाजिक सशक्तीकरण, संप्रदायवाद, क्षेत्रवाद और धर्मनिरपेक्षता।
10. विश्व के भौतिक भूगोल की मुख्य विशेषताएँ।
11. विश्व भर के मुख्य प्राकृतिक संसाधनों का वितरण (दक्षिण एशिया और भारतीय उपमहाद्वीप को शामिल करते हुए), विश्व (भारत सहित) के विभिन्न भागों में प्राथमिक, द्वितीयक और तृतीयक क्षेत्र के उद्योगों को स्थापित करने के लिए जिम्मेदार कारक।
12. भूकंप, सुनामी, ज्वालामुखीय हलचल, चक्रवात आदि जैसी महत्त्वपूर्ण भू-भौतिकीय घटनाएँ, भौगोलिक विशेषताएँ और उनके स्थान—अति महत्त्वपूर्ण भौगोलिक विशेषताओं (जल स्रोत और हिमावरण सहित) और वनस्पति एवं प्राणिजगत् में परिवर्तन और इस प्रकार के परिवर्तनों के प्रभाव।

सामान्य अध्ययन-2

शासन व्यवस्था, संविधान, शासन-प्रणाली, सामाजिक न्याय तथा अंतरराष्ट्रीय संबंध

1. भारतीय संविधान—ऐतिहासिक आधार, विकास, विशेषताएँ, संशोधन, महत्त्वपूर्ण प्रावधान और बुनियादी संरचना।
2. संघ एवं राज्यों के कार्य तथा उत्तरदायित्व, संघीय ढाँचे से संबंधित विषय एवं चुनौतियाँ, स्थानीय स्तर पर शक्तियों और वित्त का हस्तांतरण और उसकी चुनौतियाँ।
3. विभिन्न घटकों के बीच शक्तियों का पृथक्करण, विवाद निवारण तंत्र तथा संस्थान।
4. भारतीय संवैधानिक योजना की अन्य देशों के साथ तुलना।
5. संसद और राज्य विधायिका—संरचना, कार्य, कार्य-संचालन, शक्तियाँ एवं विशेषाधिकार और इनसे उत्पन्न होनेवाले विषय।
6. कार्यपालिका और न्यायपालिका की संरचना, संगठन और कार्य-सरकार के मंत्रालय एवं विभाग, प्रभावक समूह और औपचारिक/अनौपचारिक संघ तथा शासन प्रणाली में उनकी भूमिका।
7. जन प्रतिनिधित्व अधिनियम की मुख्य विशेषताएँ।
8. विभिन्न संवैधानिक पदों पर नियुक्ति और विभिन्न संवैधानिक निकायों की शक्तियाँ, कार्य और उत्तरदायित्व।

9. सांविधिक, विनियामक और विभिन्न अर्द्ध-न्यायिक निकाय।
10. सरकारी नीतियों और विभिन्न क्षेत्रों में विकास के लिए हस्तक्षेप और उनके अभिकल्पन तथा कार्यान्वयन के कारण उत्पन्न विषय।
11. विकास प्रक्रिया तथा विकास उद्योग-गैर-सरकारी संगठनों, स्वयं सहायता समूहों, विभिन्न समूहों और संघों, दानकर्ताओं, लोकोपकारी संस्थाओं, संस्थागत एवं अन्य पक्षों की भूमिका।
12. केंद्र एवं राज्यों द्वारा जनसंख्या के अति संवेदनशील वर्गों के लिए कल्याणकारी योजनाएँ और इन योजनाओं का कार्य-निष्पादन; इन अति संवेदनशील वर्गों की रक्षा एवं बेहतरी के लिए गठित तंत्र, विधि, संस्थान एवं निकाय।
13. स्वास्थ्य, शिक्षा, मानव संसाधनों से संबंधित सामाजिक क्षेत्र/सेवाओं के विकास और प्रबंधन से संबंधित विषय।
14. गरीबी एवं भूख से संबंधित विषय।
15. शासन व्यवस्था, पारदर्शिता और जवाबदेही के महत्त्वपूर्ण पक्ष, ई-गवर्नेंस-अनुप्रयोग, मॉडल, सफलताएँ, सीमाएँ और संभावनाएँ; नागरिक चार्टर, पारदर्शिता एवं जवाबदेही और संस्थागत तथा अन्य उपाय।
16. लोकतंत्र में सिविल सेवाओं की भूमिका।
17. भारत एवं इसके पड़ोसी-संबंध।
18. द्विपक्षीय, क्षेत्रीय और वैश्विक समूह और भारत से संबंधित और/अथवा भारत के हितों को प्रभावित करनेवाले करार।
19. भारत के हितों पर विकसित तथा विकासशील देशों की नीतियों तथा राजनीति का प्रभाव; प्रवासी भारतीय।
20. महत्त्वपूर्ण अंतरराष्ट्रीय संस्थान, संस्थाएँ और मंच—उनकी संरचना, अधिदेश।

सामान्य अध्ययन-3

प्रौद्योगिकी, आर्थिक विकास, जैव-विविधता, पर्यावरण, सुरक्षा तथा आपदा प्रबंधन

1. भारतीय अर्थव्यवस्था तथा योजना, संसाधनों को जुटाने, प्रगति, विकास तथा रोजगार से संबंधित विषय।
2. समावेशी विकास तथा इससे उत्पन्न विषय।

3. सरकारी बजट।
4. मुख्य फसलें—देश के विभिन्न भागों में फसलों का पैटर्न-सिंचाई के विभिन्न प्रकार एवं सिंचाई प्रणाली—कृषि उत्पाद का भंडारण, परिवहन तथा विपणन, संबंधित विषय और बाधाएँ किसानों की सहायता के लिए ई-प्रौद्योगिकी।
5. प्रत्यक्ष एवं अप्रत्यक्ष कृषि सहायता तथा न्यूनतम समर्थन मूल्य से संबंधित विषय; जन वितरण प्रणाली—उद्देश्य, कार्य, सीमाएँ, सुधार; बफर स्टॉक तथा खाद्य सुरक्षा संबंधी विषय; प्रौद्योगिकी मिशन; पशु पालन संबंधी अर्थशास्त्र।
6. भारत में खाद्य प्रसंस्करण एवं संबंधित उद्योग कार्यक्षेत्र एवं महत्त्व, स्थान, ऊपरी और नीचे की अपेक्षाएँ, आपूर्ति श्रृंखला प्रबंधन।
7. भारत में भूमि सुधार।
8. उदारीकरण का अर्थव्यवस्था पर प्रभाव, औद्योगिक नीति में परिवर्तन तथा औद्योगिक विकास पर इनका प्रभाव।
9. बुनियादी ढाँचा—ऊर्जा, बंदरगाह, सड़क, विमानपत्तन रेलवे आदि।
10. निवेश मॉडल।
11. विज्ञान एवं प्रौद्योगिकी—विकास एवं अनुप्रयोग और रोजमर्रा के जीवन पर इसका प्रभाव।
12. विज्ञान एवं प्रौद्योगिकी में भारतीयों की उपलब्धियाँ; देशज रूप से प्रौद्योगिकी का विकास और नई प्रौद्योगिकी का विकास।
13. सूचना प्रौद्योगिकी, अंतरिक्ष, कंप्यूटर, रोबोटिक्स, नैनो-टैक्नोलॉजी, बायो-टैक्नोलॉजी और बौद्धिक संपदा अधिकारों से संबंधित विषयों के संबंध में जागरूकता।
14. संरक्षण, पर्यावरण प्रदूषण और क्षरण, पर्यावरण प्रभाव का आकलन।
15. आपदा और आपदा प्रबंधन।
16. विकास और फैलते उग्रवाद के बीच संबंध।
17. आंतरिक सुरक्षा के लिए चुनौती उत्पन्न करनेवाले शासन विरोधी तत्त्वों की भूमिका।
18. संचार नेटवर्क के माध्यम से आंतरिक सुरक्षा को चुनौती, आंतरिक सुरक्षा चुनौतियों में मीडिया और सामाजिक नेटवर्किंग साइटों की भूमिका, साइबर सुरक्षा की बुनियादी बातें, धन शोधन और इसे रोकना।
19. सीमावर्ती क्षेत्रों में सुरक्षा चुनौतियाँ एवं उनका प्रबंधन—संगठित अपराध और आतंकवाद के बीच संबंध।
20. विभिन्न सुरक्षा बल और संस्थाएँ तथा उनके अधिदेश।

सामान्य अध्ययन-4

नीतिशास्त्र, सत्यनिष्ठा व अभिरुचि

1. नीतिशास्त्र तथा मानवीय सह-संबंध मानवीय क्रियाकलापों में नीतिशास्त्र का सार तत्त्व, इसके निर्धारक और परिणाम; नीतिशास्त्र के आयाम; निजी और सार्वजनिक संबंधों में नीतिशास्त्र, मानवीय मूल्य—महान् नेताओं, सुधारकों और प्रशासकों के जीवन तथा उनके उपदेशों से शिक्षा; मूल्य विकसित करने में परिवार, समाज और शैक्षणिक संस्थाओं की भूमिका।
2. अभिवृत्ति : सारांश (कंटेंट), संरचना, वृत्ति; विचार तथा आचरण के परिप्रेक्ष्य में इसका प्रभाव एवं संबंध; नैतिक और राजनीतिक अभिरुचि; सामाजिक प्रभाव और धारण।
3. सिविल सेवा के लिए अभिरुचि तथा बुनियादी मूल्य—सत्यनिष्ठा, भेदभाव रहित तथा गैर-तरफदारी, निष्पक्षता, सार्वजनिक सेवा के प्रति समर्पण भाव, कमजोर वर्गों के प्रति सहानुभूति, सहिष्णुता तथा संवेदना।
4. भावनात्मक समझ: अवधारणाएँ तथा प्रशासन और शासन व्यवस्था में उनके उपयोग और प्रयोग।
5. भारत तथा विश्व के नैतिक विचारकों तथा दार्शनिकों के योगदान।
6. लोक प्रशासन में लोक/सिविल सेवा मूल्य तथा नीतिशास्त्र : स्थिति तथा समस्याएँ; सरकारी तथा निजी संस्थानों में नैतिक चिंताएँ तथा दुविधाएँ : नैतिक मार्गदर्शन के स्रोतों के रूप में विधि, नियम, विनियम तथा अंतरात्मा; उत्तरदायित्व तथ नैतिक शासन, शासन। व्यवस्था में नीतिपरक तथा नैतिक मूल्यों का सुदृढ़ीकरण; अंतरराष्ट्रीय संबंधों तथा निधि व्यवस्था (फंडिंग) में नैतिक मुद्दे : कॉरपोरेट शासन व्यवस्था।
7. शासन व्यवस्था में ईमानदारी : लोक सेवा की अवधारणा; शासन व्यवस्था और ईमानदारी का दार्शनिक आधार, सरकार में सूचना का आदान-प्रदान और पारदर्शिता, सूचना का अधिकार, नीतिपरक आचार संहिता, आचरण संहिता, नागरिक घोषणा पत्र, कार्य संस्कृति, सेवा प्रदान करने की गुणवत्ता, लोक निधि का उपयोग, भ्रष्टाचार की चुनौतियाँ।
8. उपर्युक्त विषयों पर मामला संबंधी अध्ययन (केस स्टडीज)।

★★★

आज का संघर्ष कल के उज्ज्वल भविष्य की नींव है,
अतः आगे बढ़ते रहें।